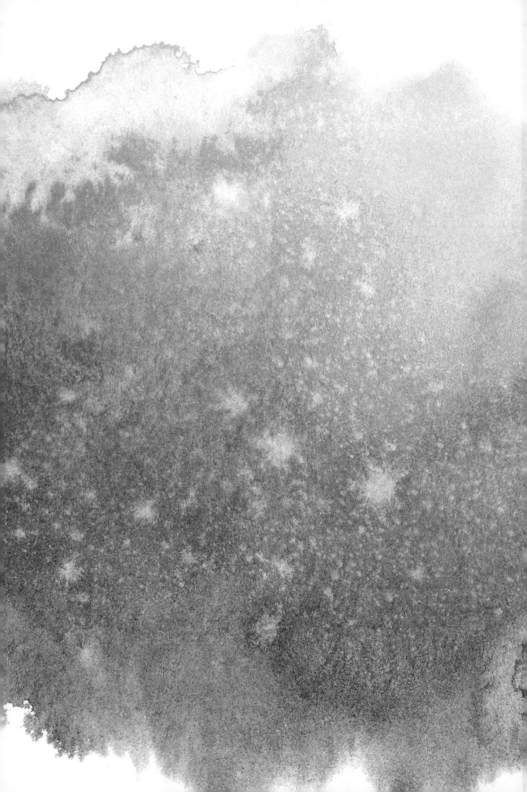

少女皮膚之島

周念延——著

目錄

序章　美麗的倩影

他習慣在接近午夜的夜晚，獨自站在窗前，室內模糊的光影襯著玻璃外喧鬧的燈火，彷彿處在不同的世界。

閉上雙眼，卻出現另外一幅畫面——那是一個青澀、卻極為美麗的少女胴體，雪白的肌膚猶如抹上一層嫩白的乳霜，似纖毛未退，白裡透紅的水蜜桃。仔細一看，那細嫩的胸部、手臂，以及大腿的肌膚，竟然有坑坑巴巴、修補過的疤痕。

猛地睜開眼，回到現實世界——從落地窗看見模糊的自己，三十一歲，年輕整形外科醫師，仍然保持少年瘦削的身材，頭髮蓬鬆散亂。他的手術刀能做最精密的切割，對刮鬍刀卻覺得麻煩，所以青稜稜的下巴和鬢角布滿參差不齊的鬍渣，反而將他的淺棕色眼睛襯托的更為深邃。

「嗶嗶嗶……」書桌上的手機瘋狂吼叫起來。這是刻意的，他用不協調的鈴聲，讓他對醫院的來電隨時保持警醒。

「是整形外科的李醫師嗎？我是急診室的賴總醫師。剛剛救護車送來一個燒傷病人，初步估計：二度和三度燒傷面積超過20％。陳護理師！趕快打上點滴……對對，用大口徑的，十八號的，林格乳酸溶液500CC先掛上去……血壓在掉，點滴full run! full run! [1]」語氣相當急促，最後幾句話是向護理師說的。

「喂，賴總醫師，」他極力耐著性子，「今天我沒有值班，你應該通知燒傷中心，並報告值班醫師。」

「對不起，這我知道，病人是一個年輕女孩子，意識已經不太清楚，但口中一直喃喃叫著你的名字，說你一定要來……」

「什麼！」他驚叫，從床上跳起來。「這女孩的名字是不是鄭宜敏？」

「是的，十八歲女性，火燒傷。」

他租屋在醫院隔壁（這是許多外科醫師的習慣，住在醫院附近，能夠及時處理患者任何狀況）。他

1 註：點滴 full run 是醫學上術語，通常給予點滴會註明「流速」，一般而言不能太快以免造成循環負擔。但是當情況緊急的時候（例如：嚴重失血，或敗血症導致血壓下降），病人需要大量輸液，醫師就會下 full run（全速）的指令。

穿過馬路，用瘋狂的姿態衝往急診室。午夜的風微涼，蓬鬆的長髮甩在身後，在路燈的照射之下就像一把風火。

衝進急診室，和往常一樣，呻吟、哀嚎的病人，從大門口的檢傷分類一路擠到走廊，有一個喝醉酒摔破頭的男人手上沾著血，拉住他的白袍：「醫師，救我……」

他跌跌撞撞，終於看見那個女孩——那朝思暮想，在無數孤寂的夜晚閉上眼就會出現的女孩一個人孤零零地躺在外科急診室的角落，空氣中瀰漫一股焦臭味，總醫師和兩位護士小姐卻杵在那兒，沒有做任何動作。

「按照九分法（rule of nine）[2]，燒傷面積大約多少？」李凌嘉急促的問。

「目前……很難估計，病人衣服的材料是人造纖維，燃燒後黏在皮膚上。」總醫師回答。

「燒燙傷病人，為什麼不馬上將衣服剪開呢？」他大吼。

「這位小姐不讓我們碰啊！一接近，她就尖叫。」總醫師手上還戴著沾有血跡的乳膠手套。

「她說，她的身體只讓李醫師……你一個人碰。」一位胖胖的護士小姐說，臉上充滿無奈的神情。

他仔細看著女孩，那一瞬間就像過了一千年，再也沒有辦法將目光離開，依舊是清秀的臉龐，白皙的肌膚卻鋪上黑色的炭灰，眉毛又粗又濃，帶著一些叛逆，眉頭卻深深緊鎖，很顯然地在承受巨大的痛楚。

2 註：九分法（rule of nine）是醫學名詞，用於計算燒傷面積所佔身體面積的百分比。將身體表面積估為一百等份，再將身體各部位所佔相對面積劃分為數個9％。頭部、左手、右手各為9％；胸部、背部、左大腿、右大腿各為18％；會陰部為18％。

剛打過止痛針，雙眼微閉著，長長的睫毛卻不住的顫抖。忽然，女孩睜開眼，眼神空洞卻堅定地看著他。

「李凌嘉，救我！」

李凌嘉就像被電擊一樣，從錯愕和迷惘中驚醒。鄭宜敏，朝思暮想的那個人，現在真實地出現在他面前，卻躺在醫院的急診室病床上。非常擁擠的急診室，左右都是人，右邊病床年輕的男孩子顯然是開放性骨折，大腿骨頭穿刺出來，小腿以怪異的姿勢垂在身旁，男孩一邊喊痛、一邊哭叫著。

「刷！」李凌嘉將急診室的窗簾拉上，小小的空間只剩下他和女孩以及一位護士。

「會有一點痛喔！妳要忍耐一下。」李凌嘉從護士小姐手中接過剪刀，仔細的幫女孩把衣服除去：上半身穿著鵝黃色套頭毛衣，下半身是牛仔褲，右半邊的衣服部分燒成焦炭，左半邊的衣服雖然完好，但也沾了油漬，看起來還好火撲滅得快，否則不堪設想。

混紡的毛衣經過火炙纖維糾纏沾黏，和皮膚緊緊咬在一起，只要輕輕一撕，皮膚就隨之扯落。

「好痛！好痛⋯⋯」女孩忍不住尖叫。眼淚一滴一滴的流下來，李凌嘉手竟然發抖，這一位年紀輕輕，就以精湛刀法在整型外科界被譽為明日之星的醫師，處理過多少複雜的外傷，也經歷過多少複雜而漫長的重建手術，而這一刻，只是為一個年輕的女病人去除身上燒焦的衣物，竟然讓他驚慌失措。

「李醫師，要不要讓我來？」總醫師問。

「不！」女孩和李醫師竟然同時大喊！黏著皮膚的燒壞毛衣已經清除乾淨，表皮撕裂，露出血跡班班的真皮層，血水就像一顆一顆的露珠，滲出之後滴在床單之上。接著是內衣，那是一件剪裁簡單，卻質料精美的淡藍色胸罩，李凌嘉將它從中間剪開，動作非常輕微，就像揭開一件精緻的瓷器。

那一對乳房，因為胸罩的保護而保持肌膚完整美好，鑲嵌在女孩布滿水泡變形的身軀，似乎在對李凌嘉做出最輕狂的嘲弄。在左側乳房的上方還有內緣，有著無數淡淡的疤痕，那是他之前用六個零尼龍線（比頭髮還要細）的縫線一針一針縫補出來的。

他靠近女孩，極力的調整呼吸。

「李凌嘉，你看，我很乖，你的傑作，我沒有破壞掉……」女孩眼中原本充盈著淚水，這一剎那竟然閃耀著一抹興奮。聲音又軟又甜膩，像是小女孩向心愛的人邀功，期待著讚許。

「唉！」李凌嘉咬咬牙。這時女孩上半身已經赤裸，他接著處理燒得焦亮的牛仔褲，一扯，又是一塊皮膚隨著燒焦的纖維撕裂下來。

「啊——！」雖然打了止痛針，皮膚撕裂的瞬間讓女孩緊咬的唇流出血來。

「匡啷！」白晃晃的剪刀摔在地下。

李凌嘉似乎虛脱了，他扶住床緣，雙腿幾近癱軟。他呆呆地看著牆，不再看女孩的身體，不再和任何人的眼光接觸。

總醫師一聲不響地把剪刀從地上撿起來。

「李醫師，要繼續嗎？」總醫師問。

「不，通知開刀房，急診刀。」李凌嘉虛弱的説。

「好的，我馬上聯絡開刀房。開刀排程，對了，NPO[3]的時間是？」
「總醫師總醫師！D07床的病人心跳停止了，要趕快CPR[4]……」話還沒說完，一位護理師匆匆忙忙地衝進布簾。
「好的！我馬上去！」總醫師轉身，用抱歉的眼神看著李凌嘉。
「總醫師，這邊沒問題的，交給我，你趕快去忙！」
總醫師欲言又止，想要說什麼，搖搖頭，一轉身離開了。
簾子裡只剩下女孩，李凌嘉和一位護理師，護理師熟練地將傷口做初步處理以及手術前的準備。
「咦？」護理師像是對李醫師說，又像是自言自語：「奇怪，身上怎麼會有這麼多疤？還有補皮的痕跡？是誰縫的？好漂亮！」
「李凌嘉，等會兒要進開刀房了，是嗎？」女孩虛弱的問。
「是的，妳別怕，等一下上了麻醉就不會痛。」
「你能夠握住我的手嗎？」女孩將沒有被火燒傷的那隻手伸出來，手指雪白纖細，像是一塊白玉。
李凌嘉毫不遲疑的伸出手，和女孩相握——護理師在旁邊驚訝張著嘴。男人粗獷的大手和女孩的小

3註：NPO是術前禁食（Nulla per os）的縮寫，一般手術病人被要求至少八個小時以上的禁食時間，目的是減少可能因麻醉手術中如發生嘔吐，增加異物吸入肺部的危機。不過如果是緊急手術，為了搶救病患生命，視情況就不堅持NPO的時間了。
4註：CPR，Cardiopulmonary Resuscitation的縮寫。心肺復甦術，對呼吸或心跳停止之患者，使用心肺復甦術（CPR），來維持其通氣及循環。

手像有強大的磁力，一握住，再也分不開。女孩就像即將掉下懸崖的人，用全身僅有的力量抓住李凌嘉。

「李凌嘉，對不起，我原本想死的……可是，現在看到你，又想活下去……你要答應我，親自幫我操刀！」女孩說。

「好，我答應。」他堅定的說。

「我不要任何人，尤其是男人，碰我的身體……除了你……」

「好。」李凌嘉再次點頭，不由得覺得有些好笑，真是個孩子，開刀時，總要有助手啊……不過，這時候不和她爭。

「李凌嘉，這次我會不會死？」

「不會的不會的！」他再也不能冷靜，忽然用吼的音量，急急切切地說：「鄭宜敏，不要這麼說，有我在，妳不會死！」

「喔伊——喔伊——」尖銳的救護車警笛聲由遠而近，嘈雜的人聲、凌亂的腳步聲……看來又有重大傷患了。李凌嘉閉上眼睛。這就是醫學中心急診室凌晨一點的日常。不遠處傳來斷斷續續的哭聲，不知道總醫師CPR的那床病人救回來了沒有？

第一章　似曾相識的美麗與溫柔

一年前

「嗶嗶——」下午六點，一般人都在趕著回家的路上，著名的醫學中心整形外科資深住院醫師——李凌嘉，卻背著包包走進一個充滿嗶嗶聲響的空間。

這是燒燙傷加護病房，迎接他的是護理站整排色彩絢麗的螢幕。那螢幕上演著悲歡離合，畫面卻極為簡單——紅色、綠色、藍色各種顏色的線條，標示著血壓、心跳、血含氧量。那此起彼落，單調而規律的嗶嗶聲，是病人的心率。

那嗶嗶聲如果突然地加速，代表痛苦與掙扎。如果聲音混亂甚至拉出長音，則表示生命可能即將結束。

「李醫師，來值班啦。」迎面而來的護士小姐向他打招呼。

或許看出李凌嘉已經相當疲累，那位小姐刻意露出甜美的微笑。

他手上拿著涼掉的便當，走進值班室，將裝著發出酸味換洗衣服的包包丟在床上。

幾天沒有回家了？開刀、值班、開刀、看門診、值班……外科住院醫師的生活日常，根本沒有辦法回去，就把女朋友一個人丟在家。

姿倩會不會生氣？她現在在做什麼？原本因為疲累幾乎僵掉的腦海，忽然想起這個問題。想到姿倩，心頭忽然像被一顆大石狠狠撞了一下，又悶、又痛。究竟怎麼回事？為什麼胸口會有沉重感？

姿倩是他大學同班同學，從中部來的女孩，以外型來看，在醫學生當中算是非常出色。高挑勻稱的身材，喜歡梳公主頭，那高雅的氣質讓她在功課優秀的醫科女生當中顯得出眾。

從大二開始兩人就在一起，畢業後，進入同一家醫學中心接受住院醫師訓練，很自然地，兩人在醫院附近租一間房子住在一起，上班方便，彼此也可照顧。雖然沒有明說，雙方都有默契，等李凌嘉拿到整形外科專科醫師就結婚。

要拿到整形外科專科醫師的執照，需要六年的訓練。

六年，好長的歲月啊！是國內訓練時間最長的專科了，李凌嘉還是資深住院醫師，而他的女朋友走家醫科，已經是主治醫師了。

三天沒回家，姿倩不會生氣吧？她應該習慣了，她知道外科住院醫師的生涯，幾乎以醫院為家！雖然自姿倩升上主治醫師後，空閒的時間多了許多，難免生活步調相距越來越遠。

但姿倩是愛自己的！李凌嘉堅定的告訴自己。半個小時前，她才傳 Line 訊息：

「嘉，要記得吃晚餐喔！還有晚上別喝咖啡了，小心睡不著。」

李凌嘉拿出手機，看著 Line 螢幕上綠色的文字，細讀一遍又一遍。

當他讀簡短卻溫暖的問候第五遍時，全身的疲累好像緩和了許多。

脫下白色醫師袍，在值班室空間狹小的廁所洗了把臉。抬起頭看見鏡中的自己：三十歲的男人，有些憔悴、蒼白，幾天沒有刮鬍子了，那鬍渣從鬢角、下巴延伸到上唇，亂的像雜草，濃厚的眉毛和大眼讓李凌嘉的臉輪廓鮮明得就像石膏塑像。

工作了超過三十六小時，昨天的手術是口腔癌的切除和重建，將潰爛發臭的口腔惡性腫瘤從病人的臉上切除下來。雖然是專精於整形重建的醫師，但是在開刀房猛然看到——那幾乎切掉一半的臉，仍然會感到詭異。

病人是六十多歲的男人，長年嚼檳榔加上抽菸，讓他整口牙齒都變得又紅又黑，就像象棋的棋子一樣。對健康毫不在意，口腔裡破了個洞也不管，直到那潰瘍發出的臭味讓自己都受不了，才來看醫生。

這時局部淋巴結都轉移了，除了口腔癌病灶切除，還要將腫瘤旁的組織，以及頭頸部淋巴結一併切除。那幾乎切掉一半的臉，牙齒都裸露出來，任誰了看都會嚇一跳。

手術完成已經是凌晨，極度困倦，沒有辦法再移動身子回到家中，另一方面也擔心吵醒姿倩，就在開刀房的沙發上睡了幾個小時。反正天很快就亮了，早上七點晨會。接下來又是全天開刀。

開了一整天刀，透過醫院玻璃窗望出去，天色已經全暗。正是回家享受晚餐的時刻，李凌嘉卻出現在燒燙傷中心，準備值班到明天上午八點，然後繼續進手術房。

這就是外科醫師的生活。

還好吧！在加護病房值班，也算一種休息呀，希望不要碰到太多CPR就好。李凌嘉安慰自己，努力讓腦海出現一絲幸福感。

打開便當盒，已經非常餓了，中午幾乎沒吃什麼東西，因此便當裡的雞腿雖然烤得焦黑，他還是大口的咬下去。痛，李凌嘉的胸口忽然又是一記重捶，咬下的雞肉讓他滿口油膩，完全吞不下去。

究竟怎麼了，這種不安感覺，似乎和連日的手術沒有關聯。他不得不閉上眼睛，認真的面對自己。

三天前晚上，李凌嘉帶著幾位實習醫師到醫院附近的義大利餐廳用餐。這家餐廳的烤雞特別有名，正當一口咬下的時候，看見一對男女有說有笑地從他面前經過。

李凌嘉張大了嘴，食物差一點卡在喉嚨。

那位男士是耳鼻喉科醫師，比自己大一屆的學長姚正德，外型高大挺拔，醫界富二代，父親是某醫院院長，最近才辭掉醫學中心的工作，在醫院附近開了一家設備新穎，門面光鮮亮麗的耳鼻喉科診所，沒有多久就門庭若市。

可是……可是他身邊的那個女孩，長髮披肩，穿著一襲連身藍色洋裝，風姿綽約，雖然沒有看到正面，但是那身影，似乎就是……

想看清楚一點，不過兩人很快就離開餐廳，消失在他的視線。

不可能的，雖然姿倩也認識這位學長，但她怎麼可能和姚正德單獨吃飯？一定是看錯了！不過這幾天，往往會有突如其來的窒息感，會不會和這件事有關？

或許因為連日超時的工作加上低血糖，他呆呆地面對便當盒，有一兩分鐘的恍惚。

「茲——」放在桌上的手機一邊震動，一邊用誇張的鈴聲叫喚他。看看來電號碼，竟然是急診。

「李醫師，急診室有燙傷病人，請您評估，是否要收到燒傷中心。」

「為什麼不找一線值班醫師呢？」李凌嘉問。

「剛剛問過總醫師了，他說全部住院醫師都還在上刀，想請你先過來看一下。」

總是這樣，外科醫師人力不足，一個人當兩個用，人力再不夠，那就，當三個用。血汗中的血汗。外科醫師，當之無愧。

近年來醫學系畢業生總是優先選輕鬆、好賺錢的科系，像外科這種辛苦、壓力大、工時長、健保給付低的科系根本沒有人要走。人力越缺乏，住院醫師就越累，越累，越不敢有學弟學妹加入，成了惡性循環。

總醫師既然找上自己，代表真的沒人了。他看看手錶，還不到晚上七點，今天有不少重建的大手術，大概刀還繼續開，住院醫師沒人敢下 table[5]，包括值班的醫師也一樣。

---

5 註：table，指手術台。外科醫師刷手消毒穿上手術無菌服進行手術，台灣外科醫師俗稱之「上table」，反之，手術結束或換手其他醫師接替，脫下手套、無菌衣，稱「下table」。

急診，去看看吧。

急診室擠滿了痛苦、哀嚎的人，有些渾身是血躺在擔架上，從檢傷中心一直排到大門口。一個衣衫襤褸、頭髮花白的男人一手拿著鹿茸酒酒瓶，一邊對著天空破口大罵。

李凌嘉走進外科急診治療室，好幾個醫師和護理師圍著檢查床，女孩尖銳的叫聲卻穿出人牆。

「媽，好痛！好痛！媽媽救我，妳叫他們不要碰我！」

看來很難纏。李醫師心裡想。他遠遠看見一個長髮女孩，長相非常秀氣美麗，皮膚白皙，眼睛充滿淚水，有人一靠近，就緊抓媽媽的手大聲尖叫。一旁站著的母親是衣著相當華麗的中年婦女，緊緊被女兒握住的手已經漲紅。她彎下腰，在女兒耳邊小聲叮嚀，似乎在極力安撫她的情緒，不過看來效果有限。

女孩穿著白色T恤，米色的短褲，露在衣服外的皮膚有大片的紅腫和水泡。

「狀況怎樣？」李凌嘉問。「患者十七歲，熱水燙傷。」

急診室的住院醫師是學弟，恭敬客氣地回答：

「大部分是二度燙傷，不過還不確定是否有深度的燙傷。」

「依照 the rule of nines，燙傷面積大約多少？」

「這個嘛，」住院醫師有些尷尬。「學長你看，病人情緒這麼激動，根本沒辦法檢查。」

李凌嘉搖搖頭，他走近女孩。

「小妹妹，不要害怕，我檢查一下傷口，會很小心，不會讓妳痛的。」他用最溫柔的語氣向她說。

在那一瞬間，時間靜止了。

女孩忽然停止尖叫，停止哭泣，四周的空氣就像飄下的雪融化在地上，寧靜、無形。女孩滿是淚水的大眼睛看著李凌嘉，李凌嘉也看著她，那一瞬間，彷彿過了好幾生、好幾世。女孩對這個滿是鬍渣、有著堅毅神情的男人有一種感覺，他將會是她生命中一個非常非常重要的人。

李凌嘉呢？他望著女孩，也呆住了，因為在女孩凝結了痛苦、驚懼、溫柔、期盼與絕望的雙眼中，看見了十分熟悉的感覺，那是似曾相識，非常熟悉，又遙遠的美麗與溫柔。

「李醫師，病人這麼怕痛，是不是去開刀房清傷口？」急診室總醫師問。

李凌嘉和鄭宜敏四目交接，久久無法離開彼此的視線，那凝結的瞬間被總醫師的問題打斷。

「嗯……」李凌嘉仍沉浸在與這女孩相遇的悸動，一時沒有辦法回應。

「剛剛打電話問開刀房了，目前還有胃穿孔和頭部外傷的手術，可能要等一陣子，是不是到燒傷中心處理傷口？」另外一位住院醫師說。

「噢，好。」李凌嘉還是有一點魂不守舍，那女孩的雙眼有一種吸引力，無法解釋，讓他難以將目光移開。

「小妹妹，別怕，等一下我們會幫妳打止痛，再清理傷口。」李凌嘉極為溫柔的說。

「真的……不會痛嗎？」女孩眨眨大眼睛，淚眼朦朧的望著李凌嘉。「我的手臂、還有胸前的皮膚好痛好痛，快要痛死了，剛剛醫生和護士碰到我，更痛。還有，醫師，我不是小妹妹。」

李凌嘉微笑了，不是小妹妹？應該叫「小姐」？都這個節骨眼了，還這麼在意別人對她的稱呼，真是個孩子。

接下來是忙碌的文書作業，準備將病人轉送至燒傷中心。

停止了尖叫和哭泣，急診室一下子變得清靜。

女孩終於放開媽媽的手，那位衣著華貴，拎著名牌包的婦女走近李凌嘉。

「醫師，等一下我能一起進去嗎？」

「不可以。燒燙傷加護病房平時家屬不可以進入，因為要保持隔離和無菌，不過有固定的會客時間。」

李凌嘉語氣平緩卻堅定的說。

「那……那怎麼辦，她……她需要我的的，尤其在這個時候！」媽媽滿是焦慮。

「請您放心，」旁邊的護理長勸說。「燒燙傷中心有專人照顧的，何況，剛才病人情緒那麼激動，讓她靜一下也好。」

「嗯，」媽媽點點頭。「讓她靜一靜也好。」

「對了，」李凌嘉問：「是怎麼受傷的？」

「這，這……」母親好不容易才略為平緩的情緒又激動起來。

「第一時間我不在家，不知道發生了什麼事，我是接到宜敏的電話還有尖叫聲，立刻趕回家的，就看到……」母親說著，摀著臉哭起來。

顯然回家後看到的那一幕，讓她非常心痛。

「應該是是不小心被熱水燙到的。」母親說。

胡扯！李凌嘉心裡這麼想，卻不再追問。

又不是小孩子，如果是不小心被熱水燙到，位置通常在腰部以下。女孩卻是從胸部以下大面積燙傷，還波及上臂。

如果是「自傷」——很可能是：用手拿著熱水澆灌下去。那需要多大的勇氣！究竟這女孩有怎樣的痛苦，要對自己做這麼殘忍的事?!還有其他可能嗎？

「醫生，孩子，會不會留下疤痕。」

李凌嘉不知該怎麼回答。

「這麼大面積的燙傷，當然會有疤痕，不過要清創之後，看第二度燙傷，第三度燙傷各有多少，才能做出評估。」[6]

「媽，我好痛！」女孩情緒不再激動，像一隻受傷的小貓，以哀求的眼神看著母親，似乎是希望得到多一點憐愛。女孩將目光轉向李凌嘉。

「醫生，拜託你了。」女孩的語音變得溫柔。

半小時後，李凌嘉又回到那個充滿嗶嗶叫聲的燒燙傷加護中心，並且帶來一位燙傷的少女——鄭宜敏。媽媽陪在身旁，直到加護中心的大門「轟——」的關上，將外界的紛紛擾擾全部阻絕在外。

幾位資深護理人員馬上接病人，將鄭宜敏帶到治療室，準備清創。

接近晚上九點，李凌嘉看看手錶，值班室桌上還放著吃了兩口的便當，他將之扔進垃圾桶，一點也不覺得飢餓。忙碌，在今晚竟然不是折磨，反而是種解脫，至少不需要再回想陪伴在姚醫師身旁的女孩的背影。

那不可能是姿倩！李凌嘉告訴自己。

沖泡了一杯耳掛式咖啡，沉浸在咖啡的香氣裡，享受手術前片刻的寧靜。隨手翻了病歷，病歷上的貼紙寫著病人的基本資料：

---

6 註：燒燙傷分級「一度燒傷，傷及表皮層，一般不留疤痕」、「二度燒傷，又分淺二度與深二度，深二度傷及真皮層，可能留疤痕」、「三度燒傷，傷及全部真皮層，甚至深及皮下組織及肌肉骨骼。會留疤痕」。

鄭宜敏，女性，十七歲。

花樣年華。

「學長，我們準備好，可以開始清創了。」一個穿著綠色手術衣，有著圓滾滾身材的大男生進入值班室。

「哇！小羅，你怎麼來了？」李凌嘉有點意外。羅誌明是小他兩屆的學弟，學生時代就同屬熱門音樂社，同樣熱愛音樂，前幾年他也進入外科部，說是跟隨學長李凌嘉的腳步。

「沒事，我剛下刀，聽說學長昨天晚上幾乎沒睡，又開了整天刀，就過來幫忙。」小羅說。李凌嘉很感動，常常覺得，外科手術台上，就像戰場。拿手術刀的外科醫師、協助的流動護士、刷手護士，是戰場上的兄弟姐妹，感情和一般人是不一樣的。

「轟——」治療室的門打開。鄭宜敏蒼白、纖細的身軀躺在床上，上了麻醉，此刻的她微微側著頭，似乎在沉睡，長髮披散在身邊，讓她娟秀的臉龐更為柔美。

李凌嘉走近，那種異樣的感覺又浮上來。身為整形外科醫師，名媛淑女，他看得太多了。不知道為什麼，當他第一眼看到這個女孩，卻有特殊的悸動，是似曾相識？

「是個漂亮女孩呢，唉！會留疤的。」圍在鄭宜敏身旁的護理師竊竊私語。看到李凌嘉進來，馬上停止說話。他戴上無菌手套。

「清創開始！」

剪刀從腹部中間的衣服剪開。燒燙傷病人皮膚極其脆弱，因此醫療人員不會依照一般穿脫衣服的方式，而是用剪刀將之破壞，再小心翼翼地，以不傷害皮膚的方式將衣服去除。

鄭宜敏上半身穿著單薄的T恤，剪刀劃過，很快就露出上半身的胴體。

李凌嘉吸口氣——鄭宜敏衣服下的肌膚更為白皙。看著傷口，他無法避免的注意到——女孩有著這年紀少有的，豐滿結實的胸部，乳暈泛著未經世事的粉紅，卻被熱水燙出大大小小的水泡，有一些水泡已經破裂，透明的組織液滲出，一滴滴的將床單染濕。過去這段時間，這女孩一定承受極大的痛苦。

接下來將褲子剪開。女孩白色的內褲鑲著紅色小花的蕾絲，正是適合年輕女孩的款式。剪開之後，卻發現腹股溝以及會陰的地方也有嚴重的燙傷。水泡除去之後皮膚呈現灰白色，傷及真皮層，屬於深度燙傷（三度）。

「有些部分，過一陣子需要補皮。」小羅說。

「嗯，我也這麼想。」李凌嘉說。

李凌嘉仔細清除女孩身上的水泡及痂皮，傷口初步處理完畢，將剪刀和鑷子交給學弟。

「小羅，接下來交給你了。」

「沒問題，學長先去休息吧。」

回到小小的值班室——那是僅容納一張床，一張桌椅的空間，角落塞了酸臭的衣物。不過，他的心慢慢平靜。

為什麼第一眼看到這燙傷的女孩，會有如此強烈的感覺？閉上雙眼，他逐漸意識到，那似曾相識是從何而來。

十幾年前，他還是國中學生，他的母親也是全身燒傷，孤伶伶躺在急診室的床上。那眼神是那麼無助、絕望、驚恐，還帶著祈求。在意識還清醒的時候，母親看著李凌嘉，用微弱的聲音說：

「凌嘉，對不起……」母親美麗卻絕望的眼睛，已經道盡千言萬語。

「媽媽沒有辦法陪你了，你要好好活下去……」

母親的聲音越來越微弱，美麗的雙眼慢慢闔上，無論李凌嘉怎麼哭喊，之後再也沒有睜開來。

同樣在急診室的病床上，鄭宜敏，在那一刻，他彷彿在她身上，看見自己的母親。

甩甩頭，什麼都不想了。李凌嘉脫下白袍躺上值班室的硬板床，準備睡覺。

還不到午夜，不過第五床燒燙傷70%的王伯伯有心臟病，狀況不穩，半夜隨時可能需要急救。必須先睡一會兒，為漫漫長夜做準備。他真的非常非常疲累了，或許在夢中，可以再見到母親。

第二天傍晚李凌嘉走出醫院大門，寒風細雨瞬間撲在臉上。也讓他整個清醒。連日的開刀加上值班，使他腳步遲緩。

凌晨兩點他被電話喚醒，和實習醫師做CPR三十分鐘，兩個人渾身是汗，綠色手術衣都被汗水沁濕，藥物也用到極限。

該放棄急救嗎？不行！因為他知道王伯伯想活，他的妻子和兒女也希望他活下去。

但是醫療有極限。生命，掌握在醫師的手中嗎？不是！而且從來不是。

凌晨四點，第五床的王伯伯還是沒有撐過去。

已經盡力了。他告訴自己。但早上看到那空蕩蕩的第五床，內心還是覺得感傷。

租屋處和醫院只隔兩條街，卻覺得好遠，沒有帶雨具，細雨夾著強風打在他的身上、臉上，台北的冬天只要開始下雨，氣溫就會像溜滑梯一樣的下降。沒有帶禦寒大衣，此刻李凌嘉覺得好冷。那冷到骨子裡的寒氣直到進了公寓大門才略為舒緩。他和姿倩租的小屋位於四樓。快五十年的老公寓，一到下雨天，樓梯間會出現一股霉味，廉價塑膠製的樓梯扶手摸起來也濕濕黏黏。

姿倩抱怨這間公寓太多次了。當初 apply[7] 到這醫學中心當第一年住院醫師，兩個剛畢業的年輕人，沒有錢，也不想依賴家裡，在醫院附近找到這小小的住所就心滿意足了。李凌嘉覺得這間公寓有太多美好回憶，雖然還沒有結婚，在這小小的空間，只有簡單的家具和床，兩個人窩在沙發上追韓劇、玩橋牌，還有……做愛做的事，就像小夫妻一樣甜蜜。

「李凌嘉，我真的受不了這間房子！」姿倩大聲地對他說，音量大到幾乎是用吼的。

怎麼了？當年住進這間小公寓的時候，兩個人不是都很滿意嗎？

人都會變？當然，隨著年齡增長，見識也不一樣了，尤其去年夏天姿倩升上主治醫師，一再表示受

7 註：apply，英文的原意就是「申請」。醫科學生畢業後都希望能申請好的醫院、理想（熱門）的科系，這對未來行醫的方向影響很大。

不了這種居住品質。

「喔——！李凌嘉，你看看這衣櫃這麼小，我的衣服根本放不進去，都堆在椅子上了，還有，天氣這麼熱，我們難道是住在烤箱嗎？」

「冷氣可以開強一點呀。」李凌嘉懦弱的說著，好像冷氣不涼是自己的錯。找到冷氣遙控器，才發現已經調到最冷——十六度了。

但屋裡肯定不只三十度。

「沒用的——」姿倩把聲音拖得很長。「這是頂樓，加上西晒，怎麼吹也不會冷。」

「好啦好啦。」李凌嘉摸摸姿倩的頭，趁機在她耳後親一下。「這星期六我沒值班，我們去看房子。」

姿倩這才開心的笑了起來。

沒想到看完房子兩個人更加沮喪。台北市房子貴得驚人，看得上眼的房子，即使是不大的坪數，對兩個年輕醫師而言，都是天價。

「這樣吧，等我升上主治醫師，再買房子。」李凌嘉有點抱歉的說。

姿倩不再說話。明顯看得出來，她很失望。

不願說出口的，是在醫學中心的醫師薪水並不高，即使升上主治醫師，成為 Young V[8]，幾年內在台北市還是買不起像樣的房子。

推開公寓房門——一片漆黑，姿倩還沒有回家。他打開燈，空氣中那特殊的、屬於女性的香水味讓他心安：那是姿倩衣服上的味道。她總是像百合花那樣清麗優雅，自己卻邋遢慣了，髒衣服、臭襪子四處亂丟，幸好姿倩將這間小屋維持得整潔美好。

快八點了，還不回家？升上主治醫師之後，姿倩時間應該更有彈性，反而更晚回來？打開 Line，手機上有半個小時前傳來的訊息。

「我已經吃過了，你還沒吃吧。我有幫你帶一份蝦仁炒飯。」

李凌嘉開心的笑了，還是那麼善體人意，知道他最喜歡蝦仁炒飯。

打開電視。十分鐘過去，完全不知道新聞在報些什麼。

等姿倩回家。

他無法否認自己對姿倩的依賴。在醫院，在開刀房，可以是獨當一面的整形外科醫師，但是在生活上，姿倩不在身邊，他就六神無主，像個小孩。

房間衣櫃的門半掩著。他輕輕走近衣櫥，好像在做一件見不得人的事。手微微顫抖，拉開衣櫥的門——

8 註：Young V，Young Visiting Dr.「年輕主治醫師」的簡稱。白話文就是「菜鳥主治醫師」。

兩個人同居多年，姿倩的衣服他很熟悉，卻有一件從沒看過的藍色洋裝掛在那兒，發出濃郁的香味。

李凌嘉全身一震，彷彿通過強烈的電流。那一晚姚正德身旁穿著藍色洋裝的女孩，真的是姿倩?!這……這不可能啊！

「咔咔……」門鎖轉動，姿倩回來了。李凌嘉心跳得很快，將衣櫥的門推好，像個做錯事被抓到的孩子。

「回來啦！」姿倩脫下高跟鞋。「有蝦仁炒飯，還幫你帶了奶蓋綠茶……」

聽到姿倩這麼溫柔、貼心的問候，李凌嘉眼睛有些潮濕。看著這個女孩——多年來一直是他情感的支持，生活上的照顧者。

對不起！姿倩，我竟然懷疑妳！他在心中大吼——內心感到無比慚愧，只因為姚正德身旁的女孩穿著藍色的洋裝，就懷疑姿倩？又覺得愧疚，自己選擇外科，還堅持走訓練時間最長的整形外科，以至於過了三十歲還只能領住院醫師可憐兮兮的薪水。

姿倩！有一天我會補償妳，我們一起搬到又新又大的豪宅。

李凌嘉心裡閃過好多念頭，姿倩卻沒有察覺到他內心的波動，將手提袋拎進廚房，炒飯，小菜一樣一樣的放在精美的磁盤端上桌。姿倩之前說過，即使是外食，只要擺盤花點心思，仍然可以吃出質感。

她將冷掉的炒飯用微波爐加熱，讓李凌嘉享受熱騰騰的美食，啜飲奶香濃郁的奶蓋綠茶。姿倩默默看著李凌嘉，卻沒說一句話，接著回到客廳拿起一本時尚雜誌翻閱。

李凌嘉以飛快的速度吃完飯（外科醫師的習慣），姿倩將碗筷盤子收進廚房，嘩啦嘩啦地洗乾淨，放進烘碗機，烘乾。她總是這樣，絕對的整潔與效率。

兩個人在客廳的沙發坐定，李凌嘉握著姿倩的手，溫柔的說：

「對不起，這陣子我太忙了。」

姿倩沒有做聲，手靜靜讓他握著。

時間過得好快，李凌嘉感慨。兩個人都三十歲了，姿倩再也不是當年剛上大學，蹦蹦跳跳、愛笑活潑的女孩。升上主治醫師，醫學生都要叫她老師，眉宇之間隱隱約約有了威嚴感。可是增添了成熟韻味，姿倩顯得更美。畫了淡淡的妝，大眼睛流露出自信，知性與感性的美。

撥開她的頭髮，在臉頰深深一吻，繼續探索姿倩的唇……她卻躲開了。

「我先去洗澡，你也該準備Paper（醫學論文）了，今年夏天不是要準備總醫師升等嗎？」

李凌嘉呵呵笑了，姿倩連這都記得！的確，醫師升等審查[9]是非常重要的一件事，如果沒有通過，就沒有資格在這家醫學中心擔任主治醫師。而撰寫出質量俱佳的論文是非常重要的。

拿出Paper，這些論文有神奇的「催眠魔力」，讓人昏昏欲睡。閉上眼睛，不知怎麼的，竟然浮現出鄭宜敏。

9 註：住院醫師要通過「醫師升等審查」，才能順利升上總醫師、主治醫師。

今天傷口換藥的時候，鄭宜敏全身裹在白色的紗布和敷料下，又黑又亮的長髮已經整理好，柔順得像絲綢一般。李凌嘉走到她的床前，兩人有幾秒鐘的凝望。剎那間，又被震了一下。

鄭宜敏那白皙的臉頰也一下子漲得通紅。這表情李凌嘉並不陌生——一百八十公分，修長的身材，不修邊幅，卻有一股天生藝術家的氣質，不少女孩子為他傾倒，每當這些女孩靠近他，也會情不自禁地流露出欣喜，害羞臉紅的表情。

不過……鄭宜敏只是一個十七歲的小女孩啊！

浴室的門打開，香皂的香味伴隨溫暖的水蒸氣一下子充滿了小屋。李凌嘉睜開眼，迎接他的是身上只披上一件浴袍的姿倩，亭亭的站在他面前。

「喔！姿倩……」李凌嘉低聲呼喊。她一頭捲髮被水蒸氣渲染的有些潮濕，卻更為性感，略微豐腴的身材，那單薄的浴袍完全無法遮掩成熟而玲瓏有致的曲線。

李凌嘉馬上有了強大的生理衝動，剛洗過熱水澡的姿倩兩頰通紅，笑盈盈地看著李凌嘉迫不及待地將自己緊緊抱起，走向臥房，丟在床上。

李凌嘉打開浴袍，貪婪的欣賞那美麗的景色，接著近乎粗暴地探索姿倩身上的每一吋肌膚。

過去一段時間，每次有需求，姿倩總是說太疲累，或是生理期而拒絕，算一算，竟然已經兩個月沒有親密行為。

李凌嘉親吻、吸吮姿倩身上的芳香。姿倩的反應也特別強烈，竟然坐起身，主動探索他，親吻李凌嘉的唇、臉頰刺刺的鬍子，親吻毛茸茸的胸，幾乎沒有贅肉的腰部、人魚線，以及……

李凌嘉沉醉了，也有一點詫異，因為姿倩好久沒有對他這樣主動，他閉上眼感受到感官的刺激，直到幾乎無法忍受。

「別調皮，現在讓我來了……」

「啊──！」姿倩竟然發出沒有抑制的叫聲，李凌嘉再次驚訝，因為以往姿倩總會克制住。

「喜歡嗎？」李凌嘉問。這是他們之間的儀式，事後，他像孩子似的詢問，等待姿倩滿意的讚賞。

「嗯……很棒！」或許是過於亢奮，姿倩全身癱軟，看起來有一些恍惚。

過了好一會，她才緩緩披上浴衣，走進浴室。

李凌嘉躺在床上，極力回味剛才的溫柔纏綿。以前不是這樣的，完事後，總要兩個人窩在床上，聊聊生活中的瑣事，捏捏對方的身體，甚至呵呵癢。姿倩今天卻著有不尋常的激情和理性。

看著她赤裸的走進浴室的背影，李凌嘉感到胸口又是重重一擊，因為他彷彿看到──那天熟悉的背影。

浴室水聲停止，又過了好一會，姿倩才走出來。竟然換上整齊的服裝。她喜歡藍色──藍色的長袖毛衣，牛仔褲，搭配髮梢微濕的大波浪捲髮，姿倩看起來年輕又嫵媚。

「怎麼啦？穿得這麼整齊，等會兒還要出門？」

「沒呀。」姿倩笑了笑。「天氣冷，就多穿了一些。」

相對於姿倩的衣著，他忽然對自己的赤裸感到困窘。李凌嘉不覺得冷，就隨手穿上深灰色的內衣以及短褲。

「你最近瘦了。」姿倩說。

「是嗎？看得出來？」李凌嘉下意識地摸摸自己肚子，失去脂肪，腹肌的線條更明顯了。

「最近太忙，沒吃什麼東西，也缺乏運動，妳呢？最近都忙些什麼？」

話剛問完，忽然自己都覺得荒謬。住在同一個屋簷下，這對話，卻如此陌生?!是不是自己整天忙著開刀，照顧病人，開醫學會，反而忽略身邊的人？或者，被忽略的，是自己？

「沒什麼。」姿倩說。

句號。兩個人的談話突然終止了，變成句號。

李凌嘉還想說些什麼，卻不知如何開始。

「對了，我有個小東西要給妳。」李凌嘉想到話題，走向角落裡的書桌，從抽屜拿出兩張卡片。

「這是什麼？」姿倩張大了眼。

「小小心願卡呀！還記得嗎，十八歲那年我們剛進入醫學系，老師給我們一張卡片，要我們寫下心願，若干年後我們畢業成為醫師，想做些什麼？」

「啊！我想起來了，但是，你怎麼會有這張卡片？」

「畢業的時候導師將這些卡片還給我們，讓我們看看當年許下的心願，應該是想提醒我們——莫忘初衷吧！那天妳在外縣市的分院實習，我就代為收下來，卻忘了給妳。前兩天整理舊書，才發現當年的心願卡還夾在教科書裡面呢！要不要看看？」

姿倩接過心願卡，緩緩唸出第一張：

「我是李凌嘉，來自雲林。這世界有許多因為疾病或受傷而痛苦的人，進入醫學院我要好好學習，用最棒的醫術幫他們解除痛苦。」

姿倩停下來。「你真的一點也沒有變，唉！」長長的嘆息。

一點也沒有變，那，為什麼姿倩要嘆息呢？

雖然是十多年前寫下的字，當姿倩一個字一個字唸出來的時候，李凌嘉還是感到悸動。十八歲，寫心願卡的時候剛剛考上國內著名大學醫學系，正是意氣風發，對未來充滿憧憬和理想的時候。

你真的一點也沒有變，唉！……十八歲寫下的心願竟然換來姿倩的嘆息？是因為已經三十歲了還抱持理想，太不切實際？太傻？

「來，這一張是妳的，還記得當年怎麼寫的嗎？我來唸給妳聽。」李凌嘉拿起另外一張卡片，很認真的唸出來：「我的名字是丁姿倩，來自台中。史懷哲[10]懷抱著崇高理想，到非洲行醫，我要效法他的精神，不追求個人富裕舒適的生活，為窮苦的人們奉獻。」

「你這是幹什麼！」沒想到姿倩臉色一沉，聲音尖銳起來。伸手搶過李凌嘉手上的心願卡。

「你是故意拿這張卡片來諷刺我？」她站起身，嘴角和眉毛上揚，以不屑的眼神，望著只穿著短褲，難堪而手足無措的李凌嘉。

「沙──沙──」姿倩緩緩地將十八歲寫下的心願卡撕成一片一片，撒在地上。

「姿倩，這是怎麼了？我……我沒有惡意，我以為妳看到當年寫的卡片，回想起剛進入醫學系的年少時光，會很開心。」

姿倩歪著頭瞪視著李凌嘉。好奇地，好像看一位陌生人。

「你確定不是在侮辱我？」

「怎麼可能！」。李凌嘉急急忙忙的辯解。「當初進入醫學院，不是經常拿史懷哲當例子，犧牲個人的享受，服務病患？」

「呵呵，當年如果不這麼說，面試的時候怎麼可能錄取進入醫學系？」姿倩發出笑聲，但說的每一

10註：史懷哲，（Albert Schweitzer, 1875-1965），以一個牧師與醫生的身分進入非洲關懷生命。在赤道非洲喀麥隆的蘭巴倫納（Lambarena）建立醫院，從事醫療工作長達三十五年。高中畢業生在醫學系面試的時候，許多人會熟背史懷哲的事蹟。都說要效法史懷哲犧牲奉獻的精神。

個字卻像冰塊一樣。

李凌嘉說不出話來，姿倩說是事實，全國優秀的高中生，為了申請醫學系面試，幾乎都熟知一些醫療前輩的故事，說要效法犧牲奉獻的偉大情操。

「唉——！傻子，我相信你。」

「姿倩，我不懂？」

「我以為你想報復我，那天在義大利餐廳，你看到我和姚正德在一起……」

「什麼——！」李凌嘉轟地站起來，大吼：「那……真的是妳！」

「是，」姿倩十分冷靜。「看到你們也在那兒聚餐，我想躲你，不過姚正德說，該讓你知道了。那時你旁邊還有醫學生，我怕你難堪，特地側身，沒想到你真的那麼遲鈍。」

「姚正德?!怎麼可能，這怎麼可能？妳在騙我，故意氣我的對不對？」李凌嘉大吼，就像一隻受傷的野獸，在小小的客廳來回走著。

姿倩非常同情的看著他。

「凌嘉，醒醒吧，我們不適合。看到十八歲寫的心願卡，更確定這個想法。『為窮苦的人們奉獻』，現在聽到這些我覺得好笑，你卻玩真的。我不是特別愛錢的人，但是辛苦考進醫學系，成為醫師，想改善自己的生活，有錯嗎？高中的時候母親被倒會，欠了好大一筆錢，我們連夜搬家，一邊躲債主，一邊想盡辦法賺錢。你知道，沒有一技之長要賺錢有多難嗎？」姿倩語氣出現難得的激動，說的又急又快，好像想為自己辯解。「擺地攤，打零工我們都做過，累到睡眠不足、頭昏眼花，母親因此還累出病。房租付不出來，被房東趕著搬家。李凌嘉，你有被房東趕，從破房子搬到另一棟更爛的房子的經驗嗎？」

「沒有，可是……可是從小我的生活也並不富裕啊。」

「你的故事我知道，也相信你有理想。不過人各有志，你走整形外科，本來我們可以一起創造未來的。醫學美容，現在市場多麼好！雙眼皮手術、鼻部整形、乳房整形、抽脂塑身都是自費的手術！你何苦堅持要走重建、照顧燒燙傷重症？我想，你念念不忘的，是想拯救像你媽媽那樣燒傷的病人？」

「不要提這個了！就算是，那又怎樣？」一提到母親，李凌嘉幾乎跳起來。

「我不否定你想當一個『好醫師』，但我們的想法不同，我只是想要在台北有一間大大的房子，有很好的 view，房子就在捷運旁邊，出門不用像小可憐一樣的在太陽底下一直走，這樣的心願，過分嗎？」

姿倩神情有些激動。

李凌嘉沉默。聽起來不是奢求，但是在台北市想擁有這樣的房子，年輕的醫師絕對負擔不起。

「凌嘉，你既然有理想，只願待在醫學中心當小小的主治醫師，想去鄉下義診，就去吧，我們不適合。」

姿倩從衣櫃裡拿出一個整理好的小旅行袋，披上一件有著濃郁香味的藍色大衣。

「妳，妳在做什麼？」李凌嘉睜大了眼，詫異的問。

「我要離開了。我答應姚正德，今天就要搬出來。」

「都這麼晚了?!妳要住哪裡？難道，難道住到姚正德那裡？」李凌嘉咬著牙說。

「不用激我。我不會住到姚正德那裡，但有地方住。」姿倩語氣依舊平鋪直敘，沒有動氣。「只是，既然我決定要分開，這決定就不會改變，再住在同一個屋簷下也不好。」

「姿倩，請不要走，這麼多年的情感，難道，說斷就斷？」李凌嘉幾乎用懇求的語氣。

「我也是考慮了很久，我不是不愛你，只是我們沒有共同的未來。」姿倩提著手提袋站在門口，姿態是那樣的優雅，好像站在講台上發表醫學演說。臉上沒有特別表情，聲音卻聽起來很冷靜、很誠懇。

「姚正德在我進醫院實習時是我的指導學長，那時就和我告白過，我拒絕了，因為身邊有你。他沒有死心，他說，從我大一剛入學的時候就苦苦愛慕我，只是沒有機會。你知道，家醫科和耳鼻喉科在同一棟大樓，我們經常碰面，聊咖啡、美食、名酒還有藝術。我慢慢發現，我和正德的興趣接近，對未來的願景也相同，另外有件事告訴你，我的家醫科診所，下個月就要開幕了。」

「診所？開診所要一大筆資金，哪兒來的錢？」李凌嘉非常詫異。

「錢不是問題，姚正德的爸爸……」姿倩只說了幾個字，頓住了。顯然不想說下去。

「姚正德爸爸？怎麼樣？怎麼不說下去？他爸爸有錢，要開聯合診所叫妳加入對不對？看一堆感冒病人，還兼做醫學美容，自費醫療賺大錢，不是嗎？」凌嘉的聲音越來越大，幾乎用全身的力量吼。

「你很不屑？對不對？李凌嘉，你這個可憐蟲！」姿倩終於按耐不住情緒，臉上一貫的優雅消失了，音量也變大了。「我早就知道你會有這個反應。難道用自費項目就不算醫治病人嗎？你眼裡只有學術，夢想成為學者、教授，看不起開業醫師，是你看不清現實！這年頭醫學界誰會在乎學術？誰會在意學者？

收入低微的醫師只是不折不扣的可憐蟲！誰會看得起你？診所收入很高，我不能和你在一起其中一個原因——就是不希望若干年後，我會因為你在醫學中心小小主治醫師微薄的薪水而看不起你！」

「夠了！」李凌嘉憤怒地跳起來，拳頭狠狠的敲在茶几上，順勢將桌上的杯子摔在地上，成為千萬個碎片。

「我就知道你會這樣，我走了。」姿倩似乎預知李凌嘉會發瘋，一直背著袋子站在門口，隨時可以離開。穿著黑色繫帶的高跟鞋。這雙鞋，李凌嘉從來沒有見過。

「妳只帶這些東西，其他的都不帶？」李凌嘉坐在地板上，全身虛脫，他看到桌上一整排他們最喜愛的唱片。「『五月天』的唱片呢？」。最後幾個字已經帶著哭聲。

五月天的唱片讓李凌嘉最後的矜持也完全崩潰，全身發抖，三十歲的大男人，努力不讓自己哭出來！

「不用了，其他我都不需要了，那些五月天的唱片……留給你，我聽 Spotify 也一樣。」

李凌嘉看著書桌上一張又一張 CD，眼淚終於不爭氣的流下來。那每一張五月天的唱片，都是兩個人攜手買回來的，紀錄著從年輕到現在的歲月。

「能不能問最後一個問題……」

「你問。」姿倩提起手提袋。

「妳和姚正德在一起多久了？」

「半年。」

「不對啊！這些日子，妳不是還傳 Line 關心我？」

「原來你執著這個。」姿倩抱歉的笑笑。「你可能會怪我劈腿，不過，別忘了我們並沒有婚約。這段時間我也有一點罪惡感，我和姚正德在一起，對你還是有歉疚，不知道該怎麼辦，只好不時傳個 Line 給你，我也不知道為什麼要這麼作，可能這樣心裡會比較好過，抱歉，讓你誤會了。還有，你很棒，我不會忘記今天晚上的，分手快樂！」

說完，姿倩頭也不回的離開，高跟鞋的腳步聲，逐漸消失在樓梯間。門卻沒有關好，一股寒風夾帶的細雨從窗子的縫隙吹進來，

李凌嘉怔怔地望著姿倩脫下的浴袍，還有一地的杯子碎片。

清晨七點多，一群年輕的男生用識別證穿過一道又一道門禁，進入手術室。

手術房有兩個入口，一個正門，也就是大家都看得到的門，讓手術病人進出；另外一個是讓手術醫師、護理師進入更衣的入口。因為不希望有外人進入，因此門禁森嚴，經常隱藏在一般人不容易注意到的地方，也不會有標示。

「喂，聽說了嗎，家醫科的丁姿倩醫師辭職了，準備在醫院附近開診所。」戴著厚厚四方形眼鏡的小方說。他是大腸直腸外科第四年住院醫師，一邊將上衣、西裝褲脫掉，準備換上綠色的手術服。

「丁姿倩？不是剛剛升上主治的大美女醫師嗎？聽說研究做得很好，去年還得到全院最佳論文獎。

跑去開業，有點可惜吧！」更衣櫃緊鄰小方的住院醫師說。

「什麼可惜！你知道開診所有多賺錢嗎？誰還會留在醫學中心苦哈哈的做研究？而且就在姚正德耳鼻喉科診所的隔壁，地點超棒的。」小方顯然對「可惜」二字不以為然。

「最近還經常看到丁醫師和姚醫師手牽手走在一起。」另外一位年輕醫師阿祥加入談話。他已經換好手術服，正準備戴上藍色手術帽。

「別胡說！」小羅的衣櫃在他們的斜對角，聽他們越說越不像話，趕快制止。「丁姿倩是我們整形外科李凌嘉學長的女朋友！」。

「……」

一時之間，開刀房男生更衣室所有的人都沉默了，陷入超級冰凍的冷僵。

「小羅，李凌嘉也是我們的學長，你聽了可能不太舒服，不過，這件事不是我們亂講，全醫院都傳遍了，丁醫師……應該是和姚正德在一起了。」小方醫師支支吾吾的說。

小羅本來還想說什麼。「唉！」後來長長嘆一口氣。「昨天也有護理師和我提起，說她們也看到了。唉！這件事，看來不是空穴來風。」小羅邊說邊嘆氣。

「丁學姐在學校是氣質美女，不曉得他們之間發生了什麼事，在一起這麼多年，怎麼說變就變？」小方說。

「說變就變嗎？我看也未必，凌嘉學長每天都在開刀房，我想沒什麼時間陪女朋友。耳鼻喉科醫師生活品質好，收入也高，我們外科醫師一天到晚都在開刀房裡，就像奴工，哪是那些富公子的對手。」阿祥說。

「這樣說起來，阿祥，你也要小心囉，你的女朋友超漂亮的。」

「屁啦——！烏鴉嘴。」阿祥一巴掌拍在小方的肩上。

「對了小羅，最近多關心一下凌嘉學長，我看他臉色不太好。」小方說。

小羅點點頭。

「搶走丁醫師的姚正德不是個簡單人物，聽說他的父親是中型醫院的院長兼董事長，家裡非常有錢，所以一拿到耳鼻喉專科醫師執照後，父親就將醫院附近整棟樓房買下來，幫姚醫師開了一家診所，未來要布局聯合診所。這樣的條件，女孩子很難不心動吧，『丁姿倩家醫科診所』的招牌這兩天已經掛上去了。」阿祥看來是包打聽，什麼都知道。

「匡啷！」似乎是保溫杯掉在地上的聲音。

開刀房的更衣室隔成一排一排，保持了基本隱私，幾個年輕住院醫師忙著聊天，沒注意到隔壁是否有其他人。小羅警覺的探頭一瞧——原來是李凌嘉，衣服換了一半，上半身赤裸，不鏽鋼保溫杯掉在地上。

「學長，你還好嗎？」小羅緊張的問。阿祥還有小方等一群住院醫師尷尬的不得了，真沒想到學長竟然在隔壁。

李凌嘉一言不發，默默將杯子從地上撿起來。綠色手術服套在他可以看見一條條肋骨的上身。雖然外型依舊高大挺拔，但是最近瘦了，以致於大號的手術服在他身上過於輕飄飄。

「嗶嗶……」這個月李凌嘉守燒燙傷加護中心。進入充滿監視器，聽起來規律、卻隨時可能變化心率聲的加護中心，覺得好像回到全世界最安全的地方。

雖然是全國具規模的大型教學醫院，員工有好幾千人，但是像「女神醫師移情別戀，劈腿醫界富二代」這種八卦，才沒兩天就已經傳遍整個醫院。

那天還特地繞過去看看——「丁姿倩家醫科診所」的招牌，果然已經閃閃亮亮掛在「姚正德耳鼻喉科」的旁邊。

李凌嘉胸中一陣刺痛——痛苦得覺得馬上要死去。

我才三十歲，總該不會真的心肌梗塞吧。他就這樣蹲了下來，在吹著寒風，鋪著紅磚道的台北街頭。他無力站起身，還忍不住嘲笑自己。「心如刀割」原來是真的。

「嗶嗶……」，李凌嘉有一陣恍惚，直到耳邊不間斷的「嗶嗶……」聲響讓他回過神。這是新的一天，燒燙傷加護中心有好多病人等待他的照顧。

一位護士小姐走近，溫暖的微笑：「李醫師，吃過東西了嗎，要不要來點……」

「不用了，謝謝妳，我不餓。」李凌嘉回報一個淺淺的苦笑。

加護病房的護士小姐當然也都知道他的「故事」了，這幾天都給他溫暖的問候，儘管那微笑當中可能多了一些同情。

同情——！我不要同情！他心中大吼。請你們不要對我這麼好！可以嗎?!他心中繼續吼。

可是除了這裡，他沒有地方可去。醫院裡人來人往，看到他的，除了同情，甚至，嘴角輕蔑的上揚，是不是還加上嘲笑？

李凌嘉將咖啡三明治丟在值班室的桌上，今天一定要將這些東西吃掉，他告訴自己。不過，還是不餓。沒有任何食慾，雖然胃酸逆流讓胸口整個燒灼，上腹部抽筋陣痛，但就是不想吃。

自從姿倩離開之後，他已經好幾天沒有吃過像樣的東西。姿倩是一個非常有計劃，什麼事都井井有條的女孩，廚藝也好，以往李凌嘉即使開刀到深夜回來，電鍋總有溫熱美味的食物等著他；分手前的這幾個月雖然關係較冷淡，冰箱裡吃的東西可沒有少。姿倩走得匆忙，冰箱還留有她先前準備的食物。

打開冰箱，李凌嘉卻忍不住想吐，後來甚至看到冰箱就覺得噁心。昨天夜裡準備了個大塑膠袋，將姿倩準備的食材、調味料一起扔進垃圾桶。

身為醫師，李凌嘉知道自己處在急性的壓力，就不勉強自己吃東西，反正身體一向很好，不過這幾天開刀的時候，血管竟然會晃，不只是動脈，連靜脈也在跳，難道低血糖真有那麼大的影響？

燒燙傷中心的工作也不輕鬆，有數十床病人要照顧，每天換藥，觀察傷口，有的要安排到開刀房清創，甚至植皮。

看到鄭宜敏，成為李凌嘉來到燒燙傷中心最值得期待的事。

鄭宜敏，這位燙傷的美麗少女，白皙柔美的臉龐，似水一般流動的眼波，烏黑柔亮的長髮。除了在急診的那一天，他在媽媽身邊歇斯底里地哭喊，進入燒燙傷中心之後卻是非常沉靜。有禮貌，不時會對醫護人員表達謝意，很快就得到所有護理師的喜愛。

「嗨！鄭宜敏，一切都好嗎？」李凌嘉來到病床前做例行訪視，窗簾已經拉開，清晨的陽光斜斜灑進來，整間屋子都非常明亮，鄭宜敏和李凌嘉——又是幾秒鐘的凝望。也不知道為什麼，彼此看著，卻說不出話來。

鄭宜敏笑了，露出淺淺的酒窩，以及潔白整齊的牙齒。

「我很好，傷口比較不痛了，不過換藥的時候，還是很恐怖。」

「好，換藥前我們先幫妳注射止痛藥，撕開紗布的時候，也會儘量小心，減輕妳的疼痛。」

「醫師，謝謝你。」鄭宜敏感激的看著李凌嘉。「對了，醫師你還好嗎，最近好像又瘦了，鬍子，也沒有刮。」

是嗎！李凌嘉猛然一驚，難道這幾天的煎熬，連病人都看得出來？

「我沒事，瘦了點，是最近想要減肥……喂喂，別忘了，妳才是病人喔！」李凌嘉說著露出誇張逗趣的表情，讓鄭宜敏也忍不住笑了出來。

忽然還真的有點餓了，等會兒到值班室得趕快把三明治吃掉。

李凌嘉想，和鄭宜敏的對話之後，是這星期以來第一次感覺到自己身體的存在。

住進加護病房的病人，年齡是恢復程度的重要因素，鄭宜敏進步得很快，生命徵象穩定，氣色也很好，抽血數據大多在正常範圍內。

受傷的原因呢？病人到了急診室，這是必須詢問的內容。鄭宜敏的母親那天全身發抖，坐在休息室的角落，只說：「應該是不小心打翻裝熱水的杯子了。」熱水杯？怎麼可能？

如果是不小心打翻裝熱水的杯子，受傷的部位怎麼會這麼廣泛？怎麼可能這麼嚴重？造成燙傷的原因可能不單純。想一想，將滾水倒在身上，需要多大的勇氣？要忍受多大的痛苦？

醫院請了專業的輔導人員，但是鄭宜敏拒絕溝通。反而是護理師斷斷續續和她聊天得到資訊：原就讀高職，現已休學。十歲那年父母離婚，鄭宜敏歸母親撫養，一年之後母親再婚，繼父的家境非常富裕，是某大企業的負責人。

這些天的會客時間，媽媽再也沒有出現，也沒有任何家屬來看她。

鄭宜敏的家庭……有著怎樣的故事？

「宜敏，換藥的時間到了。」

燒燙傷病人的皮膚蓋在層層的敷料之下，究竟是順利生長？或是化膿腐爛？誰也不知道。

宜敏癟癟嘴，雖然打過止痛針，但換藥「撕開紗布」的過程依舊是一場惡夢。眼淚已經在眼角打轉。

今天的情況比昨天又有進步，在腰部、臀部、大腿外側比較淺的傷口已經有小片的新生皮膚，這些散亂分布，就像一片片塊狀拼圖的皮膚之島如果繼續茁壯，就能夠長成健康的皮膚。不過深度（第三度）燙傷的部分也越來越明顯，尤其是乳房，腿部跟腹股溝還有會陰部的皮膚仍然泛白，已經有黃綠色的濃汁。

「深度燙傷部分有一點感染，病人怕痛嗎？」主治醫師問。

「會噢！宜敏很怕痛。」一旁的護士搶著說。

「李醫師，我們今天開始改用水療。」主治醫師說。

「什麼是水療啊?!」鄭宜敏問。

「不用擔心，」護理長輕輕拍她的手。「水療是比較不痛，也可以加快皮膚生長的換藥方式。」

水療果然溫柔多了，只是醫護人員必須煞費周章，卸下全身厚厚包裹的紗布，讓鄭宜敏坐進特製的水療池，用無菌水沖淨身上壞死的痂皮、黏稠的濃液。水，將身上的污穢殘缺帶走，帶來癒合與重生。

「這好像在浴缸洗澡啊？」鄭宜敏天真地問。

鄭宜敏輕輕閉眼，或許真的不痛，或許是赤裸著全身讓她害羞。李凌嘉拿起棉棒，順著水流滑過他的身體，滑過燙傷表面那凹凹凸凸的「皮膚之島」，也就是復原、新生的皮層。

鄭宜敏的肌膚如孩子般白嫩，有著丰美、形狀美好的乳房。斜躺著，胸前的脂肪因為水波的衝擊而微微蕩漾，水花濺上宜敏的傷口，也濺上未受傷那一側近乎完美，光滑雪白的肌膚。那水流經過胸前，纖腰，腹部大腿，也匯聚流過柔軟細密的恥毛。這是醫療行為無可避免的親近，也讓李凌嘉看到鄭宜敏那青澀卻美麗的一切。

「唉唷！」鄭宜敏驚叫，李凌嘉也嚇了一跳，原來會陰部有一塊傷口相當深，皮膚肉芽組織已經潰爛，剛剛棉棒刷過傷口太用力了。

「對不起，宜敏，我會輕一點。」他回過神，臉卻熱的起來。

宜敏的傷口在水療之下進步的非常快，再過幾天就要轉出燒燙傷加護中心了，只有胸部及會陰各有4×3公分的深度燙傷需要植皮，預定明天手術。李凌嘉將會親自為他執刀。

這個晚上李凌嘉值班，很寧靜的夜，呼吸器和心律監視器很有規律的彼此唱和。希望這是一個「平安夜」，他心中默默祝禱，緩緩走過每個病人的床頭。

黑暗中，看到鄭宜敏亮晶晶的眼睛閃呀閃。

「明天就要手術了，怎麼還不睡？」他停下來。宜敏是這房間裡除了醫護人員之外，唯一沒有插上呼吸器，也是唯一可以說話的人。

「李醫師，你也沒睡呀！」宜敏露出稚嫩的笑。或許這些天水療親密的接觸，宜敏看著他，眼神中帶著一抹羞怯。

「李醫師，換藥的時候，我看到身上有一塊塊凹凹凸凸的圖形，那是什麼，以後長出來的皮膚，會不會都是這樣坑坑巴巴？」

「不會的，」李凌嘉微笑：「原來在擔心這個，那凹凹凸凸的圖形，叫做『皮膚之島』，那代表新生，即使是嚴重的燒燙傷，只要長出『皮膚之島』，就有新生復原的機會。」

「皮膚之島……皮膚之島……」宜敏專心、若有所思地反覆唸這個新鮮的醫學名詞。

「李醫師，我第一眼看到你，就有一種很奇妙的感覺，好像，好像似曾相識，但是，我不可能看過你啊？我覺得你好親切，好溫柔。在急診的時候我痛得快要昏過去，那段過程我好像在作夢，只記得痛，痛到想趕快死。那些醫師護士想要剪開我的衣服，他們好粗魯，我好害怕，直到看見你之後，才安靜下來。我也不知道為什麼，真的，李醫師，你給我一種可以信賴的感覺。」鄭宜敏伸出柔嫩的手，握住他的手。

李凌嘉全身彷彿通過電流，微微顫抖，卻沒有掙脫。

才十七歲，說話還帶著天真無邪的少女，但讓李凌嘉感到悸動。紗布包裹之下的，是他非常熟悉，細膩、丰美、帶著缺憾，帶著強烈衝突的軀體；而露在紗布外，是美麗清秀少女的面龐。和他目光相對，可以感覺到單純的仰慕和信任。

一時之間，李凌嘉陷入一種連自己也無法說出、無法掌握，甚至恐懼去面對的情感。

「李醫師，我拿熱水燙自己的時候，根本沒有想過會這麼嚴重，早知道會這麼痛，早知道會留下……這可怕的疤痕，我應該用其他方法，直接死掉算了。」

「宜敏，不可以這麼說，妳想想看，妳的媽媽，妳的……爸爸，還有醫療人員，都這麼關心妳。」

「爸爸？媽媽？哈哈哈！」竟然壓抑不住的笑出來，「我親生父親，十歲就離開我了，這些天，你有看過媽媽來看我嗎？」鄭宜敏眼淚一下子流了滿臉。一位護士小姐走過，宜敏趕快將臉藏進被子裡。

她小聲的啜泣，李凌嘉沒有干擾她。

「李醫師，不要騙我了，你們都說傷口很漂亮，說『皮膚之島』代表新生，唉！就算我的皮膚都修補好了，那又怎麼樣呢？」鄭宜敏怔怔地看著李凌嘉。「這世界是不是都這樣——排斥和自己不一樣的，欺負比自己更弱小的人？」

李凌嘉覺得喉嚨哽住了，不知道該如何接話。

這時候，宜敏竟然小聲的哼起歌。這是李凌嘉第一次在ＩＣＵ裡聽到病人唱歌。宜敏哼歌的音量非常小，彷彿是在巨浪拍岸海邊水鳥的低聲吟唱。

歌詞是這樣的：

最怕回憶　突然翻滾絞痛著不平息
最怕突然　聽到你的消息

不想驚擾任何人，所以那歌聲輕微，卻極為優美，還帶著淡淡惆悵，是給自己聽？或者也唱給李凌嘉聽？

「這是五月天的〈突然好想你〉？」李凌嘉詫異的問。

「是啊！李醫師，你也聽五月天？」

「那當然！五月天是我們那個年代的樂團耶。這首歌，也是我最喜歡的之一。」李凌嘉笑了。「唱〈突然好想你〉這首歌，通常心裡想著一個人？是誰呀？」

「唉呦……」宜敏眨著天真無邪的大眼睛。「想誰？這不能告訴你。」鄭宜敏臉上突然出現又興奮，又害羞的表情，用床單將臉摀了起來。

李凌嘉全身一陣躁熱。在燒燙傷病房值班的夜晚，他知道，無論宜敏心裡想的是誰，這個話題都不能再繼續。

「醫生，我的歌聲好聽嗎？」宜敏再度從床單探出頭。

「很棒啊！這是我聽過最美的聲音之一」李凌嘉很認真的回答。

少女像花一樣燦爛的笑了。

「等我好了後，我再唱歌給你聽。」

「妳是歌手？」

「現在還不是，那是我的夢想。」鄭宜敏的眼睛亮了起來，不過看了身上的紗布，又沮喪的說：「我喜歡唱歌，從前在學校是主唱，不過要當歌手，都要很漂亮，我現在變成醜八怪，當主唱是不可能了……」宜敏的聲音越來越低。

「不要這麼說，宜敏，妳會好的，明天我幫你把皮補起來，就像之前一樣漂亮！」

宜敏笑了，有著酒窩，很甜美的笑容。

「那明天就麻煩你了！」

雙手沾滿消毒液，無菌水緩緩划過李凌嘉的指尖。手術進行之前，外科醫師要讓雙手保持無菌，也就是所謂「刷手」。李凌嘉的腳伸進手術房門旁邊的凹陷處——大門感應開關的位置，門「轟」的打開了。既然雙手要保持無菌，因此進手術房沒有「推門」這個動作。

鄭宜敏已經深度麻醉，從嘴裡插進氣管插管，她的長睫毛就像睡著的時候平靜美好。全身的衣服已經去除，只有胸前貼著心電圖貼片。李凌嘉用沾滿優碘消毒液的棉花球揮灑過全身，就像水彩一樣的暈開，那暗黃色的優碘迅速地掩蓋一切的美好和不美好。

「Time out![11]」李凌嘉大聲喊。在這一刻，手術房工作人員暫停手上的動作，主刀醫師在手術前帶領團隊做手術前time out的動作。他大聲唸出手術患者的名字、年齡、開刀的術式，接著麻醉以及開刀房護理人員一起確認無誤。

拿起沉甸甸的取皮刀，取皮機嗡嗡劃過，將鄭宜敏右側大腿的皮膚切割下來，那傷口瞬間冒出一片血珠，又迅速凝聚變成一片血海，助手趕忙將浸有腎上腺素和凡士林的紗布壓迫止血。

他攤開那片薄如蟬翼，屬於鄭宜敏身上一部分的皮，離開血管叢依舊非常的柔軟，就像絲絹一樣的光滑，卻是異常的慘白。

李凌嘉調整手術燈，聚焦在鄭宜敏的乳房外側——那因為壞死略帶凹陷的疤痕。手術刀延著壞死組織邊緣切下來，黃綠色的膿汁向外滲出，浸過手術刀的刀刃。

「紗布，組織剪！」沒有抬頭，右手伸出，刷手護士[12]幾乎是同時將器械遞到他的手上——這就是外科團隊的默契。有時候不需要說話，刷手護士就能夠知道手術醫師下一步需要什麼器械。紗布很快就

11 註：主刀醫師劃下第一刀前必須喊過「time out」，好像一二三木頭人那樣，開刀房的成員要將手術所有準備工作暫停，手術中的所有人重覆確認過病人姓名、手術部位、手術名稱、手術姿勢，確認無誤後，才能進行手術。time out 這個動作的目的是為了確保病人的安全。

12 註：刷手護士（scrub nurese），手術進行中，負責準備以及遞送器械給執刀醫師的護士。因為在手術之前必須刷手並保持無菌，故稱為刷手護士。

沾滿了膿汁和鮮血。

刀繼續往下切，刷——！有一條小血管應聲而斷，血柱像噴水池一樣向外噴出四、五公分。

「止血鉗，三號絲線。」將飆血的血管綁住，四周的微血管卻繼續憤怒地開放，將傷口的濃汁都洗乾淨，只剩下單純的紅。

李凌嘉將痂皮全部去除，換上另一把鋒銳的刀，將傷口周圍攣縮的皮膚切下來。隔著綠色的手術布單，此刻只能看見乳房微微隆起的弧形，壞死的皮膚切下，有一個球形的、血紅的組織，鮮血極富生命力的往外冒，就像火山熔岩一樣的流竄。

李凌嘉用極細的縫線將大腿取下的皮膚固定在鄭宜敏胸部，他全神貫注，呼吸平穩悠長，好似在做最精密的刺繡。持針器在纖長的手指翻轉，看起來絲毫不費力。

為了讓疤痕不明顯，李凌嘉選擇了最細的縫線，因此鋼針更是細微到用肉眼幾乎無法看見，只有針尖偶爾會吞吐藍色的光芒，在鄭宜敏的皮膚上下遊走。

乳房的部分做完了，接著是會陰部的傷口。

「學長，需要我幫忙嗎？」小羅問。他搖搖手。

「沒關係，我自己來。」

手術結束，李凌嘉親自將她一路送到恢復室。麻藥還沒有退，鄭宜敏還飄搖在半睡半醒之間。推床的滾輪聲劃過長廊。

「李醫師，好痛！」鄭宜敏瞇著眼，眼前是一片紛亂交錯的光影。

第一眼看到的，是李凌嘉。

「沒事沒事，手術完成了。」他給鄭宜敏一個鼓勵的微笑。

「不舒服……」她閉上眼，手下意識地拉扯下身。

「不能拉喔！這是尿管！」

手術後讓病人最不能忍受的往往不是傷口的疼痛，而是尿管[13]。

回到醫師休息室，李凌嘉緩緩在地板的角落坐倒，疲倦登時襲了上來。其實，這是整形手術中尋常的皮膚移植，對他而言，卻好像剛剛完成複雜的重建手術，整個人輕飄飄，好像肩上的重擔一下子放下來。

是不是太關心鄭宜敏了？自己也曾想過，是不是對這小女孩產生了特殊的情感？或者，這種關注，是藉此轉移被姿倩背叛的痛苦？姿倩離開之後，有好長一段時間，自己變成行屍走肉。不能吃、不能喝，也不能睡，卻需要每天到醫院工作。

只有和鄭宜敏的互動，像營養輸液，為他注入一絲生命的活泉。最起碼，恢復了吃東西和睡覺的能力，最起碼，感覺到自己還活著。

---

13 註：許多手術中都會放置尿管，目的是為了監測手術中，手術後排尿的情形，並預防尿液滯留。術後如狀況穩定會盡快拔除尿管。有研究指出，手術後尿管帶來的不適感，有時候會超過傷口的疼痛。

幫鄭宜敏換藥，好像也在為自己的傷口敷藥。和鄭宜敏四目交接片刻，隱隱約約，內心有一股火焰。

「學長，發什麼呆呀！」一隻大手搭上他的肩膀。小羅坐到他的身旁，胖乎乎的身材，將李凌嘉擠到了一邊。沾滿血跡的手術袍還沒有脫。

「學長，看得出來，您對宜敏很用心喔！連碰都不讓我們碰，還用最細的線，不過，縫的真漂亮！」

「不好意思，小羅，搶了你的刀了。」14

「不要這麼說，」小羅雙手亂揮，「是您讓我們有學習的機會。」

「麥來這一套！」李凌嘉賞給小羅一個大巴掌，扎扎實實拍在他胖胖的背上。

「還記得嗎，這個病人送到急診室那一天，又尖叫又不合作，把我們都氣死！」

「當然記得。」李凌嘉說。

「大家都說啊，學長有魅力，宜敏最喜歡你了！」小羅的表情有些似笑非笑。

「胡說！」沒有想到小羅冒出這一句話，李凌嘉聲音粗了，卻不知如何反駁。

「是真的，上個星期值班，鄭宜敏的傷口滲濕了，我想幫她換藥，死也不肯耶！吵著要找你，還說，她的身體只讓你碰。」

---

14 註：搶刀，外科住院醫師在訓練期間，會依資歷，在主治醫師指導下完成某些手術。資深的住院醫師能進行較複雜的手術。鄭宜敏的植皮手術原本可以由小羅完成，李凌嘉卻親自全程操刀，因此對小羅感到抱歉，說「搶了你的刀了」。

李凌嘉有些焦慮，一直搓手，小羅卻繼續說：

「其實，宜敏長得蠻漂亮的，她的背景我們不了解，不過，不過沒想到她之前會做那樣的事……」

小羅的表情難得的嚴肅。

「怎樣的事？」

「噢，學長可能還不知道宜敏的過去……」小羅欲言又止。

「過去？她做了怎樣的事？」他打斷小羅的話。

「從學校傳過來的訊息是，宜敏從十六歲開始，就有逃家，從事援交、性交易的紀錄，曾經被抓到，進過警察局。」

李凌嘉腦海好像「嗡！」的一聲，整個人好像掉進冰窖。

「援交？性交易？這……這確定嗎？」

「是確定的。當然這資料不能公開，只不過學長，你是負責照顧她的醫師，原本以為你應該知道。據說，鄭宜敏的的自殘並不是第一次，社工室說，經過評估，她有自殺傾向。我擔心她隨時有可能做出我們無法想像的事，在住院期間也要注意喔！」

「我了解了。」李凌嘉無力地點點頭。

「那麼學長，下一台病人來了，我先進去準備。」小羅吃力的用手將胖胖的身軀撐起來，走進開刀房。

第二章「失敗組」與「勝利組」

台北的寒流真是椎心刺骨的冷。醫院裡一年四季都是相同的溫度，當李凌嘉走出醫院大門，才意識到——現在是冬天。他永遠穿著一件單薄的白色棉質襯衫，在氣溫驟然降到十度以下的台北街頭行走，讓他不由得發抖。

李凌嘉手上拎著一個塑膠袋，放著從便利商店裡買來的冷藏滷味、滷蛋，以及冷凍雞翅。感謝便利商店裡的微波便當，讓他在姿倩離開之後還能夠活下去。

回到小屋。幾星期過去，姿倩的東西還在那兒，再也沒有回來拿。就像她說的：過去的，再也不需要了。她要追求新的生活。可是……過去的點點滴滴都丟給自己，這公平嗎？公平嗎？

李醫師，這世界是不是都排斥和自己不一樣的，欺負比自己弱小的人？

鄭宜敏的話突然浮現在他腦海。

宜敏，我告訴妳，這個世界或許——真的是這樣。

李凌嘉心裡說。

感情世界中，誰是強者，誰又是弱者？全心全意，付出感情的——是弱者？

在愛情中保持理性，甚至能殘忍背叛的——才是強者?!

姿倩很顯然的是強者！自己呢？——魯蛇！（YOU ARE A LOSER）心中有一個巨大的聲音嘶吼著。

李凌嘉打開一瓶二十一年威士忌。屋裡不缺酒，這些是病人送給他的。

說也奇怪，病人對醫師的照顧表達感激，喜歡送酒。喝酒對健康有害呀！

或許送酒也沒有錯，因為醫師也是人，有時候也需要放鬆。

有時候也需要喝醉！人生不需總是清醒。

打開櫥櫃，那兒靜靜躺著兩個精巧的水晶威士忌杯。酒杯乾乾淨淨，一塵不染，果然是姿倩的風格。

姿倩的酒量比他好，以往在節慶、生日，甚至在親熱之後，姿倩會把酒杯拿出來，倒一些紅酒或是威士忌，兩個人依偎著看電視。看哪些電視節目？是搞笑的還是韓劇？都記不得了，凌嘉只記得酒杯散發出的香氣，還有姿倩靠在他肩膀上——那波浪捲髮散發出來的香味。

姿倩不僅酒量好，對酒更極有品味。她會像醫學研究一般細細品嚐，分享不同產地單一麥芽威士忌的差異，以及法國五大酒莊葡萄酒特殊的香味。姿倩靈敏的嗅覺加上藝術的天份，讓她在美酒、美食還有咖啡的品味超然卓越。

但是，我們不適合！——姿倩的聲音在耳邊響起。

是的，品味卓越的姿倩與自己當然不適合。此刻，姿倩大概和姚正德正在享用法國大餐還有美酒吧。

而自己……可悲的外科醫師！

「咳咳……」他喝下一大口威士忌，高濃度酒精強烈的刺激，讓整個喉嚨像被一縷細細的火燃燒。他劇烈的嗆咳，胃部一陣嚴重的翻攪。也難怪，從早上進開刀房為鄭宜敏植皮，整天都沒有進食。

自從小羅告訴他，鄭宜敏之前有從事性交易的紀錄，讓他一整天失去食慾。

打開一盒解凍的冷凍滷味，沒有微波，就這樣吃了起來。那一顆顆米血豆腐乾，就像凌亂散布在凍原的動物肉塊，有一股腥臭的味道。李凌嘉還是拿起筷子將這些看似腐壞的食物放進嘴裡，細細咀嚼。奇怪！入口並不難吃？

為自己再斟了一杯酒，仰頭，咕嚕灌下去。火辣的感覺順著喉嚨再度燒進去。

過癮！他的臉一下子漲紅。

「慢慢喝……哎呀，不會喝還喝這麼猛幹什麼？」

耳邊彷彿傳來姿倩的聲音。

那是因為，那天心裡頭有種說不出的苦！他們在台北市看了整天的房子，又累又餓，回到這間冷氣怎麼吹也不會涼爽的小屋，兩個人都很沮喪。

姿倩問他未來的計劃。

「我們可以開一家整形外科診所，這樣，我們買房的心願應該不難達成喔！」姿倩試探性的問。

「整形外科診所?!你是說幫那些貴婦隆胸隆乳，割雙眼皮?!這有什麼意義？」李凌嘉嗤之以鼻。

「難道你真的要一直留在醫學中心？繼續做肢體重建，燒燙傷照顧？」

大概是李凌嘉輕蔑的口氣也惹火了姿倩，她的聲音銳利了起來：「你難道不知道，在健保這麼低的醫療給付之下，外科醫師只是勞工，這樣辛苦賣命，做到死，也買不起像樣的房子？」

「我不是勞工！誰說外科醫師是勞工？這些肢體傷殘，受了重傷的患者，難道不應該被照顧嗎？當醫生的意義難道是只為了賺錢？將自己的生命耗在幫有錢的女人抽脂肪、隆鼻還有皮膚美白嗎？妳不覺得這樣很愚蠢嗎？」

姿倩不說話了，不和他爭辯，只是默默的看著他，眼神當中充滿了憐憫、惋惜，彷彿這些話是多麼愚蠢可笑。姿倩那默默地凝視，比大吵大叫辱罵他更讓他覺得受傷，就像有千千萬萬的手術刀刺進他的內心。當天無法形容那種感覺。

如今他知道了。姿倩的眼神在對他說：你這隻可憐蟲！LOSER！

咕嚕！李凌嘉又大口喝了半杯琥珀色的液體，超棒！這樣喝酒才過癮！

他啃黏成一團的雞翅，握著酒杯的手搖搖晃晃。

有點想吐的感覺。

小羅說，鄭宜敏從高中就開始援交、性交易。援交，是什麼意思，就是——妓女！如此美麗，看起來這麼清純的女孩！這位觸動內心深處溫柔的美麗少女，其實是——妓女！

不——！

其實，宜敏並沒有騙自己？李凌嘉仔細想。鄭宜敏從來沒說過自己是乖女孩。清純、美麗、善良的少女，這一切都是自己的幻想，是自己將鄭宜敏這放進幻想。

他在姿倩離開之後，一直處在沮喪狀態，不過今天胸中出現一股憤怒，而且是越來越強烈的憤怒。

原來什麼愛情，對未來的願景，都是假的，和姿倩十多年的感情也是假的！少女的青春美麗也是假的！只有金錢是真的，只有賺錢是真的。

劈腿？就像姿倩說的：他們還沒有結婚，法律上彼此沒有義務，也沒有責任，不是嗎？。所以，雖然還住在同一個屋簷下，姿倩可以和另外一個男人交往，吃飯，甚至……

李凌嘉閉上眼，想到姿倩在離開他之前那一刻肉體的歡愉，在那之前，姿倩也和另一個男人姚正德上床。李凌嘉痛苦的咬緊牙，幾乎無法承受腦海中出現的畫面。

凌嘉的拳頭重重捶在桌上，他真的很生氣！他漸漸了解那強烈憤怒的來源，原來他憤怒的是自己！恨的是自己！沒有人騙他，是自己太容易被欺騙！愚蠢的是自己！

對於酒量不好的李凌嘉而言，大口猛灌未經稀釋的威士忌作用上來了，他開始心跳加快，意識模糊，而胸中的那一股怒氣越來越無法發洩。

「啊——！」他大吼一聲，想把心中壓抑已久的痛苦用大聲的吼叫宣洩出來。

看到音響桌上放著一排五月天的唱片——

《後青春期的詩》這是和姿倩一起到誠品書局買的。那年兩個人剛穿上醫師袍，還是緊張而生澀的實習醫師，在五月天的歌聲中彼此加油打氣。

《為愛而生》是在醫學院附近買的，那時更年輕，才大三。兩人剛剛在一起，正是如膠似漆的時候。二十歲，初次嘗到愛情的滋味。醫學院沉重的課程卻將兩個人的生活壓得透不過氣，期末考之前的緊張氣氛更是恐怖。醫科學生都是全國精英，都有輸不起的壓力。埋首在堆得比人還高的英文教科書中。五月天的唱片就是兩個人共同的話題，共同的安慰。

那時候，有音樂，有愛情。

他們在醫學院長廊暗秘的角落，用一台 iPod，一人接一隻耳機，臉貼著臉聽著五月天的歌。青澀、害羞的接吻，姿倩那濕潤柔軟的唇……

為愛而生。

現在呢，這些唱片就留給你了，我聽 Spotify 也是一樣。

是的，這些 CD 唱片，這些甜蜜的回憶，一起挑選買唱片的時光，一起沉浸在五月天充滿夢想的歌聲的時光，姿倩再也不需要了，通通留給自己！

「砰——！」李凌嘉將五月天《為愛而生》的唱片摔在牆壁上。

此時此刻，這張唱片何等諷刺！那巨大的撞擊讓整個 CD 唱片塑膠殼摔得四分五裂，亮晶晶的 CD 飛出去，在地板繼續滾。

李凌嘉開始大聲地唱起〈志明與春嬌〉。

志明真正不知要按怎
為什麼　愛人不願閣再相偎

他將五月天的ＣＤ一片又一片的往牆壁上摔，摔到四分五裂，摔得鼻青臉腫，摔到血流成河，摔到唱片封面上的五月天也趴在地上嗚嗚的哀鳴。

李凌嘉為自己又倒了一杯酒，這一瓶威士忌已經喝了大半瓶，他咬下冰冷如鐵塊的滷蛋，順著烈酒吞進肚裡。

忽然，胸腹之間一陣劇痛，讓他通紅著臉冒出冷汗。眼前的一切越來越模糊，心中的怒氣越來越旺盛。這感覺好奇妙！因為悲傷不見了，沮喪不見了，只有砸爛唱片的快感充滿在胸中，想快樂的唱歌。憤怒與快樂，竟然如此荒謬的同時存在？

我跟你最好就到這　你對我已經沒感覺
到這凍止　你也免愛我

大聲唱！他的胃持續的翻攪和疼痛，但是他繼續唱五月天的歌，因為他要讓這音樂陪伴著自己存在。即使是痛苦的存在。

在酒精與歌聲當中，他看見放在書桌上——他和姿倩的合照。姿倩一頭波浪般的長髮，笑得好燦爛，依偎在自己胸前。

那是三年前夏天，他們一起去他過世母親的故鄉——雲林縣口湖鄉義診時所拍攝。口湖鄉，南台灣濱海的小村莊，有長年太陽曝晒而皮膚黝黑，勤奮的農、漁民。離開海岸線不遠，廣大的土地種植花生、地瓜、還有稻米。姿倩穿著淡藍色絲質上衣，風一吹，將她美好的曲線拓印在南台灣湛藍的天空之下，笑得好甜美。

他輕輕閉上眼，口湖鄉海風吹過來淡淡的鹹味，空氣中飄散著漁產品的腥味。當地老人臉上因日晒而風乾的皺紋，彷彿一伸手就能觸摸得到，姿倩依偎在他的懷裡，看起來是這麼滿足，這麼開心。

那一天，他們兩人合作幫一位糖尿病足而雙腿潰爛的婦人清理傷口，幫好幾位因為躺在床上長褥瘡的老人家換藥。雖然辛苦，但內心很充實。

「凌嘉，明年我還要來。」姿倩貼著他的耳朵說，眼睛是閃亮的，語氣是誠摯的，髮絲輕拂在耳後，好癢，他可以感覺姿倩內心的溫柔。

不過姿倩之後再也沒來。她說：也想陪他到鄉下義診，但有太多其他的事。

不是說要學習史懷哲精神嗎？犧牲自己的享受，為病人服務嗎？他彷彿瞥見當天被姿倩撕毀的十八歲心願卡的碎片，那每一個字躺在地板上，都是最輕蔑的嘲笑。

拿起酒杯，沒有辦法控制的大笑，胃再次抽痛了起來。他一邊笑，臉孔卻因劇痛而扭曲。

李凌嘉拿起那個連同相框的相片用力往牆壁摔「匡啷——！」，相框是玻璃製的，感到手上一陣刺痛，破碎玻璃在他身上畫出細細血痕。

志明真正不知要按怎……李凌嘉才又唱了一句，那歌聲嘎然中止——

「砰！」他失去了意識，直挺挺地摔在冰冷的地板上。

不知道過了多久，李凌嘉感覺到身邊一片漆黑，身體一陣冷，一陣熱。也不知道是不是吐了，因為躺在一團黏黏的液體當中，無力爬起，又睡過去了。

漸漸的，身邊的一切再次變得明亮，他聽見一陣急促的敲門聲。

「李凌嘉！」有人在門口大喊。

他想爬起來，但四肢動彈不得。

又過了好一陣子，聽見門打開了，凌亂匆忙的腳步聲，應該有好多人走進了屋子。

「學長！你還好嗎？」

他慢慢睜開眼，有人在搖他，是小羅，還有好幾位外科的夥伴。

「吐血了！可能是 Upper GI bleeding[15]，趕快 call 救護車，送學長去急診室！」

---

15 註：Upper GI bleeding，上消化道出血。上消化道出血是屬於一種內科急症，通常是指食道、胃、十二指腸病灶所發生之出血。病人常以解黑色大便表現，出血量多時，可能解出未成型之黑便（俗稱瀝青便）。有時會嘔吐出鮮血或咖啡色渣狀物質。

有人焦急、大聲地吼，也不知道是誰。

李凌嘉再次失去了意識。

李凌嘉再一次走進燒燙傷中心，是四天後的清晨。

「嗶嗶……」聽著規律生命監視器發出的聲響，彷彿那是世界上最悅耳的律動。換上綠色工作服，回到熟悉的工作環境，他又回到人間。

好像什麼事都沒有發生過？呵呵……還沒死呢。

李凌嘉率領燒燙傷團隊，訪視病人，打開紗布、評估傷口、換藥，這是每天的例行工作。只是步伐輕飄飄的，好像踩在雲裡。也難怪，這次生病又瘦了好幾公斤。

四天的時間，記憶幾乎一片空白。

「李醫師，感謝你幫我做植皮手術。」

鄭宜敏已經轉出燒燙傷加護病房。美麗清秀的臉龐，看到李凌嘉，她的眼神熱切，且充滿期盼。

「想親口和你說聲謝謝，但手術後就沒有看到你了。後來護理師告訴我，你生病了，李醫師，你還好嗎？」

李凌嘉搖搖頭苦笑，沒有說話，此時此刻，連說「我很好」的力氣都沒有了。

手術成果非常理想，植皮的皮膚呈現健康的暗紅色，其餘二度燙傷的「皮膚之島」面積大幅增加。

看起來再過幾天，這些小島就要結合成為「皮膚平原」了。

「皮膚平原」，他心中笑了笑，醫學上沒有這個名詞，但是「皮膚之島」若能成長茁壯成為「皮膚平原」，那皮膚的新生如重生的喜悅，能彌補創傷的殘缺。

「鄭宜敏，妳會好的。」李凌嘉將紗布蓋上。很肯定的告訴她。

而自己呢？誰來救我？李凌嘉心裡有個聲音呼喊。

覺得自己就像快要腐壞的香蕉，一直軟爛下去，什麼時候才能看見自己的「皮膚之島」？

「李凌嘉，請過來一下。」忙完換藥工作，有人在護理站喊他。竟然是總醫師，還有點神祕兮兮的。

「什麼事嗎？」

「副院長找你。你馬上去，加護病房我幫你顧。」

李凌嘉點點頭。

「好的，總醫師，那麻煩您了。」

行政辦公室在另一棟大樓的頂樓。李凌嘉走過一條又一條長廊，從擁擠的病房區，走到寧靜優雅的行政大樓。電梯越升越高，來到不同的天地——行政大樓第二十五層：院長、副院長以及醫院高層的辦公區。

寬闊的空間，中央擺放著名家銅雕，牆上掛著一幅又一幅名畫，彷彿走進藝術中心。空氣中漂浮著清新宜人的香氣，應該是秘書小姐桌上那盆鮮花散發出來的。

位在二十五層頂樓，從窗外望出去，大台北的美景一覽無遺。是不是一定要在這樣尊貴的地點設辦公室，才能彰顯院長、副院長的富貴不凡？

醫師，原來是分等級的。有高高在上的管理階層，也有如螻蟻的基層勞工。

李凌嘉從醫院二樓的燒燙傷加護中心那又狹小又臭的值班室來到這裡，這種感覺更是強烈。眼前又浮現那晚姿倩當著他的面，將十八歲剛進入醫學院寫下的「心願卡」撕成粉碎的畫面。

服務窮苦病人醫治重症病痛的醫師——台灣的健保制度下的「魯蛇失敗組」LOSER。

服務有錢人高價自費美白整型的醫師——自費醫療市場的「人生勝利組」WINNER。

是這樣嗎？所以姿倩決定離開自己，跳脱成為LOSER醫師的輪迴？

「李醫師，這邊請。」一位二十多歲，非常美麗的秘書小姐出來迎接他。她穿著粉紅色系行政人員制服，深藍色的上衣增加了莊重的質感。裙子非常的短——超短，讓渾圓的臀部、修長的雙腿一覽無遺。

「副院長，李醫師到了。」小姐將李凌嘉引進辦公室。

副院長坐在巨大的辦公桌後面，看見他們來了，淡淡的對李凌嘉說：「請坐。」

副院長身材高大魁梧，一頭銀亮色的白髮，臉色紅潤，有不怒而威的氣勢。是國內大腸癌手術的權威，幾年前才從另外一家醫學中心重金挖角過來。

「副院長好。」李凌嘉沒有坐下來，依然直挺挺地站著。

「林小姐，你可以去休息了，這邊我和李醫師談就好。」副院長說。

美麗的林小姐將兩杯咖啡放在桌上，將門帶上。辦公室就剩下副院長和李凌嘉。

「副院長，找我有什麼事嗎？」李凌嘉依舊站著。

「你發生的事，我前兩天才聽到。」

李凌嘉打斷他的話：「副院長，我想你找我來，是要談前幾天我沒上班，讓燒燙傷加護病房開天窗的事，這違反院規了？應該受怎樣的處罰？」面對長官，李凌嘉的語氣竟然如此高傲不遜。

「不是這樣，沒來上班，是因為你生病了，不是故意曠職，怎麼會有處罰？」副院長看著他，絲毫不因為這位年輕醫師不耐煩的態度而生氣。「我只是想知道，你身體好些了嗎？」

「喔，謝謝副院長關心，沒事。」李凌嘉淡淡的回答。

「還說沒事！都送到急診室了，還沒事？」副院長站了起來，「現在旁邊沒人，不要叫我副院長，叫……爸爸。」

李凌嘉嘴唇動了動，沒叫出聲音。

「你被送到急診，沒有人通知我，我前天才輾轉從秘書那邊聽到訊息，嚇了一大跳，馬上衝到急診，才知道你剛剛出院，竟然還是AAD[16]。問了急診主治醫師，他說他很無奈，好不容易喬到床位[17]安排住院，你竟然拒絕了。醫師果然是最不聽話的病人。」副院長的口氣既關心又有些生氣。

---

16 註：AAD，「自動出院」，原名是「違背醫囑的出院」（Against-advise discharge）。

17 註：醫學中心床位往往一位難求，經常需要透過某些方法才能安排到床位

「爸爸，真的沒什麼，那天酒喝多了，沒吃東西，就胃出血，腸胃科醫師幫我做胃鏡燒灼止血後，就好啦，根本不需要住院！」

「唉！」副院長回到位子坐下，嘆了口氣。

「都三十歲的人了，還不會照顧自己。你喝酒，是不是為了和丁姿倩醫師的事？」

「爸爸，這件事，你怎麼也知道？」李凌嘉原本不耐煩高傲的態度，瞬間降溫下來。

「外面很多傳聞，我聽了一些……你知道，這種事總是傳得特別快。你和丁姿倩醫師在一起這麼多年，爸爸本來想，什麼時候幫你們辦喜事，最近傳聞，她和耳鼻喉科醫師姚正德在一起，還一起開業，唉！這種事，爸爸也幫不上什麼忙。」

副院長搖搖頭，談到年輕人感情的事，他臉上掛著憂慮，就和一般父母一樣。

「姚正德醫師確實優秀，去年才在本院完成專科醫師訓練。說起來，我是看著姚正德長大的，他父親姚院長是我同班同學，醫院經營得有聲有色，最近跨足基層醫療，姚正德醫師在附近開診所，搶了不少原本我們醫院的病人，現在又挖角本院家醫科優秀女醫師丁姿倩。依我看，這只是開始，姚院長野心很大，醫院和基層診所兩邊都賺錢，幾年之內姚家會成為國內醫界不可忽視的力量。」

副院長接著又說：「孩子，感情這件事，看開一點，丁姿倩和你分手，或許有現實因素的考量。」

李凌嘉低著頭，眼睛死死盯著富麗堂皇辦公室的大理石地板。父親說的每一個字就像手術刀一樣在他的胸口刺下血痕。

「說實在，論財力或許比不上他們姚家，但是醫學界的人脈，還有政商關係你父親也經營很久，如果你要開業……」

「夠了，你不要再說了！」父親的一番話，讓李凌嘉痛苦的叫出來。

「凌嘉，爸爸真的很關心你，今天叫你過來，是想讓你知道，爸爸支持你，無論想留在醫學中心，或是開業，都沒問題。你想，當年這家醫院開出的條件，真的挖得動我嗎？我來這醫院，就是希望能接近你，能多照顧你一點。結果，這三年來，你把我當陌生人，總是躲著我，不接我手機，連這次胃出血被送到急診，我也不知道，你知道我有多心痛嗎？」

「為了我？來這家醫院當副院長委屈自己了？是為了我？不需要！」

李凌嘉抬起頭憤怒的說：「李副院長，我已經長大了，我不需要你！如果你真的想照顧我和我媽，為什麼不在我小時候多關心我們一點？為什麼你要一而再，再而三的傷害媽，逼她走上絕路！」

李凌嘉忍不住靠近他的父親，雖然身形清瘦，但比他父親高出一個頭，他用居高臨下，咄咄逼人的眼神看著他父親。

「國小的時候，我就知道你有外遇，你晚回家，說在開刀，假日不回家，說在開會，但我們都知道你和外面的女人在一起。媽媽為了我一直忍耐，只能在夜裡偷偷的哭泣。可是……可是我國中的時候，為什麼你堅持要和媽媽離婚？難道維持一個家，就算是維持一個『空殼』有這麼難嗎？讓母親維持最後的那一點尊嚴對你來說有這麼難嗎？」

李凌嘉控制不住，激動的說：「是你逼的！是你逼得媽媽用火結束自己的生命！」

副院長頹然坐在他桌前的真皮座椅上。像一隻癱軟的毛獸。

「發生這樣的事，絕對不是我的本意。你現在大了，應該能夠體諒我。那時候我必須和你媽離婚是因為……那時我的女朋友曉玲懷孕了，我必須給她一個交代，讓你的弟弟有一個姓。」

「體諒?!我長大了，更不能夠接受你對感情的背叛，更何況，」李凌嘉決絕的說：「我沒有弟弟！」

「好，你不承認弟弟沒關係。你媽用這樣激烈的方式離開，你不知道這讓我有多痛苦！也失去你這個兒子。你離開家，到雲林鄉下和外婆住一起。你很爭氣，靠自己的力量考上醫學系。做父親的很慚愧，成長的過程沒有幫什麼忙。但希望你知道，我還是關心你，如果有什麼可以做的，請告訴我。還有一點很重要，別再喝酒了。傷害自己身體，不能夠改變任何事。」

李凌嘉始終沒有說一句話，甚至也沒有看爸爸一眼，只是直直看著副院長辦公室那壯麗漂亮的落地窗外的大台北風景。

「唉——！」看到李凌嘉不肯說話，副院長也只能搖搖頭。

「我知道你不想聽我說話，但有些話我不得不說。這次你身體出了狀況沒來上班，加護病房醫師開了天窗，沒有人怪你，但是你喝酒喝到不省人事，還胃出血送到急診室，大醫院，人多口雜，難免有人會說『李凌嘉醫師提不起放不下，私生活有問題』。我知道你想走學術路線，留在這家醫學中心升主治醫師是最好的選擇。不過想留下的人不是只有你，你的競爭對手，同屆的宋治國醫師表現得也相當好，他的岳父彭壽善是本院內科副院長，腸胃科教授，也是現任內科醫學會的理事長。我們醫院的傳統，一屆通常只留下一個升上主治醫師。你要知道，升上主治醫師的那個人，不一定是你。當然爸爸一定幫你，不過你自己要好自為之。」

副院長一個字一個字說得很慢，說著說著還咳嗽，似乎有點累了。這位頭髮幾乎全白的老人拿起桌上的白磁杯，喝了口水。

經過長長的沉默，李凌嘉才開口：「我知道了，謝謝副院長！」

李凌嘉轉身離開副院長辦公室，離開那放置銅雕藝術，掛滿世界名畫，空氣中飄散優雅花香的醫院權力中心。他踏著孤獨的腳步，繼續往充滿膿血、腐臭與消毒藥水交織氣味的加護病房前行。

為什麼對父親這麼憤怒？是不是還在恨他？用冷淡孤傲的態度狠狠的傷害了父親，原本以為會有報復的快感。

但是並沒有，反而有空虛的感覺。

從小看著父親，是叱吒風雲，不可一世的外科權威。

但是，他老了，頭髮白了，臉上的皺紋多了很多，行動變得遲緩，聲音變得低沉，甚至在兒子面前有些低聲下氣。

李凌嘉知道他過得並不好。和曉玲阿姨也離婚了，原因是再一次的外遇。不過這一次，曉玲阿姨沒有輕饒過他，打離婚官司狠狠敲了一大筆贍養費，而小他三十歲的新女朋友（聽說原來也是他的貼身秘書）沒多久就拋下父親，偷偷拿了一筆錢，和一位年輕的 PROPA[18] 跑了。

不過，父親說的沒有錯，大醫院，人多口雜。這些花花草草的新聞，傳得比任何「醫學新知」都迅速。

宋治國，那個個子矮小，眼神咄咄逼人，不可一世的傢伙?!原來，他的岳父是內科醫學會的理事長！怪不得看到他，總是信心滿滿。不過宋醫師真的很優秀，刀開得好，也會做研究。是可怕的對手。

一屆只留下一個升上主治醫師。升上主治醫師的那個人，不一定是自己。

父親的提醒彷彿狠狠的在他臉上揍了他一拳。

在大型醫學中心，升主治醫師本來就是競爭激烈的重要關卡（生死關頭？）。如果不能順利地升上去，任何專業學術的雄心壯志，都會化為泡影。

離開父親辦公室之前，他在電梯前二十五樓的落地窗佇立良久。

醫學這條路漫長而且辛苦，沒有不勞而獲的事。

我一定要努力！總有一天我也要靠自己的力量，讓父親肯定自己，讓全台灣的醫學界看見自己。

李凌嘉握緊拳頭，對自己說。

18 註：PROPA，藥廠業務，是 PROPAGANDA、宣傳的簡稱。大醫院有驚人的藥物流動，競爭也很激烈，許多大藥廠都有專任的業務代表，通常與醫師的關係良好。

從副院長辦公室回來後，李凌嘉好像變了一個人。開始規律進食，即使沒有食慾。強迫自己每天六點起床，也固定慢跑半個小時，即使在寒冷的冬天。

他有新的體悟。

追求十八歲寫下的心願「用最棒的醫術幫生病或受傷的人解除痛苦。」這樣的心願錯了嗎？

如果在醫學中心整形外科辛辛苦苦熬了六年，連主治醫師都無法升等，那什麼也不是，什麼也沒有。是不是姿倩看不見自己有可預期的未來，不如選擇更可以依靠的姚正德？

魯蛇！自己要一直當魯蛇嗎？——不！

父親的話他聽進去了，最起碼，不要讓醫院裡的人認為李凌嘉是一個提不起放不下，私生活有問題的醫師。

皮膚之島。幫鄭宜敏換藥的時候，看見熱烈生長的新生皮膚，是工作時最大的慰藉。

宜敏已經轉到一般病房。李凌嘉不再是全責醫師，不過他答應過宜敏，會繼續看她並照護傷口。不過換藥的時候，卻出奇的冷漠，似乎只是對親手縫製的傑作有興趣。

「李醫師！」宜敏興奮地坐起來，就好像看到親人。幾乎沒有任何訪客，母親極少來看她，病床旁總是空蕩蕩。

「手術植皮的皮膚長得好嗎？」

「嗯，」李凌嘉冷淡的回應點點頭，和護士小姐推著換藥車。「換藥的時間到了。」語氣非常的平淡，面無表情。

宜敏眼中最初像火一樣的光芒漸漸暗去，繼而變成失望、懷疑、和退縮。她安靜地將衣服解開，認份的把赤裸、滿是疤痕和縫線的身體讓醫生檢視。

李凌嘉讓護士小姐操作大部分換藥的動作，自己只站在一旁，觀察傷口的狀況。當沾了生理食鹽水的棉棒抹上取皮的傷口，宜敏忍不住喊痛。身體因疼痛微微發抖。

「好痛！」宜敏反射性地抓向他，李凌嘉微微一閃，宜敏只碰到他的衣袖。

又過兩天，新植的皮膚已經完全癒合，新生的皮膚紅通通的，「皮膚之島」已經成為「皮膚平原」。

宜敏，但願新生的皮膚，陪著妳勇敢的走下去！

李凌嘉心裡默默祝福，強迫自己不再去看她。

經過鄭宜敏病房，那孤獨的房間往往一片漆黑，安靜地讓人窒息。那尖銳的哭叫聲呢？李凌嘉忽然想起那天在急診室聽到的，那失去理智，用生命呼喊的叫聲，後來再也沒有聽過。

「李醫師……」彷彿聽見宜敏在呼喚他。那美麗深邃的眼睛充滿淚水，像在求救。

夠了夠了！自己已經夠悲慘了，還能管妳嗎？何況心中對這女孩有種無法形容的厭惡！

為什麼？為什麼鄭宜敏擁有這麼清純的外表，竟然出賣肉體，出賣靈魂？為什麼如此美麗、優雅的姿倩卻背叛自己？！劈腿有錢的醫界富二代？自甘墮落！

雖然理智知道這兩件事完全無關，但自怨自艾和心中的憤怒混在一起，讓他再也沒辦法面對鄭宜敏。

「李醫師，三十二床的病人鄭宜敏關於傷口復原有些問題，希望您有空的時候說明。」病房的護理師告訴他。

「抱歉，現在我不負責照顧這位病人了。」李凌嘉平鋪直敘的回答。

一天、兩天、三天過去了。第四天，李凌嘉再次經過鄭宜敏病房……他停住腳步。

唉，去看看她吧！嘆口氣，走向三十二床……

「宜敏，今天還好嗎？」病人蜷縮在棉被之中，背對著房門。

「醫師，有啥代誌？」病人翻過身，迷迷糊糊地坐起來，是個雙足潰爛的老婦人。

呆立了幾秒鐘，李凌嘉衝出病房。一把抓住正在電腦前努力寫住院病歷的小羅。

「三十二床的鄭宜敏呢？」語氣有些慌張。

「出院啦！今天早上就出院了。」小羅大惑不解。「學長有什麼問題嗎？」

「出院？這女孩有自殺傾向，就這樣出院，安全嗎？難道不需要精神科再一次評估？」李凌嘉忍不住音量增大。

「噢，原來學長擔心這個。」小羅笑了起來。「鄭宜敏這幾天看起來好得很呢！這幾天你沒來看她，由我們幫她換藥，跟我們有說有笑，看起來心情不錯，吵著要回家，還說爸爸媽媽都等著他呢。」

李凌嘉心中一涼！

爸爸媽媽都在家裡等著他？騙人！

鄭宜敏順利出院，應該是喜事，不過李凌嘉有一種強烈的不安感，彷彿有什麼可怕的事要發生。

啪！啪！他白色的手術鞋在長廊拖著，有著長長的回音。

「李醫師！」護士小姐叫住他，遞來一封淡藍色的信件。「這是鄭宜敏要給你的，她說很感謝你。」

字跡非常娟秀，打開信封：

李醫師

我要走了，謝謝這段時間的照顧。本來想親口向你道謝，但是我天天盼望，你始終沒有來。

我覺得人生很苦，不明白活著為了什麼？無論如何，謝謝你救了我。

今天能帶著新生的皮膚走出醫院，這你是給我的。

我曾經說：你給我一種值得信賴的感覺。但是不明白為什麼你不來看我了。

我知道我是個污穢的女孩，也試著結束自己，但是沒有成功。

無論如何要謝謝你，希望下次不要再麻煩你了。

宜敏

希望下次不要再麻煩你了！這是什麼感謝函？李凌嘉看過無數感謝的文字，沒有一次像現在這樣，看了全身發冷。他瘋狂的進入電腦系統想查詢鄭宜敏的聯絡方式。打了家裡電話和手機，全部是空號。原來從住院開始，這一家人就不打算讓醫院追蹤到他們。

「李醫師，救我！」一連數天，他在鄭宜敏的哀嚎聲驚醒，在夢中的小女孩站在遙遠的地方，露出燙傷的傷痕，眼巴巴看著自己。自己穿著一身白袍，高傲而且冷酷。

驚醒之後走進浴室，看見鏡中的自己，慘淡的日光燈照著自己一臉木然。不知什麼時候，變成一個感情麻痺的醫師。救不了別人，也救不了自己。

希望下次不要再麻煩你了……鄭宜敏的聲音在極遙遠的地方響起。鄭宜敏離開醫院之後，將面對怎樣的世界？過著怎樣的生活？病人需要的，可能只是醫師一個鼓勵的微笑，和一句溫暖的話語。為什麼自己做不到呢？

難道因為鄭宜敏曾經從事援交性交易，就認定她是污穢的女孩？她……或許有特別的原因？

經過急診室的時候，李凌嘉下意識地神經緊繃，注視每個從救護車上抬下來的女子。也會神經兮兮的盯著電腦上的急診室名單，會不會……

鄭宜敏沒有出現在醫院的急診名單。

第三章　貓女與北極星

幾個月過去，台北的細雨仍然一陣一陣下著，打在臉上卻開始出現一絲溫暖。醫院旁的人行道種植的花卉怒放，空氣中瀰漫一股淡淡的甜香。

梅雨。

聽說夏天快要來了，李凌嘉卻沒有辦法感受到季節的變化。在醫院裡，溫度是固定的。

他也習慣將自己陷在極為忙碌的工作——開刀、照顧病人、寫不完的病歷，還要撰寫醫學論文。想在醫學中心生存，醫師有無比沉重的壓力：服務，教學都是基本的要求。不僅要有高超的醫術，還要會做研究、寫論文。

李凌嘉接下來的關卡：總醫師、升等主治醫師，是否有論文發表於 Impact factor [19] 高分的醫學雜誌，

19 註：Impact factor，即 Journal Impact Factor，簡稱 I F 值，中文譯為「期刊影響指數」。同一學科領域內，影響指數值越大，表示該期刊之重要性越高，投稿的困難度通常也越高。

是關鍵中的關鍵。

不知是誰曾經說過：「任何花邊新聞只有三天的熱度」，誰愛誰誰又不愛誰，只不過是醫師護士茶餘飯後的話題，誰又何曾關心新聞中的主角？

「整形外科醫師被家醫科同班同學女醫師狠心劈腿」的故事，再也沒人提。

醫學中心腳步持續前進，就像快速滾動的巨輪——擁擠的醫院大廳，忙亂的門診人潮，哀嚎呻吟聲不斷的急診室。

走進開刀房，隨著厚重的鋼鐵大門「轟！」地一聲在背後關起來，馬上進入另外一個世界。寧靜，與世隔絕。李凌嘉非常享受這與世隔絕的感覺。

手術刀，腹部撐開器，腹腔鏡，機器人手臂，外科醫師用精準的手術技巧搭配先進的工具，為病人解除痛苦，也同時承受一般人無法想像的壓力。例如：突如其來的大出血，預料之外的手術困難。

皮膚之島……痛苦總會過去，傷口總會癒合。李凌嘉心想。

不過沒有看到自己的皮膚之島。是因為那傷痛來得太狠太快、又急急想要把它掩蓋起來，就像一個壞死的痂皮，掀開傷口，底下不但沒有癒合，反而腐臭潰爛？

不去想它！李凌嘉掙扎的不去回想姿倩離開他的那一晚，姿倩的髮香，她的體味，她的溫柔。自己痛苦落淚時的陪伴，姿倩輕輕唱的〈我不願讓你一個人〉。

姿倩說的沒有錯——不是不愛你，只是，兩人沒有共同的未來。

沒有勇氣去整理姿倩留下的東西。只好將屬於她的東西，或是兩個人共同的回憶放進大黑塑膠袋，扔在角落。至於摔碎的五月天唱片，也一併丟了進去。

他看看房間，房間空蕩蕩，只剩下不多，專屬於他自己的東西。

皮膚之島……皮膚之島在哪裡？

失去愛情孤獨的外科醫師，離開開刀房，李凌嘉覺得自己隨時可以死去。

晚上七點，李凌嘉背上破破爛爛的背包，裡頭放著昨天值班換洗的衣服和早上吃了一半的飯糰，兩者發出相同的臭酸味，必須用大塑膠袋包裹才不會引起旁人厭惡的眼神。

走出醫院大門。竟然站在十字路口發呆，要往哪裡去？沒有姿倩在身邊的日子，他對生活的一切顯得十分低能。已經非常飢餓，此刻竟然不知道該去吃拉麵，或是排骨便當。

「李凌嘉學長！」有人從背後叫他。回頭一看，是小羅。

他穿著有著破洞的牛仔褲，還有帥氣的丹寧外套，脖子掛著一串亮晶晶的項鏈。不仔細看，還以為是街上時髦帥氣的年輕人。

「沒事啊，下班了準備去吃點東西。」李凌嘉的聲音有氣無力。

小羅細細打量他——永遠穿著一件白色的棉質襯衫，瘦削的身形，鬍渣爬了滿臉。依舊是昔日帥氣的學長，卻有滿滿頹廢風格。

「學長，我也正要去一個有趣的地方吃飯，走！我們一起。」

「有趣的地方？吃飯就吃飯，哥倆吃飯還要挑有趣的地方？」李凌嘉狐疑的說。

「你一定喜歡！去了你就知道。」

坐上小羅的重型機車，初夏的風將李凌嘉的頭髮吹散，好像要將過去這段時間所有的不愉快全部吹開。有好久沒有坐摩托車了，在台北，大多是搭捷運或步行。

還記得上一次騎機車是和姿倩到雲林鄉下義診，摩托車是基本交通工具，姿倩吵著要騎，姿倩很少騎摩托車，騎在鄉間的路上，歪歪扭扭，搖搖晃晃。還好鄉下的車不多，李凌嘉就抱著姿倩那纖細的腰身，感受到女孩腰背之間的溫暖。

車子劇烈顛簸，他猛然一驚，此刻抱住的卻是小羅胖嘟嘟的肚子，幾乎環抱不住。

「我們到了！」

還是摩托車方便，小羅在路邊找了個縫隙，狠狠的將機車塞進去，脫下安全帽。

「不是要吃飯嗎？中餐還是西餐？怎麼沒有看到餐廳招牌？」

李凌嘉好奇的左看右看，這是座落在台北市郊區的一棟大廈。新發展的社區，建築物不像市中心那麼稠密，遠遠近近、一閃一閃的霓虹燈將夜空妝點得非常有活力。大廈門口許多年輕人晃來晃去，好像在等朋友。

「看到了嗎？『星球老爹餐廳』，東西好吃喔！」

小羅笑著指向大樓前一塊小小閃著霓虹燈的看板。兩個人走進這建築的地下室。

「樹—枝—孤—鳥——」還沒走進餐廳，就聽見尖銳的電吉他還有猛烈的鼓聲，那主唱使勁地吼唱伍佰的著名歌曲。

「咦？小羅，這究竟是餐廳？還是PUB？」

「等一下看了就知道。」小羅神祕的笑笑。

「嗨！羅先生，這邊請，今天幾位呢？」穿著性感T恤，熱褲短到不能再短的店員迎向前來，熱情招待小羅，看來相當熟了。她衣服下擺在肚臍附近打了一個結，露出纖細又性感的腰身，上下瞄著李凌嘉。這樣的場合，李凌嘉的白襯衫，西裝褲還有鬆垮的皮鞋，簡直就是外星球來的大叔。

「一共五位。對了，這是我學長——李凌嘉醫師。」

「噢！原來也是醫師，你也會玩樂器或唱歌嗎？」那位小姐一邊問，一邊將小羅和李凌嘉帶到座位。也會玩樂器或唱歌？李凌嘉愣住了，不知如何回答帶位小姐的問題，難道，來這吃飯需要會玩樂器或唱歌？

地下室的空間很大，客人用餐的餐桌貼著牆壁，餐廳的中央竟然有一個大舞台，樂團正熱情演唱。舞台的四周閃耀著五顏六色的雷射燈光，音響效果非常好，舞台前的空間成為舞池，可以讓來賓盡情地跳舞。

「天哪！這餐廳真的很特別，有一種復古的感覺，似乎在老電影裡面看過這樣的布置。」李凌嘉非常驚訝的說。

「沒錯，學長。」小羅將菜單遞給李凌嘉，先喝了一口飄著冰塊的可樂。

「這個餐廳的老闆五十多歲，開建築公司，從事房地產賺了一大筆錢。年輕的時候是搞音樂的，現在有了錢，索性開了一家八〇年代風格的音樂餐廳。算是圓年輕時的夢想。學長，您聽聽，現在演唱的樂團水準怎麼樣？」

舞台上是幾個留著長頭髮的年輕人，〈樹枝孤鳥〉已經唱完，現在唱「滅火器樂團」的〈*Song for you*〉。主唱非常賣力，將歌曲裡的熱情傳遞給大家。

「如果是專業樂團，似乎還有點生澀，如果是業餘的，那已經非常出色了！」李凌嘉微笑看著台上充滿熱力的演出。真的，好久好久沒有這樣輕鬆的享受音樂。

「學長果然是行家！」小羅豎起大拇指。「在這間餐廳演唱的歌手或樂團，通通是業餘的，而且沒有支領任何酬勞。」

「沒有任何酬勞?!」李凌嘉驚訝的問。「老闆也太『摳』了吧?!」

「那倒也不是，這裡演出的音樂是完全自由的，老闆提供了這麼好的場地，這麼好的音響還有樂器，更重要的是，有愛好音樂的人來這邊用餐、喝酒、聽歌。學長你知道，這個數位時代，在網路上聽歌抓歌太容易，要找到面對面聽你唱歌，和你互動的觀眾卻很困難！在這登台的樂團或歌手是這樣的想法，先培養起自己的觀眾，或許有一天真的能往專業的發展。」

「自由發揮的音樂……」李凌嘉點點頭，好像有點懂了。

「先生，要點些什麼？」剛剛在門口接待他們，穿著性感T恤的女孩再度出現，手上拿了一個平板電腦，準備點餐。

「我點個牛排吧！」李凌嘉說。小羅接著點了漢堡薯條套餐。

「噢，對了，你說有五位，我怎麼不知道還有別的人要一起來吃飯？」李凌嘉問。

「學長別擔心，我知道你不喜歡和不認識的人吃飯，今天會來的，你都認識喔！」

「都認識？」李凌嘉相當驚訝，難道是其他外科住院醫師？不過他們應該不會喜歡來這種地方吧。

牛排上來了，鮮嫩多汁，竟是出乎意料的好吃，玉米濃湯和麵包也有復古的風味。

台上的年輕人唱完「滅火器」的名曲。下一組上台的竟然是一群頭髮灰白，兩鬢飛霜的中年人，其中的主唱是禿頭，微胖，穿著有破洞的牛仔褲，復古尼龍質料的花襯衫，卻讓突出的小腹更加明顯。一上台就向觀眾大喊：

「嗨！EVERYBODY，你們好！」

「好——！」台下的觀眾大聲喊。

李凌嘉看看周圍，這個場地今天幾乎已經客滿。觀眾大聲地呼喊主唱的名字：

「Roger！Roger——！」

看起來這邊的演唱樂團還有觀眾都已經建立起某種默契，觀眾一邊拍手，一邊尖叫主唱的名字。

李凌嘉也沉浸在這樣歡樂的氛圍當中。

「乒——」電吉他和鼓聲大作，台上幾個中年大叔的熱力竟然超過前面幾個小伙子，他們唱的是屬於他們年輕時代的神曲，到現在大家還是耳熟能詳的皇后合唱團（Queen）的〈*We Will Rock You*〉。強烈的節奏，熟悉的旋律，反覆洗腦的歌詞，讓全場幾乎瘋狂。台上的大叔一邊搖著頭吶喊，一邊跺腳，台下的觀眾也一起跺腳。

一曲唱畢，全場觀眾都拍紅了手，也跺痛了腳，有人尖叫，有人吹口哨。台上幾位大叔有點喘，頻頻擦汗。

「各位好朋友，你們喜歡嗎——？」

「喜歡——！」台下的觀眾瘋成一團。

「你知道這個禿頭的主唱是誰嗎？」小羅問。

「不知道，不過，唱的超棒，不簡單，我本來以為搖滾樂是年輕人的專利。」

「哈哈，沒錯，當初我也嚇了一跳，我相信 Roger 董事長聽你這麼說，一定會很開心。」

「Roger 董事長？」李凌嘉驚訝的說：「難道，難道主唱就是這家餐廳的老闆？」

「沒錯，現在你能理解，他開這家餐廳是在圓夢吧！」

李凌嘉佩服得大力鼓掌。

「嗨！學長好。」一餐桌旁一口氣來了三個人，梳了時髦的髮型，配戴閃亮的吊飾，其中兩個人背著吉他，看起來就是音樂人。

李凌嘉驚訝的眼睛睜大。

「士傑，宇利，嘉鑫，你們怎麼會在這裡?!」

「李凌嘉學長，我們才超級驚訝，今天你怎麼會來這邊？」士傑開心地握住他的手。「好久沒見面了！自從學長到醫院實習之後我們就解散，已經有七八年沒見了吧。我後來進入眼科，宇利走精神科，嘉鑫是麻醉科，大家都忙，又在不同醫院，所以平常也難得碰面。」士傑說。

「是啊，今天要不是小羅帶我來這裡，我還真的幾乎忘記當年我們在樂團裡的日子。」李凌嘉興奮的看著每一個人，多年不見，都變得成熟了，身材……好像都胖了些，除了自己。

「學長，你還記得我們樂團的名字嗎？」嘉鑫問。

「北極星！」李凌嘉白了他一眼。「我怎麼可能忘記，當年我們還參加過全國大專院校熱門音樂大賽。」

「各位嘉賓！感謝各位來到『星球老爹西餐廳』，相信很多人都不知道這餐廳名字的由來，老爹嗎，當然就是Roger老爹在下敝人我囉，哈哈，至於星球嘛，」Roger摸摸自己的禿頭。「各位看到燈光打在我的頭頂，你就明瞭了吧。」

「哈哈哈。」台下爆笑了起來。

「接下來為各位介紹的樂團，他們一個個身價不凡！呵呵，我說的不是股票，而是團員，他們是由一群醫師組成的，你們可別小看這些醫師呆頭呆腦的喔，雖然在不同的醫院，有眼科、精神科、麻醉科醫師，不過當年他們在醫學院的時候，曾經參加全國熱門音樂大賽，還得到第三名喔。」

「哇！」全場發出驚呼聲。

「讓我們熱烈歡迎——北極星樂團！」

李凌嘉驚訝得目瞪口呆，在全場觀眾的尖叫和熱情歡呼聲當中，他身邊的四個人一瞬間上了舞台。

只見電吉他、鍵盤、貝斯手就定位，小羅坐到鼓手的位置，身旁加上麥克風。

二話不說，宇立的電吉他簡潔而明快的節奏響起，是李榮浩的〈李白〉。

小羅帥氣十足的打鼓，一邊唱：

大部分人要我學習去看　世俗的眼光

我認真學習了世俗眼光　世俗到天亮

李凌嘉坐在台下，充滿感動的看著他們——昔日的夥伴。七年過去了，歲月讓他們更為成熟，或許因為平時臨床工作太過忙碌，樂器之間的搭配有時出現小小的失誤，不過小羅的鼓充滿了活力，更讓人驚喜的是，小羅竟然能夠像 Phil Collins 一樣，一方面是樂團的靈魂鼓手，一方面又是掌控全場的主唱。他的聲音略帶沙啞，非常的有魅力。

〈李白〉唱完，全場都是尖叫和掌聲。「安可—安可—安可——」。

李凌嘉注意到每一個樂團唱一到三首歌，就看現場觀眾的反應。反應熱烈的，就多唱一兩首。

「謝謝，非常謝謝！」小羅輕輕喉嚨，雙手舉向天空，向下揮了揮，全場慢慢安靜下來。

「北極星樂團已經成立十年了，當時我們還是年輕的醫學生。畢業之後，進入醫院成為醫師，因為分屬不同醫院、不同科，中間大概有六七年沒有一起練習，原本我們以為，『北極星』等於解散了。直到有一天，Roger 老爹提供這個場地，讓我們有機會表演。」

小羅說著，高舉鼓棒大聲嘶吼：「『北極星』，這個樂團復活了——！」

「北極星—北極星—北極星！」台下的觀眾也跟著一起熱情呼喊，為他們打氣。

「感謝 Roger 老爹提到我們輝煌的過去——全國大專院校熱門音樂比賽第三名，那是我們感到最光榮的時刻。不過有人問我，為什麼主唱要由鼓手來擔任？還有人更過分，竟然問我『你這個主唱音色好像不怎麼樣吧，能夠得到第三名?!』當年參加的比賽隊伍是不是只有三隊，你要我說什麼呢？」小羅說著雙手誇張的向外一攤。

「哈哈哈。」觀眾笑翻了。

「我要誠實地向大家報告，北極星樂團能夠得獎，那是因為——當年參加比賽時那個主唱根本不是我，這樣各位能夠理解了嗎？如果我當主唱，大概初賽就被刷下來了。」

「沒錯沒錯。」台下不少人跟著鼓譟。

「不過今天不一樣了，Ladies and Gentleman，我們北極星樂團的主唱，今天本尊——來到現場了！」

「哇！真的嗎真的嗎？是哪一位？」台下的觀眾喜出望外，到處張望。

「那就是——全台灣最帥氣，最有才華的整形外科，李凌嘉醫師！」小羅順著伸手一指，舞台燈光竟然往李凌嘉的方向照過來，讓他一時之間手足無措，只好呆呆地站起來。

「我們請李凌嘉醫師到台上來，我們一起唱當年比賽的歌曲〈志明與春嬌〉，好不好?!」

「好——！」

小羅親自走下來，將李凌嘉帶到舞台中央，在掌聲歡呼當中，鍵盤手敲出前奏，李凌嘉拿起麥克風，竟然有些發抖，腦裡一片空白。

自己還會不會唱？會不會走音？

志明真正不知要按怎

為什麼　愛人不願閣再相偎

好熟悉，又好陌生的感覺，已經好多年沒有拿著麥克風站在舞台。不過這首歌不需要練習，最近多少無眠的夜晚，獨自一個人哼唱的，不管是痛苦還是寂寥，都是這首歌。

「哇！太棒了太棒了太棒了！」Roger 老爹衝上台，熱情的舉起李凌嘉的右手，接受觀眾的歡呼。

音樂終了，李凌嘉還不知道發生了什麼事，卻被滿場口哨聲、掌聲、尖叫聲喚回人間。

「各位嘉賓！」小羅拿起麥克風。「各位現在能不能夠理解，當年為什麼北極星樂團能夠進入全國熱門音樂大賽，不是靠我小羅對不對？」

「對——！」全場觀眾哈哈大笑，很捧場的拉長音。

「那是因為誰？」

「主唱李凌嘉——！」觀眾一致大喊。

回到台下，李凌嘉看著小羅，看著另外三個夥伴，不敢相信剛剛發生的一切。

「我真不敢相信，北極星樂團，我們又在一起了！」李凌嘉舉起酒杯，看著自己昔日的夥伴，充滿感動。「太高興了，今天小羅帶我來之前，我完全不知情。你們在一起唱多久了？」

「三四個月了吧，」小羅說：「最初是宇利打電話給我，朋友帶他來這家餐廳吃飯，覺得音樂氣氛很棒，而且演出不需要簽合約，只要和老闆談過，有實力就可以上台。雖然沒有酬勞，但是我們非常享受和觀眾互動的感覺。」

「是啊，哪一個歌手喜歡在浴室唱歌給自己聽？能夠和觀眾互動才是最大的福氣！」宇利說。

「歡迎主唱歸隊！」小羅舉起酒杯，李凌嘉大大的微笑，將啤酒一口氣喝了。

「各位嘉賓，喜不喜歡北極星樂團的演出?!」Roger 老爹依舊熱力十足的在台上主持，他的額頭冒出汗珠，燈光將閃亮的光頭照耀的更加耀眼。看得出來，他樂在其中，誰會知道他是知名建設公司的董事長。

「喜歡，喜歡！北極星、北極星！」觀眾熱情的捧場。有節奏的跟著老爹吶喊，這時候大部分的賓客已經用完晚餐，正在享用桌上的啤酒。

「接下來，是今天晚上大家最期待的壓軸樂團的演出，相信各位等待很久了，你們猜猜是誰。」老爹照例要賣一下關子。

還有「壓軸」？看起來有樂團已經玩出知名度了！李凌嘉心裡想。

「貓女、貓女、貓女！」在場的觀眾繼續有節奏、有默契地大喊，這個吼叫聲比剛才北極星演奏完還要熱烈。

「這個貓女合唱團看來很受歡迎呀！」李凌嘉必須貼著小羅的耳朵叫喊，不然身邊的喧譁讓他們什麼也聽不見。

「對啊！這個貓女，反正你看了就知道。」小羅神祕的笑笑。

「看了就知道？難道是熟人還是以前的同學？」李凌嘉非常好奇。

燈光忽然暗下來，只剩下雷射燈光滿場飛舞，打在每個人的臉上。鼓手瘋狂的敲擊，那鼓棒在空中飛舞，就像一團黃色的閃電。舞台上出現幾個年輕人——強烈的貝斯、電吉他，還有鼓聲讓每個人都亢奮起來。

「〈三天三夜〉！」李凌嘉只聽前奏，就知道這是阿妹張惠妹的神曲。這也是當年「北極星樂團」幾位團員最喜歡的舞曲，有考慮放進歌單，但一直找不到適合的女主唱，因此只能在團練的時候胡鬧一番，從來沒有正式演出過。

前奏才剛開始，好多人都放下啤酒杯，衝進舞台前開始隨著音樂搖滾。

「咦！沒有看到主唱？」李凌嘉努力的搜尋台上的年輕人，吉他手、鍵盤手都是很有音樂天份的女孩子。

貓女呢？

一點都不會累　我已經跳了三天三夜
我現在的心情喝汽水也會醉

那是一個極具穿透力，帶點些許沙啞的女聲，乍聽之下和阿妹的聲音有些神似。一個穿著白色緊身衣，鑲滿反光亮片牛仔褲的女孩子從後方踏著舞步，緩緩站上舞台，一頭長髮，畫著搖滾煙熏妝。她的出現，立即讓全場觀眾陷入瘋狂。

太酷了！太炫了，這個年輕女孩，有著這麼漂亮的身材和臉蛋，還有媲美阿妹的歌聲，怪不得如此吸引人。

貓女合唱團的主唱超有魅力！站在舞台上就像具有魔力的精靈，讓李凌嘉不由自主地站起來，開始跟著節拍一起扭動，一起大聲唱，大聲嘶吼，好像這幾個月來的痛苦、鬱悶，在〈三天三夜〉貓女的歌

聲當中，都抛到身後去了。

咦，貓女，在台上唱歌的這位女孩好眼熟。她不是鄭宜敏嗎?!

「小羅！」李凌嘉貼著小羅的耳朵大喊。「這個女主唱看起來好眼熟……」

「啊啊，你說什麼？」小羅也已經站起身來，跟著音樂上上下下的跳。

「我說，這個貓女合唱團的主唱看起來好像……」李凌嘉繼續努力的大喊。

「是啊，貓女就是鄭宜敏。」

李凌嘉怔怔地看著舞台上魅力四射的美麗女孩，怎麼會，怎麼會，貓女會是鄭宜敏?!那幾個月前裹在紗布中，自己親手一針一線縫補，植皮，救回來的鄭宜敏?!

而眼前這個女孩，豐滿的胸部裹在白色的緊身上衣裡，柔軟的腰身在音樂中自在的搖擺。美麗臉龐帶著自信陶醉的笑容，揮舞著雙手，指揮著全場觀眾。

忽然之間，李凌嘉的四周安靜下來，眼前的景物持續晃動，周圍的人們，眼中閃耀著喜悅，盯著舞台上的貓女，身體隨著〈三天三夜〉的歌詞搖擺，上下跳動，就像著了魔，沒有辦法停止下來，可是在這一刻，李凌嘉竟然聽不見任何聲音，他的眼裡只有——鄭宜敏。那清秀美麗的臉龐，澄澈的大眼睛，他看著她，彷彿回到那天，兩個人在急診室第一次看見彼此。

歌曲唱完了，觀眾意猶未盡，繼續的歡呼、鼓掌、尖叫，手上拿著啤酒杯，放不下來。

「學長，貓女合唱團很棒吧！」小羅說。

李凌嘉還陷在剛剛的音樂裡，以及再次見到鄭宜敏的震驚。

「貓女不但會唱，還很聰明。」宇利說。「很會選曲子，你看在場的觀眾除了年輕人，還有許多中年人，選這一首阿妹的〈三天三夜〉，讓歐吉桑、大朋友、小朋友都一起跳，簡直是不敗神曲！」

「鄭宜敏……小羅，你確定是她嗎？」李凌嘉依舊不敢相信。

「沒錯，我們上個月在後台相認了，」小羅將手上的啤酒喝光。「她很感謝我們燒燙傷的醫療團隊，尤其是你。」

「我？她還記得我？」

「當然！鄭宜敏念念不忘的就是你李凌嘉了。」小羅笑了笑，「我們十分鐘的談話，大概有八分鐘在談你。鄭宜敏一直問，李醫師現在好不好。」

「各位好朋友！我是貓女！謝謝你們！」鄭宜敏說話了，全場立刻爆出停不了的掌聲，有人吹起了尖銳的口哨聲。

「來到星球老爹餐廳唱歌給大家聽，和大家分享音樂，是我最快樂的事！也非常感謝你們給我掌聲。前一些日子，我曾經因受傷而躺在加護病房好長一段時間，每天醒來張開眼，只能看見天花板還有白色的牆壁，真的非常難熬。」

鄭宜敏說著，突然頓住，有些哽咽。全場安靜下來，讓她情緒恢復。

隔了好一會兒，她深深吸一口氣。

「不過，你們每一句喝采，每一個掌聲，都讓我有了繼續前進的動力，我愛你們！」說著，鄭宜敏激動得紅了雙眼，眼淚快要掉出了。在場的觀眾，感受這情緒的轉變，立即用更熱烈的掌聲回應。

「貓女，加油！」

「貓女我們支持妳，支持妳。」

「咚咚！」樂團的鼓手也用激烈的鼓聲來回應全場觀眾的情緒。

「感謝大家。」貓女用手拭去眼角的淚水，長髮一甩，非常的飄逸帥氣。

「我能站在這裡，除了感謝大家的支持和鼓勵，更要感謝生命中的貴人。幾個月前，我經歷過各位無法想像的痛苦，我受到嚴重燙傷。每一天，我裹在一層又一層的紗布之下，換藥的時候將敷料拿下來，就像把皮膚撕開一樣，那種痛苦，我不知道該怎麼形容。」

全場安靜下來，大家看著站在舞台上，燈光聚焦的美麗女孩。女孩緩緩掀開緊身上衣，很大方的拉到胸罩之下，整個上半身美好的曲線在大家面前呈現出來，在燈光照耀之下，才發現那皮膚滿是坑坑洞洞，顏色有的深、有的淺，看來都是新生的皮膚，也是疤痕。

「你們看，這就是我燙傷的痕跡。」女孩慢慢將衣服放下，「我生命中的貴人，包括醫院燒燙傷中心的團隊，其中最要感謝的，就是負責照顧我，並且幫我執行植皮手術的——李凌嘉醫師！」

「喔——！」觀眾又是一陣驚呼，李凌嘉？不就是剛剛上台，北極星樂團的主唱?!

「是的，我也是今天才知道，我的救命恩人，李凌嘉醫師竟然是北極星樂團的主唱，而且唱得這麼棒，大家說對不對！」

「對——！」觀眾又在鼓譟。「李凌嘉！李凌嘉！李凌嘉——！」

這個時候燈光師已經確認李凌嘉所在的位置，將聚光燈再次打在他身上。

這是什麼情形！小羅還有其他的團員笑咪咪的看著他。

這次是 **Roger** 老爹抓著麥克風衝下來：「唉唷！李醫師真不簡單，竟然是我們貓女的救命醫師，歌聲又這麼好，今天兩個人一定要合唱一曲！」

Roger 老爹大大擁抱了李凌嘉，幾乎是用抱著將他推上舞台。

鄭宜敏在台上也給李凌嘉一個大大的擁抱，做夢也沒有想到，兩個人第一次擁抱，竟然是在上百位觀眾面前，在舞台聚光燈照射之下。

他聞到鄭宜敏身上淡淡的香水，還有汗水味，那是一種非常奇異的氣味和感覺，肌膚觸感柔軟，緊貼在身上的胸部豐滿而有彈性。

「各位嘉賓！我為各位帶來的下一首曲子是五月天的〈軋車〉，我們請李凌嘉醫師和我一起合唱，好不好？」貓女大聲地說。站在舞台上，大概每一句話都要用吼的。

「好——！」觀眾開始用力的鼓掌，尖叫聲、口哨聲，整個大廳都沸騰了。

「等一等，等一等，」李凌嘉抓住麥克風，卻是討饒的說：「〈軋車〉這首歌的歌詞太長了，我根本記不住，沒有辦法唱。」

「歌詞太多……」鄭宜敏手搭上李凌嘉的肩膀，很俏皮的挑眉。「李大醫師，你想，唱〈軋車〉這首歌還需要背歌詞嗎，跟著我大聲吼就可以了。」

「哈哈哈哈哈。」觀眾大笑。

李凌嘉的臉一陣熱，一陣紅又一陣白，貓女說的一點也沒錯，這首歌沒有人會管你唱的是什麼，只要跟上節奏，大聲嘶吼就可以了。

走出餐廳，晚上的微風吹在臉上有些清涼。夜深了，台北的街上有了片刻的寧靜。和剛剛餐廳裡的喧鬧，完全是不同的世界。

「學長晚安！下次團練要一起來喔！」宇利和其他兩個學弟開著名車在他們面前停下來，降下車窗揮手道別。隨即迅速消失在道路的盡頭。

真好，看來過得都不錯，望著名車帥氣的尾燈消失在黑暗中。內心為學弟們感到高興。

眼科、精神科、麻醉科……合理的工作份量，優厚的薪資。這才是大家想像中醫師的生活。哪像自己，還有小羅，常說自己累得像狗，其實，狗有很累嗎？外科醫生，比狗還不如吧！

外科住院醫師的生活，騎摩托車，剛好而已。

「李凌嘉醫師！」才剛跨上小羅的機車，聽見有人叫他。

是鄭宜敏。她換上簡單的T恤牛仔褲，誇張的煙燻眼妝已經擦去，整個人清麗可喜，是一個美麗的小女孩。

李凌嘉細細看鄭宜敏，四目相接，這一次，沒有喧嚣的群眾，沒有絢爛的舞台，也沒有紗布、消毒藥水。他們看著彼此，那目光如此飢渴。時間，再次凝結。

「宜敏，真想不到你竟然是貓女主唱，而且唱的這麼好！」李凌嘉打破沉默。

「彼此彼此，今天聽到羅醫師介紹你上台，才嚇了一跳！住院的時候，我們雖然聊過音樂，可是從來沒想到你竟然是合唱團的主唱。」

「還說呢，宜敏住院的時候包得像木乃伊，有人聽過木乃伊唱歌嗎。」兩人都笑了起來。

「加個 Line 吧！」宜敏說。掏出手機，兩個人馬上就成為 Line 好友。

「喂！貓女，這不太公平吧，我們在餐廳見了好幾次面，妳怎麼沒有跟我要 Line？」小羅吃醋的說。

「Sorry sorry！是我忘了，我們馬上加。」鄭宜敏馬上把手機放在小羅面前，掃條碼。

「好喔，再聯絡。」

小羅的摩托車噗噗的引擎聲劃破夜空。李凌嘉坐在後座。星球老爹餐廳、鄭宜敏都逐漸遠去。李凌嘉一直回頭望，鄭宜敏美麗的身影雖然變小了，卻依舊佇立在餐廳前，看著自己。

無眠的夜。今天晚上將會是一個無眠的夜。李凌嘉有預感。

姿倩離開他以後，有一段時間必須靠著酒精來痲痺自己才能入睡，後來胃出血，烈酒是不敢碰了。偶爾需要借助鎮靜藥物才能入眠。

好不容易才漸漸恢復正常的生活，但是今天晚上，星球老爹餐廳，北極星樂團，還有貓女——鄭宜敏，這麼多這麼多的驚喜，讓李凌嘉直覺的預期，這將會是一個睡不著的夜晚。

已經是深夜，四周極度安靜，他的耳邊卻一直縈繞〈三天三夜〉。

「叮咚」有 Line 的訊息傳進來。

是鄭宜敏，她的 Line 圖像是一隻美麗的藍貓，署名是貓女。

李凌嘉的圖像是母親的故鄉——雲林口湖鄉海邊遼闊的風景，署名阿嘉。

貓女：李醫師，很高興見到你。

阿嘉：宜敏，我也是。完全沒有想到，妳會唱歌，而且唱得這麼好。

貓女：我唱得好，是真的？

阿嘉：真的。

停頓了快三分鐘，李凌嘉正以為對方已經收線，訊息又冒了出來。

貓女：喜歡我唱的歌嗎？

阿嘉：喜歡。

李凌嘉傳了一個大心貼圖。

貓女：你們北極星樂團下次什麼時候演出？

阿嘉：不一定。平常大家都忙，很難湊在一起團練。下次演出的時間還沒有定。

停兩分鐘。李凌嘉再次懷疑宜敏睡著了。

貓女：下個星期六貓女合唱團有演出，你可以來嗎？

李凌嘉翻了一下行事曆。確認沒有值班。

阿嘉：我會來。

貓女：可以邀請你和我一起合唱嗎，和你合唱的感覺真的很好！

感覺很好？簡直是太棒了！李凌嘉心裡想，不過這句話沒有輸入手機。

阿嘉：好喔！不過要看是什麼曲子，我不一定會唱。

貓女：五月天。五月天的歌熟嗎？

阿嘉：當然！選哪一首？

貓女：第一首歌是〈傷心的人別聽慢歌〉。

李凌嘉笑了，雖然對方看不到

阿嘉：好的，這首歌我喜歡。那第二首呢？

貓女：我也還沒決定，不如，我們當天再決定。我相信五月天的歌難不倒你。

阿嘉：好的，不過如果不會唱，妳自己唱完。

貓女：那當然。

好喔，那我們下個星期六見。

貓女：晚安，謝謝。

李凌嘉傳了一個史努比穿著睡衣的晚安圖：晚安。

很奇妙的，放下手機，李凌嘉感受到自姿倩離開他的這幾個月以來，從沒有過的寧靜與滿足。他很快就睡著了，沒有依賴任何藥物。

音樂有神奇的安撫人心的力量。李凌嘉感覺到，內心的「皮膚之島」開始形成、慢慢生長。雖然就像池塘裡的浮萍一樣，一塊一塊分散在各個角落，但那生命的悸動，就像在凍原默默綻放的花朵，倔強的在寒風中搖曳。

他找回醫學之外，在生命中很重要的東西。他重新拿起麥克風，彈奏起電吉他，〈志明與春嬌〉不再是關在房間裡的痛苦呻吟，而是在舞台上，在眾人的歡呼中，帶給聽眾的律動。

自從成為一個醫師，就再也沒有站上舞台唱歌。有多少年了？和鄭宜敏在放肆奔騰的電吉他以及鼓聲之下大聲地唱五月天的〈軋車〉。這幾天，李凌嘉完成忙碌的工作回到那孤寂的房間，閉上雙眼，那音樂，那歌詞就再次浮現在腦海。

外科醫師這麼忙，會聽音樂嗎？曾經有朋友問他這個問題，其實，外科醫師可能是最常聽音樂的族群了，因為總是待在開刀房，開刀房總是播放著音樂。

五月天的音樂重新回到李凌嘉的生命，雖然CD被自己砸毀了，開刀的時候用手機透過Spotify繼續從五月天的第一張專輯放到最新出版的。一首也不錯過。

和鄭宜敏的重逢，心裡的皮膚之島，終於生長。

她，怎麼形容呢，有一種特殊的魔力。重逢，竟然以光芒萬丈，美麗四射的女歌手在舞台上現身。自己需用仰望的角度、仰慕者的姿態來看鄭宜敏！

〈傷心的人別聽慢歌〉這首歌兩人合唱沒有問題，不管是音樂，或是歌詞內容都喜歡，也不知唱了多少次。

還有另外一首呢？鄭宜敏真的還沒想到？或是想當場出題考他？甚至給一個驚喜？

星期六很快就到了，這一晚北極星樂團沒有演出，他也沒有告訴小羅，自己叫台計程車前往星球老爹餐廳。

和鄭宜敏用 **Line** 約好了在門口見面。餐廳門口擠了不少人，看來今天晚上爆滿，沒有事先預約不可能有位子。

「李醫師！」李凌嘉還在四處張望尋找，接著，他在人群之中看到了她——鄭宜敏。梳了公主頭，原本的直髮稍微燙了波浪，臉龐上了淡淡的妝，黑色的眼線和藍色的眼影讓他眼睛變得更為明亮了，穿著剪裁簡單的白色緊身上衣，豐滿的胸型配上及膝的短裙，身材真好，青春洋溢的小姑娘！

李凌嘉痴痴看著她，不是急診室裡，滿身傷痕的鄭宜敏；也不是熱力四射，被觀眾尖叫、掌聲包圍的貓女。

「宜敏，妳好漂亮！」李凌嘉忍不住這樣說。

鄭宜敏害羞的笑了起來。

「我們進去吧！」鄭宜敏和李凌嘉並肩走進餐廳。

「哎呀！兩位大主唱，我等你們等了好久！」踏入大門，還沒有等到帶位小姐，**Roger** 老爹親自迎了上來。

老爹相當美式風格，毫不客氣地先給鄭宜敏一個大大的擁抱，再親親臉頰，鄭宜敏在老爹的懷裡又笑又躲。接著老爹看到李凌嘉，李凌嘉反射性地向後退了半步，很害怕同樣被抱住親親，還好老爹只用巨大的手掌在他肩膀上拍了一下。

「真不簡單！這麼帥的整形外科醫師，又會開刀，又會唱歌，教我們這些平凡人怎麼混！哈哈哈。」

「老爹你別鬧了，哪像你！是建設公司的大老闆，有錢，又開餐廳，還是最佳主唱，誰比得上你呀！」宜敏刻意的用撒嬌的聲音說。這一番吹捧將 **Roger** 老爹說得哈哈大笑了起來。

「前兩項你沒有說錯，不過提到最佳主唱，我想還是讓給貓女合唱團或北極星合唱團的兩位主唱吧！」**Roger** 老爹心情極好。「來來，你們先吃點東西吧，等一下要上台表演了。」

鄭宜敏只點了一些點心，喝了一杯果汁。

「不多吃一點？」李凌嘉問。

「要表演前我不太吃東西，吃的太飽，會唱不出聲音？你呢？」

「我也是。」李凌嘉也不喝酒，點了杯熱茶，吃些小菜。

「咚咚咚咚！」音樂節目照例是在一陣青春洋溢，充滿震撼力的鼓聲開始。

「**Ladies and gentlemen, welcome to Roger** 星球老爹餐廳！」

Roger 的開場白同樣充滿活力與青春煽動力，台下立刻爆出反射性的歡呼。

「今天我們的音樂節目十分精彩，讓我們歡迎首先出場的——『蜜蜂與花』二人組！」

台下響起熱情的掌聲，星期六晚上，此刻整個餐廳完全爆滿，幾乎每個角落都塞滿了人，有些年輕人沒有座位，就站在餐桌的後面喝著啤酒，吃著薯條，和大家一起尖叫。

「蜜蜂與花」是一對清新的男女團體，看起來像大學生。唱自己創作的歌曲，曲風清新自然。簡單的木吉他，並不複雜的和弦，唱出年輕人對愛情的嚮往。和其他樂團重口味的快歌相比，就像清爽的小菜。

「蜜蜂與花」一連唱了兩首原創歌曲，朝觀眾深深一鞠躬，掌聲有些稀疏，李凌嘉坐在搖滾區第一排的座位，卻是用力鼓掌，把手都拍紅了。

「這麼喜歡呀！」鄭宜敏貼近李凌嘉的耳邊問。

「年輕人嘛！多給一些鼓勵。」

「我也是年輕人喔，你要鼓勵我。」鄭宜敏繼續貼著他的耳朵，帶著撒嬌的口吻。癢癢的，而且散發一股淡淡的香氣。

「那還用說，我今天來就是為了妳！」李凌嘉說。

鄭宜敏嫣然一笑，笑得非常燦爛。

下一組依舊是年輕人，選的歌曲很有特殊風格，如進行曲般的節奏。李凌嘉覺得彷彿聽過，卻說不出是什麼曲子。

「是『告五人』樂團的〈披星戴月的想你〉。」鄭宜敏回答了他的疑惑。

「『告五人』……這是律師組成的團體嗎？」李凌嘉不解的問。

「哈哈哈哈哈。」鄭宜敏笑的彎下腰。「會這麼問，代表你真的老了，跟不上時代，『告五人』是我們年輕人很喜歡的樂團唷！」

〈披星戴月的想你〉這首歌從深情的緩緩告白，到曲末激揚的吶喊，就在鼓聲，電吉他聲，男主唱炫技的轉音中，全場歡呼鼓掌。

星期六的氣氛就是不一樣，才上來四組表演團體，全場就已經嗨到不行。許多年輕人喝開了，就在搖滾區前面肩搭著肩，左右搖晃起來。

接下來幾個團體走重搖滾路線，或許音量開得太大，或許人聲太吵雜，李凌嘉竟然聽不清楚唱的是哪些曲目。身邊的年輕人看起來也不在乎，繼續隨著節奏扭動身體。李凌嘉這才注意到這音樂表演並沒有真正的主持人，而是一個團體唱完介紹下一組。

「接下來讓我們熱烈歡迎，我們最喜歡的 Roger 老爹 and the band！」

「嗚啊，嗚啊，老爹，老爹！」在群眾的呼喊聲中，五個頭髮花白，或是禿頭的老男人以奇異的舞步跳上舞台。

「各位星球老爹的大朋友、小朋友、老朋友們大家好！」依舊是中氣十足。

「好——！」

「大家都知道我喜歡唱老歌，你們知道為什麼嗎？」

「不知道——」

「那是因為……我只會唱老歌。」

大家哄堂大笑。

「新歌也很好聽，像剛才那個什麼什麼來著？〈披星戴月的想你〉？很好聽，不過我們這幾個老家伙聽了又聽，總是學不起來，這是屬於你們年輕人的節奏，我們呢，有我們自己的。可是呢，有些歌曲，不但我們那個年代的人喜歡聽，相信你們年輕人也會喜歡，那就是……是什麼呀?!」

「Air Supply！」群眾大喊！

李凌嘉嚇了一跳，滿場這麼多年輕人怎麼會知道這個樂團？他馬上會意過來，Roger老爹之前應該經常演唱Air Supply的曲目。

「是的，我知道你們也喜歡，不過你們以前聽老爹這個老頭子唱低八度的，和原主唱的聲音也差太多了，雖然Air Supply的原主唱現在也是老頭子了啦。」

全場又是一陣大笑。

「不過人家雖然年紀大，聲音還是這麼清澈漂亮，和老爹不同。今天特地為各位請到一位客串主唱，大家來聽聽她唱的，是不是才真的有Air Supply的味道，你們猜這個客串主唱是誰？」

台下安靜下來，交頭接耳，不曉得今天請的神祕嘉賓是誰。

「那就是——」老爹特別拉長聲音，讓大家期待著謎底揭曉。

「貓女合唱團的主唱——鄭宜敏！」

「哇！」歡呼聲、鼓掌聲，李凌嘉目瞪口呆的看著旁邊身材姣好，穿著短裙，梳著公主頭的漂亮女生站起身來，輕鬆自若的走上舞台揮手，接受大家的歡呼。

Air Supply？這絕對不是她這個年齡會唱的歌呀！

鄭宜敏拿起麥克風，沒多說話，低頭沉靜了幾秒鐘讓情緒沉澱下來。開口唱〈*Here I am*〉。

怎麼這麼有默契！他的母親是 Air Supply 的歌迷，從小聽著母親放ＣＤ，不知聽了多少遍，這首歌剛好也是他最喜歡的。

Here I am playing with those memories again
And just when I thought time had set me free
Those thoughts of you keep haunting me

舞台的強光打在鄭宜敏身上，四周黯淡下來，只看見那位青春美麗的少女，用高亢的嗓音唱著這首名曲。原主唱的音階很高，原本就適合女孩子來詮釋，鄭宜敏的聲音非常有磁性，剛好適合唱 Air Supply 的歌。Roger 老爹和其他團員不搶鋒頭，就在背後合音。

優美的旋律，動人的歌詞，讓全場的觀眾陶醉了，安靜了，有更多男女加入舞池，手牽手搖擺，或者輕輕擁抱，跳起慢舞。

一曲唱畢，大家還陶醉在那溫柔的氣氛當中，過了好久才有人帶頭鼓起掌來。

「Bravo！Bravo！」

「好了好了，廢話不多說了，我們知道你們想要的是貓女，青春美麗的女孩，不想聽我們老爹唱八〇年代的歌了，對不對？」
「哈哈哈哈。」老爹在台上這樣說，讓觀眾說是也不對，說不是也不對。
「好！今天晚上老爹和朋友們就多聊天喝酒，舞台就交給貓女合唱團！」
五個老男人華麗轉身，鄭宜敏繼續留在台上，是那樣美麗、從容、自在。好像他天生就屬於舞台。
貓女合唱團的鼓手、貝斯手還有吉他手分批上來。
「今天好像有點吃虧耶。」
表演還沒開始，沒想到鄭宜敏這樣開場。
「貓女合唱團還沒有上台，我就被老爹抓上來唱一首歌，這樣不太公平。」
「對啊對啊，老爹要付主唱費啦。」台下觀眾胡扯一通。
「這樣好了，今天我們貓女合唱團也邀請一位客串主唱，給大家一個驚喜好嗎？」
「好啊好啊好啊！」
「那就是又會開刀，又會唱歌的北極星合唱團的帥哥主唱——李凌嘉醫師！我們熱烈的掌聲請他上台！」
李凌嘉含在嘴裡的啤酒差點嗆咳出來。
雖然有心理準備，但沒有想到說上就上。李凌嘉在熱烈掌聲中上台的時候，還覺得輕飄飄——年輕時參加熱門音樂大賽的豪氣又回來了。

「李凌嘉醫師和貓女合唱團為大家帶來的是〈傷心的人別聽慢歌〉！」鄭宜敏大聲宣布。和〈三天三夜〉一樣，這簡直是不敗神曲。貓女合唱團另外四位女團員：貝斯手、吉他手、鼓手、鍵盤手，每一個都身懷絕技。才聽到前奏，大家的情緒都被那強烈的節奏帶著左右搖擺。

唱吧！更何況，這首曲子裡的歌詞不就是最近的心情嗎？

你傷的太深了　你愛的太傻了
你哭的就像是末日要來了

雖然已經很多年沒有公開演唱（除了上次意外上台），李凌嘉的高音依舊穩定而且嘹亮，大概是這段時間在洗澡的時候總是嘶吼同樣的曲子。

是的是的！再多的痛苦，再多的回憶，再多的撕裂，慢歌只能把自己一點一滴地往下拉到最深的海底，沒有辦法呼吸，別唱慢歌！就唱最瘋狂的快歌！一切的痛苦交給音樂！

鄭宜敏非常稱職的在旁邊合音。唱完後兩個人在台上向觀眾深深一鞠躬。歡呼、尖叫，好久好久，現場才稍微安靜下來。

「嗯，謝謝大家！下一首歌也是五月天的。」鄭宜敏清清喉嚨，很慎重的宣布。還沒有說出曲目，才提到「五月天」，台下又是一片歡呼。

「這首曲子，是我個人最喜歡的曲子，對我有特別的意義。在世界上我們都是一個人，承擔著種種的壓力、痛苦和不快樂。」鄭宜敏邊說著，眼神靜靜的向台下每個人看過去。是啊，誰不是一個人？誰沒有沉重的壓力負擔？

「可是當我們有了友誼，有了愛情，我們就不是一個人，我們相信，在這世界上總有個人關愛著你，捨不得讓你一個人的。」

鄭宜敏竟然大方地牽著李凌嘉的手。

「下一首歌，我和李醫師要合唱的是〈不願讓你一個人〉。」

天哪，竟然是這首歌？李凌嘉的頭好像被大鐵錘「咚！」的敲一下，天旋地轉。

前奏開始，已經準備要進歌，可是李凌嘉一時之間，仍處在混亂的狀態。

不可以！不可以不可以——！

他心裡痛苦的吼，什麼歌都可以，為什麼要選這首歌？因為這首歌是他最傷心、最脆弱的時候，姿倩唱給他聽的。〈不願讓你一個人〉是屬於姿倩和自己的歌！

鄭宜敏幫他輕輕合音，剛開始李凌嘉還能將歌詞和音準唱穩，唱到後面幾句，他開始發抖，不是聲音發抖，而是全身，全身都在發抖。

他看起來那麼虛弱，那麼無助，就在幾百個人面前，就在舞台的燈光閃耀之下，李凌嘉陷入一個混亂而且痛苦的狀態。眼淚，幾乎就要掉下來……

李凌嘉的聲音啞了，卡住了，就像硬生生被拔掉插頭的收音機，只剩下吉他聲、鍵盤和鼓聲，和弦依舊在進行，但是他沒辦法再唱下去，因為眼眶中充滿淚水，喉頭也塞滿了苦澀。鄭宜敏嚇到了，不知所措的看著眼前這個大男人——她心中的偶像此時像孩子一般，是如此手足無措的想控制崩潰的情緒。

「各位來賓，我們幫李凌嘉醫師掌聲鼓勵一下好不好？」沒想到這個時候Roger老爹跳了上來，從李凌嘉手上拿了麥克風。

台下觀眾都看得出來這首歌帶給李凌嘉太大的情緒波動。這首歌或許也觸動了許多人心裡敏感的情緒，好多女孩子熱淚盈眶，大家開始舉高雙手隨著音樂左右搖晃，幫著一起合唱。

加油的聲音也此起彼落，大家給李凌嘉溫暖的掌聲。

不願讓你一個人，我會陪你，無數次，姿倩是這樣對自己說的。李凌嘉眼前浮現出姿倩對自己唱歌的鏡頭。那柔情的眼神，溫柔的歌聲，溫暖的擁抱，深情的吻。

而今呢？不願讓你一個人——通通是謊言！

雖然，聲音因為哽咽而沙啞，雖然，歌曲中每一個字就像利刃一樣，一刀一刀凌遲他的心。李凌嘉還是努力唱著。

我不願讓你一個人　承受這世界的殘忍
我不願眼淚陪你到永恆

歌唱完了。觀眾反而給他們更大的掌聲和歡呼。

「安可安可安可！」

「李醫師，加油！」

李凌嘉向觀眾深深一鞠躬，默默走下舞台，拿起啤酒一飲而盡。

散場之後，李凌嘉一個人坐在餐廳外面大門口的階梯，四周安靜的就像外太空。他垂著頭，彷彿氣力已經完全放盡。

鄭宜敏在後台匆匆換了一套寬鬆簡單的衣服，臉上的妝也洗淨了，看上去就是鄰家小女孩。

「去哪裡走走？」鄭宜敏問。

「哪裡都好啊。」離開了吵雜的餐廳，脫離了震耳欲聾的音樂，李凌嘉覺得輕飄飄，渾身無力。

「上車吧。」五分鐘後，鄭宜敏騎了一台小巧的電動摩托車出現在面前。

「確定妳有駕照嗎？」李凌嘉戴上安全帽，忍不住問。

「這重要嗎？抱緊我唷！」鄭宜敏笑得很俏皮。她騎車騎得像飛一樣，不過技術很好，週六晚間十點多的台北市車子還不少，精緻小巧的摩托車悠遊其間。

「散散步吧。」宜敏說，將車子在台北市邊緣一條小溪旁停下來。順著溪流有長長的人行步道，兩旁路燈發出優雅的黃光，照亮著牽手散步的情侶、遛狗的老人，還有穿著運動褲慢跑的中年歐巴桑。

兩個人找了個景色遼闊的地方坐下。

「對不起。」李凌嘉沮喪的說：「我搞砸了。」

「有什麼對不起的？你唱的很好啊，後來〈我不願讓你一個人〉你唱不下去，應該是真情流露吧。」鄭宜敏說：「都是我不好，不該選這一首歌。我想，這首歌對你一定有特別的意義？」

「是的！」李凌嘉輕輕的說，眼神望向很遠的河面，更遠的台北市燈光。

「不願讓你一個人，這首歌是我女友，應該說是前女友姿倩每次當我失意、痛苦的時候唱給我聽的。」

「她的歌聲很好？」鄭宜敏忍不住刺探。

李凌嘉搖搖頭。

「說起來，她歌聲很普通，不過，這首是『我們的歌』，那些我感到痛苦，喝著悶酒的夜晚，姿倩會唱這首歌安慰我。有了這首歌，在那一剎那，我不孤單。」

兩個人靜靜坐著。

「你一定很愛她。」

「或許吧。在一起十年，到後來我也分不清楚什麼是愛，什麼是依賴，什麼是信任。每一年，有幾天最讓我痛苦，那就是接近我母親忌日的時候，十一月深秋，我總心神不寧，因為想起母親一個人那麼痛苦孤獨的死去，姿倩會在那個時候，唱〈我不願讓你一個人〉這首歌給我聽。」

說著，李凌嘉竟然哭了起來。他雙手捂著臉，小聲的啜泣，一個大男人痛苦的，全身微微抖動的哭泣。因為還有路人，所以他很努力的壓抑哭泣聲，只看見眼淚一滴一滴從手的縫隙中流出來。

鄭宜敏默默陪在旁邊，等著他哭完。

「對不起，一提到母親，我就沒辦法控制。」過了好久好久，才擦乾眼淚。說也奇怪，在鄭宜敏這個小女孩面前哭泣，李凌嘉不覺得失態或是丟臉，反而像是一種解脫。

「Sorry，不應該提到讓你傷心的事情。」鄭宜敏的聲音滿是溫柔。

「哭一哭也好，醫學研究說，淚水中含有對身體有害的物質，哭出來對身體比較好。」李凌嘉心情緩和了一些，站起身。「我們走一走吧。」

兩個人沿著河岸的小徑慢慢走，快十一點了，夜色很美，初夏的風溫柔的吹，天空是清朗的。

「台北市燈光太亮了，不然這個時候，我們可以看到滿天的星星。」李凌嘉抬起頭看著天空。「小時候，在雲林口湖鄉的老家，媽媽會在這樣的夜晚，帶我走到院子裡數天上的星星，一顆、兩顆、三顆……滿天的星星，怎麼也數不完。」

「這個簡單，」鄭宜敏俏皮的說。「你看，一顆、兩顆……」她東張西望，好不容易在天空另一個角落找到微微的光點。「我看最多十顆就數完了。雲林口湖鄉，真的可以看到很多星星嗎？我從小住在台北，從來沒有看過幾顆星星。」

「星星永遠在那兒，只不過被都市的光遮住了，我們看不到。」李凌嘉仰頭看著星星，緩緩地走。「我小時候是外婆帶大的。爸爸工作太忙了，媽媽經常來看我和外婆，卻很少看到爸爸。直到國小高年級，在媽媽的堅持下才搬來台北，她擔心我在鄉下，未來升學競爭力不夠。沒想到搬到台北，才是惡夢的開始。父親是有名的外科醫師，晚上很晚才回家，假日也說開會，不回家，後來才知道，他有了外遇。」

「外遇？聽說你們醫師都很花？」鄭宜敏好奇地問。

「醫師也是人，一般人會犯的錯，醫師也會。我的父親外遇不斷，母親為了我，都忍下來了。我的母親結婚前是開刀房護士，和父親在同一家醫院工作。她說，曾經和父親一起上刀長達十幾個小時。母親也告訴我，父親完成多少困難的癌症手術，救了多少人的生命。我覺得母親不僅愛父親，或許職業上的習慣，對父親還很崇拜。」

「嗯……」

「不過這樣的崇拜，並沒有帶給她幸福。過了幾年，情況越來越糟。父親經常不回家過夜，母親經常無緣無故地哭泣，不煮飯，也沒有心思整理家裡。我想她得了憂鬱症。和父親開始爭吵，用很可怕的音量互罵。有一天，我竟然聽到父親吼我母親『我根本不愛妳，若不是有了凌嘉，不可能和妳結婚。』那時候我已經上國中，這些話的意思，我大概懂了。」

「你是說，父母是因為有了你，才結婚的？」

「我想是吧！原來我的存在是造成悲劇的原因。知道這件事，我非常痛苦，雖然進了台北市的明星中學，功課卻一落千丈，每天就在緊張害怕當中度過。父親在離家一個星期之後的某一天，向母親提出離婚，原因是在外面的女朋友已經懷孕，你相信嗎，我父親的女朋友，原來是他的病人。」

「病人?!醫生和病人發生感情，這常見嗎？」宜敏驚訝的說。

「我不知道，我現在也是醫師，在治療病人的時候，應該是站在不同的角度，我不能理解父親竟然和病人發生關係。他不想和母親繼續在一起，堅持離婚。沒有想到母親異常平靜，只說『我知道了』。」

說到這裡，李凌嘉聲音開始顫抖。

「那幾天我非常害怕，雖然母親不哭也不鬧，但是她的眼神，絕望的就像沒有生命的深潭，我不斷地勸媽媽，說笑話給他聽，母親安慰我『沒事的，沒事的，你別擔心，凌嘉。』還記得那幾天突然寒流來襲，是一個冷的讓人全身發抖的下午，我正在上英文課，導師慌慌張張地跑進來，把我叫到門外。告訴我『你母親現在在○○醫院，我陪你去看她。』坐在計程車上，我一直哭，因為寒冷和恐懼讓我一直顫抖。老師陪我走進急診室，我看到母親，渾身燒傷，躺在急診室的床上，她的衣服被火燒得破爛，手和腳的皮膚都焦黑變形了……」

說到這裡，李凌嘉停住了。鄭宜敏伸手握住他。

「沒關係，還是我們改天再說。」

李凌嘉卻繼續說下去：「警察說，母親開了瓦斯，點火引爆自殺，嚴重的燒傷。不過我見到媽媽的時候，她意識還清醒，她說『孩子，我對不起你。』我一直哭，一句話都說不出來。媽媽又說『孩子，你要勇敢堅強的活下去。媽媽愛你，但是媽媽累了，不能繼續陪你了。』」

說到這裡，李凌嘉的眼淚又流了下來。鄭宜敏的手一直牽著他的手，沒有放開。

「說完，媽媽就昏迷了。沒想到這是她和我說的最後一句話。」

「後來就沒有醒過來？」

「大面積的燒傷，吸入性嗆傷，有多重因素，我相信醫師盡力了。但是多年之後我成為醫生，總是會忍不住去想，如果時間倒流，我能夠親手治療母親，她會不會還有救？母親離開那幾天，天空壓著又黑又重的雲，因此每到深秋要開始入冬的十一月，心情都會非常的低落。這幾年，我母親的忌日那一天，姿倩會陪我吃飯，然後唱〈不願讓你一個人〉。所以，我沒有辦法聽，更不可能唱那首歌，不但讓我想起我的前女友，還會想起我媽媽。」

「或許因為你的母親，你決定成為整形外科醫師，這樣可以救治燒燙傷病人？」

「或許是吧，所以很奇怪，那天看到你，躺在急診室病床上，那瞬間，有一種似曾相識的感覺？」

「似曾相識?!」鄭宜敏驚訝的笑了。「難道，難道我會像你媽？我才十七歲耶。」

「唉！」李凌嘉嘆了口氣，「妳的眼睛和輪廓，某一部分真的很像我母親，也或許，是妳躺在急診室病床上，臉上那種絕望無助的表情，讓我想到我的母親……對了，說說妳的故事吧，我對妳幾乎是一無所知。」李凌嘉仔細打量身邊的女孩，心中有太多太多的疑惑。

「宜敏，第一次看見妳，是用熱水燙傷自己的女孩，那時候我想，究竟發生了什麼事會讓你用這種方式傷害自己？出院後幾個月不見，出乎意料之外，竟然成為這麼有魅力的歌手？」

「我的故事？」鄭宜敏拉長的音，思索著。「從哪裡說起呢……還記得嗎，在加護病房手術前的那一晚，我唱〈突然好想你〉這首歌。你問我在想誰？其實那些天我一個人待在病房，時時刻刻都在想你。」

鄭宜敏說著，臉紅起來，偷偷地看李凌嘉一眼。

「除了你，我也思念我爸爸——我的生父，哈哈，我不會說你很像我的父親，雖然你們都是很帥的男人，不過，是完全不同的類型。他是很有才華的藝術家，工作室裡堆滿了畫，有些五彩繽紛看起來好美！有些畫卻是圈圈叉叉的線條，我一點也看不懂，不過，我崇拜他。爸爸也很疼愛我，把我像公主一樣的呵護，小時候帶我到兒童樂園玩，買冰淇淋給我吃，那些照片我都保留起來。不過，他也賭博，賭贏了，我的房間會突然出現新的洋娃娃，賭輸了，心情不好就喝酒，喝醉了還會打我媽媽，那時我會躲在門後偷偷地哭，完全不能理解為什麼喝了酒之後的父親，會變成完全不同的人？十歲那年，父親輸了一大筆錢，和母親離婚，從此消失的無影無蹤。消失的無影無蹤，是真的喔，可不是形容詞，因為我再也沒有見過他，也沒有他的任何訊息，連一封信也沒有。有時候會想，爸爸到哪裡去了呢？會想念我嗎？為什麼不回來看我？他會不會……死了呢？」

李凌嘉握住鄭宜敏的手，輕輕捏了捏。鄭宜敏的語氣沒有激動，繼續講：

「我母親很漂亮，也很有能力，一年之後，經朋友介紹嫁給現在這個男人，也就是我的繼父，非常有錢的富二代，母親是他的第三任婚姻。他將其中兩家關係企業交給母親，一夕之間，婚姻、財富，還有權力她都有了。」

「這樣不是很好嗎，可以過一個比較富裕的生活。」

「是啊，繼父對我真的很好，會買漂亮的衣服和玩具給我，我本來很喜歡他——」說到這裡，宜敏停了下來。

「嗯，然後？」

停頓了好幾秒，鄭宜敏深深吸一口氣，說：

「十二歲那年，繼父趁媽媽在公司開會的時候，把我雙手綁起來，奪走我的第一次。」

宜敏的臉上完全平靜，沒有一絲痛苦，沒有一絲憤怒，連吹在耳邊的頭髮都是靜止的。

「此後他一有機會就強暴我。在人前卻對我溫柔客氣，看起來是一個慈祥又盡責的父親。他那虛偽的臉孔，我到現在只要想到，就想吐！」

「這個傢伙！簡直是禽獸！」李凌嘉激動的說：「妳可以告訴母親啊。」

「唉！」宜敏輕蔑的哼了一句。

「我告訴母親，但是她不相信，認為我在說謊。我猜，她是不敢相信我，因為她沒有辦法離開這個男人，捨不得離開她的財富以及一切，我只是她的拖油瓶。我割腕過兩次，沒有成功。只是不甘心啊，不甘心就這樣莫名其妙的死去。在學校，老師視我為問題學生，我也沒有朋友。那年暑假到街上閒逛，遇上一個四十多歲的男人，瘦得跟油條一樣，眼睛瞇瞇的，對我好親切，我叫他 uncle。他帶我到家裡，把我灌醉，想和我上床。我知道，男人想的事都一樣，繼父如此，他也一樣。事後再給我一點錢，他對我很溫柔，聽我說心事，會騎摩托車帶我看電影，到郊外走走。我打電話回去給母親，說我暑假到南部同學家住幾天，她也真的沒來找我。和uncle生活，才知道他沒有正當工作，喜歡賭錢喝酒，唉！這一點和我父親還真的很像。我仍然跟著他，至少我不用待在那個充滿虛偽的家，不用害怕繼父在我無法防範的狀況下隨時侵犯我。有一天，uncle說欠了賭債被追殺，身上沒半毛錢了，求我救他。介紹我援交，才作了一兩次，就被抓了……李醫師，你會不會覺得我很骯髒？」

「宜敏！不要這麼說，這不是你的錯！」李凌嘉急急地說。沒想到，眼前這個美麗清秀的小女孩，會有這樣痛苦的過去。

宜敏接著說：「繼父和媽媽把我領回去，一進門，就是一頓毒打，說醜聞都上報了，會破壞企業形象。李醫師，你相信嗎？繼父口口聲聲罵我不知羞恥，可是過了幾天，他又偷偷摸進我的房間，甩我兩個耳光罵我賤，再剝光我的衣服。一邊蹂躪，一邊說我髒，說以後他都要戴保險套了。我是真的不想活了，李醫師，記得你幫我換藥的時候曾經注意到我會陰部燙傷特別嚴重，那是我刻意去燙的。」

李凌嘉心中的疑惑終於得到解答，他彷彿看到內心極度痛苦的女孩，捧著滾燙沸水往身上澆下去的那一幕，雪白的肌膚瞬間壞死，椎心的刺痛在煙霧當中哀號。

「沒關係，都過去了，」李凌嘉將宜敏的手握得更緊。「你叫我李凌嘉就好。」

「喔，好，李凌嘉。那天被送到急診室，我好痛好痛，天啊，原來燙傷是這麼痛，早知道，我一定用其他的方法死，也不要這樣做。噢，對不起……」鄭宜敏注意到李凌嘉的臉揪成一團，一定是聯想到母親過世前燒傷的痛楚。

「後來遇見了你。你說，看到我有異樣的感覺。其實我才是，彷彿前世見過，是那種非常強烈、熟悉的感覺。你只是一個不曾見面的醫師，在我最痛苦的時候出現在面前，但我馬上就可以感覺到，你值得全心全意信賴。」

鄭宜敏一連串的說出來，臉微微泛紅，眼神發出興奮的光彩，彷彿透過這樣的痛苦能讓自己見到李凌嘉也是一件快樂的事。

「在急診的時候很痛苦！母親在身邊，但是我恨她，不知道該怎麼表達那種恨，只好大吼大哭大叫來宣洩。你們一定覺得我很難搞，對不對？不過李凌嘉，你對我很溫柔。住院那段時間，我早上醒來，會刻意將自己打扮一下，至少把頭髮梳好，每天就是等著你來幫我換藥。李凌嘉，我發現我愛上你了。」

聽到由鄭宜敏這麼大膽直白的說出來，李凌嘉全身還是震動一下。

「幫我換藥的時候，你和我有說有笑，但我注意到你眼神裡的憂鬱，而且越來越瘦，頭髮不梳，鬍子也不刮，後來一位很熟的護士小姐跟我說你被女朋友拋棄了。我很擔心，卻不知道該怎麼和你聊。忽然有一天，你對我的態度完全改變，變得非常冰冷。這是在醫院的社工找我訪談之後發生的。我知道，你聽到了我的過去，以為我是非常隨便、低賤的女孩。我愛你，你的冷漠讓我好痛苦，我知道你瞧不起我。那種心中的苦，和皮膚燙傷的痛究竟哪一種更難受？我還真說不出來。你說『皮膚之島』長好之後會『重生』，可是等我出院的時候，只想去死。」

「宜敏！你知道嗎，妳給我的那封感謝函，讓我看了天天做惡夢，好害怕妳什麼時候會被送到急診室。」

「是啊，母親接我回家，我發現她竟然有些怕我，我想她心裡知道，繼父性侵我的事是真的，卻不知道怎麼處理，這個家就像放在懸崖邊的玻璃瓶，只要稍微傾斜，就會粉身碎骨。李凌嘉，我日日夜夜想念的都是你，但是，你既然知道我的過去，就不可能接納我。有一天趁母親不注意，離開了家，在橋邊徘徊，這時候遇到了 Roger 老爹。」

「對，就是星球老爹餐廳的老闆 Roger，是天意吧，那天我想跳下去，但是又害怕。上次被熱水燙過，膽子反而變小了。我想永遠的消失，但是那一刻我一直想著你——李凌嘉，好想和你再見一面。我唱著最喜歡的歌，五月天的〈星空〉，也不怕丟臉了，所以越唱越大聲，就像瘋子一樣的在橋上唱。剛好 Roger 老爹經過，他停下腳步，很有興趣的看著我『年輕人，喜歡唱歌？』笑瞇瞇的禿頭中年男子問我。我點點頭。『歌唱的不錯呢，』老爹看看橋下，『想唱歌，我們那邊有機會，要不要來試一試。』後來老爹才告訴我，那天開車經過，看到站在橋上的我，神情很不對，將車繞了回來，發現我在唱歌，就用音樂和我聊了起來。那天下午，我來到星球老爹餐廳和樂隊大哥們一起唱了好幾首歌。唱歌的時候，胸口的重擔變輕了，我拿著麥克風拚命嘶吼，想把一切不愉快的回憶通通吼到地獄，老爹和其他樂手一再稱讚我的歌聲很有特色，一定會成為明日巨星。現在想起來，其實他們是想救我，不希望我一轉身又去做傻事。」

李凌嘉不禁想：真是千鈞一髮，如果鄭宜敏沒有開口唱五月天的〈星空〉，如果Roger老爹沒有經過那座橋……現在，鄭宜敏不會站在這裡。

「我沒有將故事全部告訴Roger老爹，只說：家庭、學校都不接受我，又意外嚴重燙傷剛剛復原，我很痛苦。Roger好像一切都懂了，剛好有一個樂團女主唱出國唸書，就由我來遞補。在老爹餐廳唱了幾場，沒想到大受歡迎，歌迷越來越多，我又自稱『貓女』，就改名『貓女合唱團』了。」

「宜敏，有這樣的改變，我好為妳高興！」李凌嘉和鄭宜敏在這條河畔的棧道上來回走了第三圈，夜色慢慢深了，慢跑遛狗的人越來越少。

「妳剛出院那段時間，我真的好擔心，怕妳會出事。打電話到留在醫院的電話號碼，都是空號。妳在音樂上找到了自己，站在舞台上光芒四射，宜敏，妳是天生的歌手！我要為妳喝采！」李凌嘉牽著她的手，誠摯的說。

「真的嗎？站在舞台上唱歌，我一直夢想著有一天你能看到我，能夠聽到我，感謝上天，我的盼望神聽見了，那天你真的出現在星球老爹餐廳。」

鄭宜敏仰頭看著李凌嘉，眼神好純潔、好深情、好激動，彷彿一個字一個字都從心裡掏出來，她的每一場演出，每一首演唱，都是為了李凌嘉。

他忍不住將鄭宜敏抱入懷裡。鄭宜敏將頭埋在他的胸前，接著抬起頭，眼睛閉著，那抹著淡淡口紅的小嘴唇迎向李凌嘉。

嬌小的身軀忽然全身發抖。李凌嘉知道她在期待什麼。擁她入懷中的時候，手輕輕撫過她手臂上凹凹凸凸有著疤痕的皮膚。鄭宜敏的胸部緊緊貼著他，李凌嘉可以清晰感受到那飽滿、渾圓，幾乎完美的弧形的胸部。

鄭宜敏，這小女孩才十七歲，是自己的病人呀。此時此刻，可以吻她嗎？醫師不應該和自己的病人有情感糾葛。他告訴自己。

李凌嘉決定躲避那雙唇的誘惑，於是，他只輕輕親吻了鄭宜敏的頭髮。女孩顫抖的身軀，逐漸平息，火熱的肌膚，逐漸變得冰冷。

「很晚了，該回去了。」李凌嘉溫柔牽著鄭宜敏的手，往放摩托車的地方走。「明天我還有好幾台刀要開。」

鄭宜敏不說話，默默走在他的身邊。

「李凌嘉，今天晚上和你的合唱、在河濱散步，我一輩子也不會忘記。」

鄭宜敏一個字一個字，很堅定的說。

已近午夜，台北市的喧囂逐漸沉澱沉靜。坐上宜敏那台小摩托車。夜涼，兩個人的心卻有著互相了解的溫暖。

和鄭宜敏那次河邊的散步之後，李凌嘉發現自己處在一個很奇異的狀態。是戀愛嗎？或許自己根本不清楚什麼是戀愛。和姿倩在一起十年，那時沒有什麼告白，也沒有認真地將彼此的感覺講清楚。

只不過醫學生的交友範圍本來就非常小，通常是同班同學，不然就是學長學妹（當然有少數是學姐和學弟），感覺對了，就應該「在一起」？醫師（尤其是女醫師）一定要嫁（娶）醫師，這就是宿命？兩個醫師的結合，就是幸福的保證？

鄭宜敏呢？只是一個年輕女孩。不是醫師，沒有好的學歷，連高中都還沒有畢業。甚至，有一段不堪的過去，但，那不是她的錯。

李凌嘉和鄭宜敏，兩人過去都有深刻的傷痛，在河邊傾訴的時候，可以說是同病相憐。李凌嘉對過去，尤其是母親那一段，在人前幾乎絕口不提，而在鄭宜敏這個小女孩面前，即使哭泣，也是那樣自然。

還不是那首歌惹的禍——五月天的〈不願讓你一個人〉。原本以為唱這首歌崩潰，是因為無法面對丁姿倩的離開，和鄭宜敏河邊的長談之後才知道，是因為對他母親的回憶。母親最後在痛苦中離開這個世界，最不捨的是，讓他一個人留在世上。想到這一段，他還是會無法控制的淚流滿面。

是戀愛嗎？和鄭宜敏兩個人年齡差了一輪以上。而且，是自己的病人。病人經常因為對醫師的信賴，甚至依賴產生強烈的情感，這樣的情感是危險的，是盲目的。

有一天鄭宜敏長大了，可能發現這感情全然是虛幻的，那將是悲劇的開始。

他們用 Line 保持聯繫。因為自己醫療工作繁忙，宜敏也要忙著演出、團練，空閒時間互傳的訊息成為兩個人重要的心靈溝通。

用 Line 聊天、聊音樂、聊看過的電影、喜歡的書。非常驚訝的發現，鄭宜敏雖然只有十七歲，正式的學歷也只有高中肄業，卻看了那麼多書、那麼多電影，兩個人的喜好是那麼地接近。

兩人在 Line 上傳訊：

阿嘉：妳也喜歡白先勇的小說？他是我最喜歡的作家耶！

宜敏：是啊，聽說他是將軍之後。我看《台北人》，喜歡他文字的意境，還有書寫的那個特殊時空背景，和現在台北真的差好多！

阿嘉：是啊。

宜敏：我也看邱妙津的《鱷魚手記》。雖不能完全了解，但是我喜歡文字裡面的那種痛苦、糾結，那種對愛的渴望還有慾望的探索，她是那樣地敏感，那樣地無助。

阿嘉：她自殺了。

宜敏：是啊，看了她在《鱷魚手記》裡的文字，發生這樣的事是可以預期的吧！

阿嘉：不要想自殺，這世界很大，任何人都可以有自己的路。

宜敏：怕我自殺嗎？不會啦，上次的燙傷已經讓我好痛苦了，更何況，現在我有……有一個好朋友了。

看到這樣的訊息，李凌嘉有複雜的情緒，能有心靈互通的好朋友，是多麼美好的一件事。另外一方面又感到不安，我能讓鄭宜敏對自己如此依賴嗎？而自己呢？是不是也在某種程度依賴著鄭宜敏？

阿嘉：對了，第一次在星球老爹餐廳聽妳唱 Air Supply 的歌，嚇了一跳，怎麼會唱這種老歌？

宜敏：Air Supply？這是好老好老的樂團，不過我喜歡啊！小時候我老爸總是放他們的歌。

阿嘉：原來如此。

宜敏：我對我的親生父親好像印象越來越淡喔。雖然有照片，但是在腦海中，他的臉越來越模糊了。好害怕有一天，他的臉會在記憶裡消失得無影無蹤。我對他又愛又恨，回想起來，我生命中唯一有歡笑的時光，應該就是和爸爸在一起的童年。雖然放蕩不羈，賭博，輸了喝酒會打媽媽，不過他很疼我，把我呵護得就像小公主。

李凌嘉給他一個抱抱的貼圖。

宜敏：他聽西洋音樂，最常放的就是 Air Supply 的歌。我愛 Air Supply，因為讓我想起老爸。老爹說，我的音色唱 Air Supply 的歌最適合。對了，你也喜歡這個合唱團嗎？

阿嘉：超喜歡，我可不是「中老年人」喔，Air Supply 是玩樂團時唱的。對了，我媽媽以前也聽。

宜敏：你最喜歡哪一首歌？

阿嘉：〈*Two Less Lonely People in the World*〉。

宜敏：……

阿嘉：怎麼不說話？

宜敏：因為嚇到了，我們太有默契。這也是我最喜歡的一首，而且〈*Two Less Lonely People in the World*〉是我現在的心情。

李凌嘉給了一個大大的愛心。大大的愛心，一個又一個。

鄭宜敏送給他一張兩隻兔兔親吻的圖。

李凌嘉呆住了，遲疑了。選了一張兩隻唐老鴨親親的圖，但是手指停留在半空中，不知道該不該送出去。最後還是單純的送出一張大心。

宜敏：最近比較少在老爹餐廳看到你？

阿嘉：是啊，其他團員最近也比較忙。你知道，住院醫師的階段特別辛苦，平常疏於練習，就不敢上台了。

宜敏：那你可以來我的時段啊，請你當特別來賓，我們再唱個過癮。

阿嘉：好喔！不過，下個星期是一年一次的年假，我要到南部一趟。

宜敏：南部？看你的外婆？
阿嘉：是啊，不過這次主要的目的是去義診。
宜敏：「義診？」
阿嘉：就是到鄉下替當地民眾提供免費的醫療協助啊！雖然有健保，但是在鄉下，老人家慢性病不知道如何保健，也不知如何去看醫生，所以我們主動到鄉下服務。
宜敏：台灣看醫生不是很方便嗎？
阿嘉：喂喂，那是大都市好嗎！
李凌嘉忍不住用比較強烈的語詞。
阿嘉：台灣現在還有很多小村莊是沒有公共汽車的。
宜敏：蝦毀！沒有公車?!
阿嘉：呵呵，台北市長大的妳沒辦法想像吧，我媽媽的故鄉雲林縣，到現在還有很多村莊沒有公車，就算有，每天也只有幾班。
宜敏：那……難得的休假耶！為什麼要去義診？
兩個人的 Line 對話停頓了好幾十秒，李凌嘉一時不知道該怎麼回答。
阿嘉：義診，為什麼要去？我也說不上來。只覺得這是我應該做的事。總之，每年的暑假就會去，已經成為習慣了，畢竟那是我母親、外公、外婆的故鄉。

宜敏：噢，了解。你和我說過，你母親的故鄉是雲林口湖鄉，在口湖鄉的哪裡呢？

阿嘉：哈哈，在我們家鄉，可沒有什麼幾段、幾弄、幾巷，落落長的地址，只要說村跟路就行了。

李湊嘉寫了村名和路名。

阿嘉：都沒聽過，對不對？

宜敏：不好意思，真的沒有耶。

李湊嘉傳了一隻貓咪趴在地上大笑的圖。

阿嘉：最近比較忙，因為要請一個星期假，休假前得把手邊的事忙完。

宜敏：好，了解了，那就不吵你囉。

阿嘉：晚安。

兩個人互傳 good sleep 貼圖。

第四章　世界最美的地方

下交流道離開高速公路，客運車又在鄉間小路行駛了一兩個小時，窗外的景色彷彿沒有變過——一望無際的稻田。

已經進入夏天，稻穗結實累累，將天際線染成一片金黃。

客運車每隔一段時間會停下來，打開車門載客。上車旅客的穿著與台北市捷運所見的截然不同，或許是穿著白色背心，卡其短褲，拄著拐杖的阿公，或是包著花布頭巾，戴著斗笠的老太太，提著大包小包，費力地爬階梯上車，或許因為行動緩慢，熱烘烘的空氣從車門外爭先恐後衝進來。

李凌嘉就坐在車門旁，一陣冷一陣熱，好像洗三溫暖。終於，他聞到吹進車內的空氣除了稻香，還夾著海的味道。

快到家了。看看手錶，距離早上出發竟然已經超過了七個小時，真的好遠！

「天哪！這路程怎麼這麼遙遠！無法想像會有人住在這個地方！」還記得第一次姿倩陪他來到他母親的故鄉——雲林縣口湖鄉，大概旅途太長太累了，累到讓姿倩生氣。

「七個小時耶！從台北出發到現在已經七個小時，你知道嗎！都已經到墾丁了。」姿倩不停地抱怨。經過長途旅行，頭髮亂了、臉上的妝也花了，平時戴著有放大瞳孔功能的隱形眼鏡摘下來，換上原本厚厚的近視眼鏡，看起來真的相當憔悴。

「被地圖騙了，直線距離看起來沒有那麼長呀！」姿倩持續碎唸，彷彿這樣可以縮短旅途的時間。

李凌嘉小心翼翼陪著笑。

「七個小時可以到墾丁？說的也沒錯。出發前不是問過我嗎，怎麼去到雲林海邊的鄉鎮。坐高鐵？到不了；坐台鐵？也到不了；高速公路呢？我說也到不了。妳看不是這樣嗎？」

李凌嘉以為說了一個有趣的笑話。不過姿倩完全沒有反應，臉很臭。

「是的，雲林濱海的小鄉村，就是這樣的地方，」李凌嘉只好自言自語的繼續說。「沒有高鐵、沒有鐵路，也沒有高速公路，許多村莊甚至沒有公車，好像被台灣遺忘了。」

姿倩只是眼神呆滯的看著窗外，一片又一片黃綠色稻田快速的飛過去。

雲林濱海的小鄉村，被台灣遺忘了。

但是李凌嘉不會遺忘，因為這是他母親的故鄉，他的家。有肥美的水產，好吃的地瓜、花生，還有稻米。還有他的外婆，以及，他母親的墳墓。

姿倩不會陪他來了，但義診的旅程，要繼續。

在距離外婆家最近的車站下了車，太陽已經偏西，他拖著行李箱，準備徒步半個小時。這已經是最近的車站了，沒有其他的公車，更別提在台北市招手就有的計程車。

沿路走著，那海風帶著魚腥味，讓他朝思暮想那潮濕的海風，讓他的心變得溫柔。

外婆，我回來了。他走過兩旁的魚塭，走過稻田，走過種植甘薯、花生的田，終於來到一個小小的村落，那座鋪著破舊瓦片的矮房子，就是他母親成長的地方。

「外婆！外婆？」他大聲呼喊。

「嘟嘟好！嘟嘟回來了！」一個黑黑瘦瘦的小男孩一拐一拐的從院子裡衝出來，沒有想到跑出來的是阿義，雖然阿義的腳一隻長，一隻短，跑不快，但從他的笑容以及呼喊不停的「嘟嘟嘟」，看得出來他超級開心。

「哎呀！阿義好乖，又長大了！」

李凌嘉一口氣把阿義抱起來，發現阿義長大了，也變重了，沒辦法像小時候一樣整個舉起來在肩膀上，還差點把手扭了。

「阿嬤在哪裡？」

「在廚房。」

李凌嘉笑了，每次他回來，阿嬤都會煮一大桌好吃的菜等著他。餓了一整天，口水就要滴出來了。

阿義是隔壁鄰居的孩子，今年滿十歲，過了暑假就要升五年級了，但是看起來遠比同年紀的孩子瘦小，出生時就有腦性痲痺，有多重障礙，發展遲緩，是個「慢飛天使」。

外籍母親在阿義出生後不久離家，再也沒有回來。父親為了生活離開家鄉到台北打工，留下阿義給祖父撫養。祖父三年前中風，連自己生活都很困難，李凌嘉的外婆看了不忍心，時常讓阿義在家裡吃飯。

阿義祖父過世後，就讓他住在家裡了。外婆很疼愛阿義，就像自己的孫子。

「阿嬤豬道你要回來好高興，從早上開始就一直豬一直豬，到現在還沒有豬好……」

李凌嘉笑了，阿義因為腦性麻痺，臉部肌肉歪斜，咬字不清楚，「叔叔」就變成「嘟嘟」，「知道」也就變成「豬道」。右手、右腳都已經萎縮，因此走路相當吃力，走不快，也走不遠。

但他卻是個天真開朗的孩子，只要給他一點小小的獎勵，就可以開心的又跳又叫老半天。

這個善良的孩子，卻不會保護自己。想到這裡，李凌嘉不禁心痛。

去年暑假回來，正好看到一群小孩圍著阿義，用橡皮筋彈他，剛開始阿義以為孩子們在和他玩，不但不閃躲，還會笑。那群孩子卻殺紅了眼，用更粗的橡皮筋近距離的在阿義身上打出一條條血痕，阿義痛了，想要逃跑，一不小心摔在地上，才哇哇哭了起來。

那群孩子看到阿義摔倒哭了，更加興奮，把掉在地上的橡皮筋檢起來，繼續第二輪猛攻。直到李凌嘉衝過去把孩子趕開。

「嘟嘟，他們為什麼要用橡皮筋射我？」阿義大哭，不解的問。

李凌嘉緊緊抱住阿義，有點想哭，不知道該怎麼回答。對阿義又心疼，又憐惜。因為自己小時候失去了母親，也等於沒有父親，和外婆相依為命，也曾經被同學霸凌。

「阿嬤！我回來了！」李凌嘉把行李放在客廳，就朝屋子後面的廚房走去，果然，滿桌子的菜幾乎已經放不下，阿嬤還在燉一鍋豬腳。

「哎呦！阿嘉，你回來了。」阿嬤看到他，高興得合不攏嘴，用抹布將手擦乾，迫不及待握住李凌嘉的手。

「你在台北都吃些什麼？怎麼越來越瘦！」就著窗戶透進來的太陽餘暉，仔細看著他的寶貝孫——又高又瘦，頭髮還是一樣凌亂，鬍子到底刮乾淨了，不過臉稍嫌清癯。

「阿嘉，難道台北都沒有像樣的東西吃？」阿嬤憐惜的說。

「阿嬤，你放心，台北好吃的東西很多，滿街都是大餐廳還有牛排館，不會沒東西吃的。」李凌嘉說著，自己都覺得好笑。

「你先把東西放一下，洗個臉，東西馬上就準備好了，今天這個禮拜你回來，我一定好好幫你補一下。」

李凌嘉將行李拖到他的小房間。那張床，那書桌，那衣櫃還是和他小時候一模一樣。屋子雖然破舊了，外婆還是將這小房間保持得一塵不染。就像一直住在這兒一樣。

書櫃上掛滿了他從小到大得到的獎杯、獎狀——德智體群獎、模範生、作文比賽第一名，演講比賽、歌唱比賽優勝。書桌上放著一張照片，那是他國小畢業典禮，和外公、外婆還有母親的合照。爸爸沒有出現在照片中。

記得畢業那天，他以全校第一名榮獲市長獎，一直期待著父親能從台北回來參加他的畢業典禮。不過直到典禮結束，父親一直沒有出現。

「你爸爸有重要的手術。」媽媽愧疚的對他說。「你要體諒爸爸，外科醫師就是這樣，永遠以病人為重。」

是這樣嗎？多年後自己也成為外科醫師。以病人為重，這是醫師的天職。但是父親在他畢業典禮缺席，究竟是為了手術，或是為了其他女人……李凌嘉已經完全沒有信心。

「來來來，阿嘉、阿義，來吃飯了。」

「哇！好棒好棒！看起來好好初。」阿義高興的一直跳一直跳，用手抓起一隻雞腿。

「真是的，也不先洗手。」阿嬤笑咪咪地端出一大盤滷豬腳，香味四溢，一邊把阿義趕去洗手。

「阿嬤，煮太多了啦，哪裡吃的完？」

「不多不多，你都快一年沒有回來了，阿嬤看到好料都想煮給你吃，可是你一直不回來，你看你，又瘦了，這次一定要多吃一點。」

李凌嘉看著把整個餐桌塞爆的菜色：滷雞腿、焢肉燉竹筍、炒青菜、燉豬腳、紅燒魚、菜圃蛋，每一項都是李凌嘉從小最愛吃的。

舉起筷子，眼眶卻紅了。

「發什麼呆，趕快吃啊！」外婆看他停下筷子，夾了一塊連皮帶肉的豬腳放在他碗裡。

「謝謝阿嬤，我會儘量啦，不過東西吃不完很可惜喔！」

「不會可惜，吃不完放冰箱，明天用你買的微波爐再加熱，一樣很好吃！」阿嬤說。

李凌嘉看看餐廳角落裡的微波爐，幾年前特地幫阿嬤買的。看起來和新的一樣，平常似乎沒在用。

阿公多年前過世了，李凌嘉到台北唸醫學院，老家只剩下阿嬤，回老家探望時看到阿嬤吃的太簡單，又嫌用電鍋加熱麻煩，經常吃冷菜冷飯，就特地到大賣場買了個微波爐。

阿義搬過來一起住，對阿嬤也好。為了煮給阿義吃，自己也不至於吃得太差。

李凌嘉看著阿嬤，人更老了，臉上因為長年的日晒而黝黑，那皺紋極深，頭髮也幾乎全白，凌亂乾燥的就像冬天散落一地的稻草。

他太清楚外婆的痛苦，一直放心不下遠嫁到台北的女兒，最後竟然要面對殘酷的噩耗。李凌嘉一直是她最大的精神寄托，當他考上台北的醫學院，即將離家，他永遠記得，外婆整理了一夜行李，甚至還煮了一大包食物讓他帶到台北。

「阿嬤，我到台北宿舍沒有冰箱啦，東西會壞掉。」

阿嬤不管他，要他吃不完的請同學吃。

李凌嘉沒有這麼做，因為剛到台北一個認識的人都沒有，阿嬤準備的食物多到吃不完，他捨不得丟，直到第三天，都已經發酸了，才狠心丟進垃圾桶。

不過阿嬤的心是年輕的。沒有唸多少書，卻在李凌嘉成長的過程中不斷鼓勵他，給他最大的自由度。雖然不懂 3C、網路是什麼，也很努力的在李凌嘉成長過程當中添購電腦、筆電、平板，甚至最流行的電玩，因為不希望李凌嘉生長在這靠海的鄉下而與時代脱節。

他感謝阿嬤，因為她的鼓勵，讓他成為近年來附近鄉鎮唯一考上醫學系的學生。

阿嬤帶著微笑，看著飯桌上一大一小兩個男孩。阿義狼吞虎咽，因為吃得太快，動作又不協調，使得一部分飯菜灑在盤子外；李凌嘉則細細啃著雞腿和豬腳。

彷彿看著他們吃東西是觀賞全天下最美麗的風景。

「對了，阿嘉，之前陪你回來的那位丁醫師，是你的女朋友吧，這兩年怎麼沒來？」阿嬤突然問。

李凌嘉豬腳吃到一半，突然梗住了。

「對啊對啊！阿嘉嘟嘟，那個好美麗的阿姨呢？」沒有想到阿義也湊上一腳。

「阿嬤，我們分手了。」李凌嘉努力用非常平靜的語氣說。

「喔。」阿嬤非常惋惜的說：「真可惜，那位女醫師看起來又漂亮又有氣質，唉！沒緣啦。不過阿嬤不擔心，我們家阿嘉這麼帥，這麼善良，一定會找到很好的對象。對了，阿嘉，你今年也三十歲了吧。」

「嗯。」

「也該認認真真找個女朋友定下來了。」

明明知道阿嬤是因為非常關心自己才一直這麼問，這話題還是讓李凌嘉渾身不自在。

「請問，這裡是不是有一位李凌嘉先生？」

一個女孩子的聲音在門口響起，在鄉下，大白天是不關門的，這聲音好熟悉？

「阿嬤，您坐著，我去看看。」

李凌嘉放下碗筷，往大門的方向看，一位穿著白色洋裝的美麗女孩站在門外，很好奇地四處張望。門口夕陽的餘暉透進來，讓李凌嘉一時看不清楚那位女孩。

天哪！這不是鄭宜敏嗎？

「宜敏！妳怎麼來了?!」李凌嘉簡直不敢相信自己的眼睛，這裡是雲林口湖鄉，連自己都花了七個多小時才抵達的地方，鄭宜敏怎麼可能來？

「李凌嘉，我終於找到你了！」鄭宜敏的聲音又疲憊又驚喜。「我還以為我會迷路，今天晚上就要睡在田埂上了。」

「這裡這麼難找，怎麼可能找得到？」李凌嘉還是不可置信。

「還說呢，你在Line中告訴我今天要回外婆家，我一早就出發了，還想比你早到，給你一個大大的驚喜。根據Google地圖的指示，先坐捷運到台北車站，再坐高鐵到台中，再轉公車到台中轉運站，再坐公車到雲林，再轉車……後來我就迷路了，因為你只告訴我哪個村，不知道確實的地址，就在稻田和魚塭當中一直走一直走。本來想找計程車，但根本沒有計程車，又想找個人問，沒想到連一個人都沒有。」

李凌嘉看著鄭宜敏，又好笑又滿是憐惜。白皙的肌膚因為整天的日晒而通紅，額頭滿是汗珠，一雙大眼睛卻熱情而興奮的看著自己。

她穿著漂亮的白色洋裝，裙角不知在什麼地方沾了泥土，卻絲毫無損優雅。右手提了一個大大的旅行袋，也沾了些泥土。看來吃了不少苦頭。

「後來呢？」李凌嘉問。

「後來啊，老天保佑，有一個老太太騎摩托車經過，很好心的問我是不是迷路了，我說了你的名字，她說她是你阿嬤的鄰居，就帶我過來了。李凌嘉，你好像很有名喔？」

李凌嘉笑了。

「阿嘉，是誰找你。唉唷！這位小姐，妳是阿嘉的朋友？」阿嬤看李凌嘉許久沒有進來，自己來到門口。看到了鄭宜敏。

「是的，阿嬤，這是我的朋友，他叫鄭宜敏，是從台北來的。宜敏，這位是我的阿嬤。」李凌嘉分別向兩人介紹。

「喔！是阿嘉的朋友，好漂亮，好年輕喔！歡迎歡迎。」阿嬤一直笑瞇瞇，非常感興趣的上下打量鄭宜敏。「從台北來到這裡路途很遠喔！妳怎麼來的？啊，怎麼兩個人站在門口說話，趕快起來吃飯吧！」

「漂亮姐姐！漂亮姐姐！」

沒想到這個時候，阿義也一拐一拐的從餐廳裡走過來，鄭宜敏看到阿義有些驚訝。

「宜敏，這是阿義，是鄰居的孫子。他的父母都不在村子裡，現在和我阿嬤一起住。」李凌嘉簡單地介紹。

「漂亮姐姐！漂亮姐姐！握手握手。」阿義顯然很少看過這麼漂亮的女孩，興奮地伸出手。鄭宜敏笑吟吟的握住阿義的手。

「妳一定累壞，也餓壞了，趕快進來吃飯。」李凌嘉貼心地接過鄭宜敏的行李。阿義興奮地跟進跟出。阿嬤到廚房裡添了一份碗筷。殷勤的招呼鄭宜敏坐下。

「哇！菜好豐盛，謝謝阿嬤！」鄭宜敏說。

「吃，多吃一些！」阿嬤夾了一塊雞腿，又把紅燒魚最肥美的一塊分給鄭宜敏。「都是鄉下食材，自己煮的菜，鄭小姐如果不嫌棄，就多吃一點。」

「阿嬤，您煮得菜真的很好吃！」鄭宜敏吃了一口魚，讚不絕口。

「鄭小姐好年輕，今年幾歲了？」阿嬤顯然將注意力放在鄭宜敏身上，李凌嘉和阿義繼續埋首大吃。

「二十歲。」

李凌嘉瞄了鄭宜敏一眼，肚子裡暗笑，才吃一頓飯馬上就長了三歲。

「這次和阿嘉一起來，也是為了義診嗎。」

「是的。」鄭宜敏非常認真嚴肅的回答。「我聽說李凌嘉醫師要來外婆的故鄉義診，他經常和我提到這裡——雲林口湖鄉，他說這是全世界最美的地方，義診也很有意義。所以，我想一起來幫忙。」

來幫忙義診？」一時之間，李凌嘉也不曉得鄭宜敏是順著阿嬤的話說，還是認真的。

「太好了太好了！」阿嬤非常開心。「鄉下地方，最需要有你們這樣熱心的年輕人來服務。鄭小姐是醫學生嗎？」

鄭宜敏呆住了，一時之間不知道該怎麼回答。

「我……我不是學醫的。」鄭宜敏有些慌亂。

「阿嬤，人家鄭小姐是學音樂的啦，聽說我要來義診，就義務來幫忙，說可以幫忙帶病人，填寫問卷。」

「學音樂的啊，很好很好，難得這麼有心。」阿嬤心裡有譜，看起來鄭宜敏會來這鄉下，完全是為了寶貝孫——李凌嘉。

「啊，你們怎麼認識的呢？」阿嬤追著問。

「阿嬤——」李凌嘉趕緊說，因為鄭宜敏滿臉通紅，已經是求饒的眼神望著他。「人家還沒吃什麼呢，我們先吃飯，再慢慢聊好嗎？」

「對對對，先吃先吃，鄭小姐，多吃一點喔！」阿嬤說著，又在鄭宜敏的碗裡面放了一塊豬腳。

吃完飯，鄭宜敏搶著要收桌子和洗碗，被阿嬤擋住了。

「多謝啦！鄭小姐，妳是客人，怎麼好意思讓妳做這些？先到客廳休息，陪阿嘉聊聊吧。」

阿義也非常乖巧，一跛一跛的，用左手幫阿嬤將餐桌整理得乾乾淨淨。

「還沒找到旅館耶，不知晚上住哪裡？」鄭宜敏望著大門口，除了附近幾戶人家透出的燈火，遠方一片漆黑。

「旅館？」李凌嘉笑了出來。「最近的旅館在好幾十公里外了。妳當然住在這裡。」

「住這裡？不好意思，有房間嗎？」鄭宜敏尷尬的說。「心裡只想著來找你，還真的忘了找住的地方。」

「鄉下地方別的沒有，就是有空房間，以前……」李凌嘉話說到一半，突然停住了，她本來想說，以前姿倩陪他回來的時候，也是住在她媽媽生前的房間。

鄭宜敏大概也猜得到沒說完的話是什麼。這些日子裡他們在Line裡面無話不說。李凌嘉提過，姿倩陪他回母親故鄉義診是最美好的時光。那些溫馨的點點滴滴，分手之後卻成為啃蝕靈魂最痛苦的回憶。

晚飯後一起在客廳裡聊天。阿嬤不再追問兩人的細節，只是聊一些雲林的名產和風景，這些都是鄭宜敏從來不知道的，聽得興味盎然。

才九點多，阿義頻頻打呵欠。阿嬤說要帶著阿義去睡了。

「阿嬤晚安，阿義晚安！」宜敏說。

「漂亮姐姐晚安！」阿義揉揉眼睛說。

「怎麼沒叫叔叔晚安？」阿嬤糾正阿義。

李凌嘉笑了：「這小子看到漂亮姐姐什麼都忘了。」

「嘟嘟晚安！」

「好乖！」李凌嘉摸摸阿義的頭，一年不見，個子變高了，卻一樣天真無邪。

「還不到晚上十點，就去睡覺了呀！」鄭宜敏等到他們都進了房間才悄悄地問。

「鄉下地方，晚上十點就已經很晚了喔，今天是為了陪我們才晚睡的。」李凌嘉說。

客廳裡就剩下他們兩個。屋子裡沒有冷氣，客廳的電風扇已經開到最強，鄭宜敏的額頭還是一直冒汗。

「沒有冷氣很不習慣對不對？」李凌嘉微笑的說。

「真的，其實今天吃飯的時候差點熱到吃不下。不過，現在身體好像慢慢能適應沒有冷氣的感覺了。」

「搬張板凳到院子坐吧，戶外比較涼。」

李凌嘉拿了一條長長的板凳到院子裡。「汪——汪汪……」遠方鄰居的狗有氣沒力的叫了幾聲，又安靜下來。

四周一片寂靜。以至於草叢裡，稻田中的各種不知名蟲兒的叫聲就顯得非常喧譁。

「好安靜喔！」

「是啊，而且還有星星，你看。」李凌嘉指向天空。

鄭宜敏抬頭看像星星，簡直不敢置信。

「哇！」宜敏輕輕驚呼。

原來，原來滿天的星星是這樣燦爛，這樣的耀眼奪目，這是在台北市從來沒有看過的星空。

「原來天上……有這麼多的星星！」

「我說過，星星一直都在，只是在都市裡被太多光線蒙蔽，所以看不見。」

「來到這裡就能看見，好美喔！」鄭宜敏看呆了，完全說不出話來。

「小時候，媽媽假日的時候從台北回來看我，就抱著我，坐在這張板凳上數星星，那時候星星更多，多到數不完。我數一數，就睡著了。」

「喔，原來數星星會睡著，那我不要數，因為星星好美，我想和你一起，還不想睡。」鄭宜敏說著，抓住李凌嘉的手臂。

「要來怎麼都不跟我說一聲？」

「想給你個驚喜呀！」宜敏將頭靠在他的肩膀。

「你說要來協助義診是真的？」

「當然是真的，」鄭宜敏說。「我雖然不會打針，不過幫你招呼病人，抄寫病人基本資料總沒問題。」

「好喔，是妳說的，接下來好幾天的行程，可不止跑口湖鄉，還有附近好幾個村落。」

「蛤？難道不只這附近。」

「雲林縣相當的大，從海邊，到山區，需要我們服務的地方可多著呢。」

「好喔，雲林我從沒來過。我就跟著你走。」

「對，明天就會很累，趕快睡了。」

「不要，我捨不得。」鄭宜敏癡癡望著星空，口裡輕輕哼起了五月天的〈星空〉。

「一個人想著一個人，是否就叫寂寞？」鄭宜敏唱著唱著，一直重複這一句歌詞。

「這是一部電影的主題曲，名字就叫《星空》。我看過這部電影，女主角是個小女孩，父母感情不好，要離婚了，她很難過，躲進一個奇幻的旅程。不過到最後，什麼也沒改變，父母還是離婚，小女孩仍舊面對殘缺的家。」李凌嘉說。

「原來這首歌還有這樣悲傷的故事。」宜敏點點頭。

「你覺得，兩個人之間的愛，會消失嗎？會……」李凌嘉喃喃的說。

「你在說什麼啊？」宜敏為這一串自言自語迷惑了。

「《星空》電影裡的台詞啊，」李凌嘉說。「說起來太不公平，大人之間因為相愛或是慾望而在一起，有一天，兩人之間的『愛』失去了，慾望也失去了，卻讓痛苦和孤獨留給孩子承擔。」

鄭宜敏和李凌嘉一起望著滿天閃耀，不停地眨眼睛的星星。

「我想到我媽媽，當年她一定很愛我父親，甚至到死前都愛著他。」李凌嘉眼睛定定看著北方一顆閃亮的星星，眼睛眨也不眨。

「但我的父親後來不愛我母親了，我不知道哪裡出錯？小時候我好恨好恨——恨我的父親，甚至也恨母親。為什麼要把我生下來？為什麼這一切要我承擔？現在我長大了，我不會恨母親。希望天下不幸的孩子們能夠像滿天的星星一樣，勇敢堅強的活下去。」

「對了，那個叫阿義的孩子，是不是有一些……缺陷？」宜敏問。

「是啊，他其實已經十歲，但因為腦性痲痺，心智年齡大概只有六七歲，被同學欺負了也不會還手。」

「真可憐。」

「是啊，不過受了欺負，他很快就會忘記，也不會對那些欺負他的人記仇。我想這或許是上天給他的恩惠吧。很晚了，應該去睡了。」

「好喔。」鄭宜敏繼續依偎在李凌嘉的肩膀上。

一轉身，輕輕的在凌嘉的耳邊吻一下。

「晚安。」

第二天清晨，李凌嘉悠悠醒來，陽光斜斜地透過窗戶照進來，將整個房間照得明亮，無比清新的空氣。涼涼的風從窗戶吹進來。

好久沒有睡得這麼香甜了，這是他從小長大的房間。雖然沒有柔軟的床墊，也沒有高級的被單，但一切是那麼純樸、舒適和自然。

他被餐廳傳來清脆的碰撞聲吵醒。走出臥房，發現鄭宜敏已經穿得整整齊齊坐在餐桌上，阿義也坐好準備吃早餐。

「怎麼這麼早就起來了！」李凌嘉問

「被公雞叫聲吵醒的啊。」鄭宜敏穿著簡單寬鬆的粉紅色T恤，短褲，紮了兩條辮子，笑起來就像清晨還帶著露水的小花。

「這是我這輩子第一次被公雞的叫聲喊醒！沒想到牠們這麼早起，才五點多，天剛亮，剛開始是左邊，」鄭宜敏用手指向左方。「本來想等那隻公雞叫完，就可以繼續睡，沒想到後來……」鄭宜敏又俏皮的用右手比向右方。「結果呢右邊又有好幾隻公雞在叫，後來我感覺我好像被包圍了，四面八方都是公雞在叫，我的天！」

「公雞在唱歌——！」阿義開心的拍拍手。在鄉下，在公雞的叫聲中起床是再自然不過，李凌嘉甚至都已經免疫了，公雞叫不醒他，如果不設定鬧鐘，照樣睡過頭。

「阿嬤，煮這麼多，太豐盛了！」李凌嘉看到桌上擺的是：地瓜稀飯、炒花生米、醬瓜、荷包蛋，以及一大盤蒜泥白斬雞。

「哪有啦！今天你們要去義診，忙一整天，多吃點多吃點！」阿嬤忙著將荷包蛋放進他們的碗裡，幫鄭宜敏又放了第二顆蛋，還有一隻蘸了醬油蒜泥的雞腿。

「年輕人多吃一點，才會有體力」

鄭宜敏點點頭。

「噢！對了，鄭小姐，妳的皮膚……」阿嬤注意到鄭宜敏手臂上有凹凸不平燙傷的痕跡。

「啊，這是之前不小心被燙傷的啦。」宜敏急急忙忙地解釋。昨天晚上天色比較暗，阿嬤沒有看出來。

「唉唷，那一定很痛，是怎麼受傷的？」

「對了，阿嬤，等一下我們吃完就要先去醫院和工作人員會合，摩托車可不可以借我們用呢？」李凌嘉趕快又開話題。

「沒問題呀，知道你要回來，昨天才去加油的。」

吃完早飯，李凌嘉和鄭宜敏跨上阿嬤那一台紅色的小摩托車。車齡已經超過十年，不過阿嬤將車擦得乾乾淨淨，連輪圈都亮晶晶。坐上去，就有活力滿滿的感覺。

「安全帽呢？騎車不戴安全帽，會開罰單的。」鄭宜敏問。

「鄉下地方，沒有警察抓啦。」阿嬤和李凌嘉都大笑了起來。彷彿堅持帶安全帽出門是很好笑的事。

「還是有安全帽才安全。來來來，戴戴看，會不會嫌太小。」阿嬤拿出兩頂安全帽，鄭宜敏戴起來剛剛好，李凌嘉的頭勉強塞進阿嬤的安全帽——上面還有粉紅色小花的裝飾，看起來非常好笑。

「我們出發囉！」油門一催，排氣管可能破個小洞，聲音聽起來相當的有氣勢，響遍了整個院子。

「嘟嘟！我也要去！」阿義從屋子裡一拐一拐的跑出來，吵著要上車，

「不行，叔叔今天是要去工作的，不能帶你出去玩。」李凌嘉非常抱歉地對阿義說。

摩托車奔馳在李凌嘉熟悉的鄉間小路，晨霧像一塊溫柔的乳白色毯子鋪在兩邊的稻田之上，辛勤的農人已經在田裡工作了，看著他們的摩托車經過，也不管認不認識，抬起頭來對他們說：

「敷早！」

摩托車以飛快的速度在坑坑洞洞的柏油路上行進，阿嬤的車保養得雖然很好，但是避震器已經鬆垮，兩人可以感覺到路上的律動。鄭宜敏在後座緊緊的抱著李凌嘉，對周遭的景色充滿好奇。

鄭宜敏柔軟的胸部緊貼著他的，李凌嘉不禁想：之前姿倩也是這樣環抱著他。

「哇！那邊種的是什麼植物？」

「是玉米。」

「那兒呢？葉子好高喔！那是什麼？」

「是甘蔗。」

「什麼?!甘蔗原來長這個樣子？看不太出來呀？原來甘蔗有葉子？」鄭宜敏驚訝的大叫。「我還以為甘蔗在田裡面就像是竹子一樣，一根一根直接砍下來就可以吃了。」

李凌嘉聽了也忍不住大笑起來。

摩托車騎了大約有半小時，兩旁的景物還是幾乎一模一樣。

「我沒有想到，雲林真的很大耶！而且這一路上沒有看見一輛公車，也沒有遊覽車。」說話時，遠遠在一片田野當中看見一棟頗具規模的建築物。

「我們到了！那就是這次主辦義診活動的天慈醫院。」

停好摩托車，準備義診的醫療服務車已經停在醫院大門口了。一群人忙著將醫療器材、藥品、處理傷口的紗布、棉花棒、優碘等等各式各樣的物品搬上車。

一個熟悉的身影在人群中揮汗指揮。

「林院長好！好久不見了！」李凌嘉又驚又喜迎向前。

「凌嘉！你回來啦！」林院長穿著筆挺的白袍，看來很有精神。微胖身材，臉龐晒成健康的褐色，額頭和眼角有淡淡的皺紋，頭髮卻幾乎都白了，看到李凌嘉，院長非常開心，呵呵大笑，緊緊握住李凌嘉的手。

「一年不見了，近來都好嗎？」院長問。

「我……」頓了一秒鐘，想要說些什麼，又止住了。

「院長，我一切都好，那您呢？」李凌嘉挺起胸膛，很有精神的回答。

「還是老樣子啊！你知道，鄉村人口老化，我們醫院的病人越來越多，不過上個月又有好幾位醫師離職，人力真的不夠。」院長搖搖頭，眉間隱藏不住那一絲隱憂。

「鄉下醫院，要留住醫師真的很難，唉，」院長忍不住嘆了一口氣。「醫師走了，留下來的醫師工作份量增加，值班的次數也增加，體力不堪負荷，也可能跟著離職，變成惡性循環。凌嘉，真的很感謝你來幫忙義診，不好意思，這一次活動原本有安排另外一位內科和外科醫師和你一起巡迴義診，不過他們都離職了，因此這次活動，就只有你一位醫師了。」

只剩下自己一個？李凌嘉有些驚訝，這次義診的工作份量顯然會超出預期，不過聽到預定支援的醫師通通離職了，心中也為院長感到無奈。

「院長，就交給我吧。我也很期待回來幫鄉親服務！」

院長拍拍李凌嘉的肩膀。

「好！那今天的義診活動就麻煩你了。」院長拿出手帕將額頭的汗水擦了擦。

「那位是院長？你看起來和他很熟。」鄭宜敏躲在一旁，直到院長離開。才緩緩走近。

「是啊，妳剛剛躲起來啦？不要怕，林院長是一個和藹可親的長輩。」李凌嘉從背包裡取出醫師白袍，將皺折拉平，穿上。

「院長非常不簡單喔！二十年前就是中部非常有名的外科醫師，聽說要看他的門診，前一天晚上就要排隊。在學術界也很有聲望。他是雲林人，後來放棄都市的高薪，來到故鄉這家醫院。除了醫療，他還和地方的基金會、宮廟合作，成立獎學金。林院長是我的恩人。當年家裡發生變故，我回到口湖鄉和阿嬤同住，我的功課不錯，在當地小有名氣，不過要和城市的學生競爭，還是要到城裡補習。阿嬤的經濟狀況不好，林院長輾轉得知，我的補習費還有上醫學院的學費，都是院長幫我申請獎學金的。」

「原來如此，院長真是個好人！」鄭宜敏說。

「是啊，在台灣的各個角落，還是有像林院長這樣默默付出的人，才建構起我們的家園。我們也要盡我們自己的力量喔！」李凌嘉看著鄭宜敏。「今天加油吧！」

雲林的太陽威力好強！晒了十幾分鐘，鄭宜敏白皙的臉龐已經泛出健康的紅色。用力的點點頭。

巡迴義診，要準備的雜項還真不少，文書資料夾、一疊又一疊的衛教單張、血壓計、聽診器、各種藥品、衛教器材、人體掛圖琳瑯滿目。

一群人在巡迴車旁忙得滿頭大汗。

「李醫師好！」大家熱情地和李凌嘉打招呼，已經連續多年回鄉義診，和護理師、衛教師都已經很熟悉了。

「李醫師，你不要搬，這些交給我們就可以了。」說話的是護理師淑麗，四十多歲，留著俏麗的短髮，身材微胖，不過動作非常俐落，一邊指揮，一般一邊將各項物品井然有序的放上車子。

「李醫師，還好你回來了，不然上個月醫院又走了好幾個醫師，連看門診的人都不夠了，原先安排的義診只好開天窗了。」淑麗說。

「醫師真的這麼缺？」

「是啊，天王級的心臟科廖主任離職了，被附近的醫學中心挖角。還有骨科的張主任也離職。」

「張主任？我記得他，他不是一直對鄉親很有熱情的嗎？怎麼也……」

「是啊，是熱心又熱情的好醫師！病人也非常信賴他，不過孩子要上國中了，附近沒有適合的學校，聽說他的太太天天吵，再不搬回都市就離婚。張主任只好離職，和家人搬回城裡去了。」

李凌嘉不說話了，他知道淑麗說的都是事實。了解越多，對留在鄉間醫療院所服務的醫師越佩服。自己呢，拿到整形外科專科醫師之後，要留在台北的醫學中心？開醫美診所？或者回家鄉服務？開醫美診所是許多整形外科醫師的首選，財富名氣，如潮水而來，自己卻很排斥。

傻子，魯蛇！

或許這就是姿倩離開自己的原因之一吧。對姿倩而言，離開自己才是明智！留在醫學中心或者到鄉下醫院行醫都只有微薄薪資，是讓姿倩瞧不起的低收「魯蛇醫師」。他自虐的這麼想，讓自己的心狠狠的被刺一下，也讓他忍不住痛得眉頭皺了起來。

「怎麼了？你不太舒服嗎？」鄭宜敏焦慮的問。

李凌嘉回過頭，看見她那雙充滿了關心眸子，內心沉重感彷彿減輕了一些。

「沒什麼，過一會兒就好了，妳不要擔心。」李凌嘉。

「這位是？」淑麗問。

「噢，忘了介紹，這位是鄭宜敏小姐，是我的朋友。宜敏，這位是淑麗，是醫院的護理師。」李凌嘉像兩人介紹。也同時介紹了這次同行的另外兩位護理師，社工師張大哥，還有司機大哥。

「哎呦！鄭小姐好年輕好漂亮！」淑麗上上下下，熱心又熱情的打量鄭宜敏。「妳是學護理的？」

「不是啦，是學音樂的，她是我的好友，聽我提到有義診活動，過來一起幫忙。」李凌嘉搶著說。

「喔！太好了，難得有這麼熱心的年輕人。對了，前幾年陪你一起來的……」淑麗熱心又熱情，提到之前同行的女醫師，問到這裡，大概心裡有數，就硬生生打住。

「大家上車，準備出發囉！」社工師張先生招呼著大家上車。

義診巡迴醫療車是一輛中型巴士，有限的空間幾乎塞滿了醫療器材，大夥兒就擠在僅剩的空隙。車子有冷氣，但吹出來的風不冷不熱，索性將窗戶打開，讓田野的風吹進來。

無邊無際的稻田，太陽已經升到半空，辛勤的農人們也要避開烈日，廣大的平原上幾乎看不到任何人。漸漸的，兩旁的景物除了農作物，也出現魚塭。

「我們要去海邊嗎？」宜敏問。

「是啊，」坐在旁邊的護理師淑麗說：「今天我們要跑好幾個據點，你知道，沿海的幾個城鎮，醫療資源較為不足，離醫療中心的路程也很遙遠。」

「他們可以坐公車去醫院嗎？」

大家都笑了。「很多村子是沒有公車的啦……」社工張大哥一邊笑一邊說。

「蛤！沒有公車，那麼，計程車……」鄭宜敏越說越小聲，因為她的很多問題都會引來一陣大笑，彷彿是一個非常好笑的問題。

還好這次沒有。

淑麗耐心解釋：「住在鄉下的老人家生病，是可以搭計程車就診的，不過雲林地廣人稀，有時候要半個小時以上車子才會到呢！」

「喔，原來如此，差好多喔。在台北市，只要一招手就有計程車了。」宜敏說。

「是啊，妳來到這邊，慢慢能體會鄉村和都市有很大的差別，交通只是其中的一環。」淑麗說。

「鄭小姐，」這個時候社工師張大哥接過話來了。「妳剛才提到叫計程車就醫，除了淑麗說的打電話叫車需要等候，更主要的問題是——計程車費用比較高，總要好幾百塊，鄉下的老人家非常節儉，捨不得。因此有可能拖到病情很嚴重了，才透過救護車送到醫院。」

「原來如此。」宜敏望向窗外，「我看到有很多人騎摩托車。」

「摩托車對年輕人很方便，但是許多又老又病的老人家，摩托車也騎不穩，因此……唉！」社工張大哥搖搖頭。「是出不了門的。」

「我們到了！」淑麗說。

他們抵達社區活動中心，那是一個坐落在田野當中，嶄新的兩層樓建築，屋前有很大的中庭，已經有很多老人家拄著拐杖，或坐著輪椅等待著。

「非常歡迎你們！我姓陳，是這裡的村長。」一位五十多歲，留著俐落短髮的男人在門口迎接他們，旁邊還有里長、總幹事，還有一位穿著整齊護士服，頭髮花白，戴著厚重眼鏡的當地社區衛生所梁護理長。李凌嘉和工作人員與村長、幹部、護理長一一握手寒暄。

接下來一陣忙亂。鄭宜敏和大家一起布置場地，搬運診療桌，發送衛教單張，然後幫每一位參加義診的老人家填寫就診資料。

「請問，您貴姓大名？」

鄭宜敏詢問一位嚴重駝背，坐在輪椅上的老太太，對方卻沒有作答，反而一臉疑惑抬起頭，瞇著眼睛望著她。

「鄭小姐，在這裡要說台語啦。」梁護理長好心的提醒。

「哇！怎麼辦，我的台語說不好耶！」

「沒關係，我們來詢問基本資料，妳幫忙安排病人動線就好了。」淑麗護理師體諒的說。

鄭宜敏才發現，前來診療的老人家，大都已經八十歲以上，有些只會寫自己的名字，其餘關於過去病史、身體狀況都說不清楚。沒有年輕家人陪同，旁邊只有外籍看護工。

「我跟你說，醫生，」有一位三十多歲女性外籍看護工看來很著急，綁了短短的馬尾，國語很流利。「我們家阿公，連續好幾天都吃不下，一吃東西就會吐，我都不知道該怎麼辦。」

「有家屬嗎？能聯繫嗎？」李凌嘉問。

看著坐在他面前的阿公，已經八十八歲了，可能因多天沒有進食，加上嘔吐，現在低著頭，一句話也不說，非常虛弱，身體歪斜，好像隨時會從輪椅上掉下來。

「有啊有啊！我有打電話給老闆，就是阿公的兒子。」

「然後呢？」

「老闆在台北，說沒辦法回來，要我帶阿公看醫生，可是我只會騎摩托車，阿公這個樣子，我怕他會從摩托車上跌下來，都不知道該怎麼辦，還好醫師你們今天來了。」外籍看護帶著腔調一連串的說。凌嘉覺得老人家病情嚴重，請護理師和社工師聯繫，安排救護車送阿公到醫院急診。

老人家越來越多，因為大多數是坐輪椅，幾乎要將大廳塞滿，動彈不得。鄭宜敏協助外籍看護工幫阿公阿嬤排好隊，填寫資料，量血壓。大多有慢性病——糖尿病、心臟病、氣喘，藥物卻有一搭沒一搭，藥忘了拿就中斷藥物，症狀越來越嚴重。

有位阿公提個又破又髒的塑膠袋，本以為是垃圾，一打開來竟然滿滿都是藥物，卻不知道該怎麼吃。李凌嘉細心地了解阿公的病情，並說明藥物怎麼服用。

也有比較單純的像拉肚子、便秘、感冒等等，但畢竟是義診，沒有充分的診察工具，病情較複雜的，李凌嘉一再提醒老人家，不能只症狀治療，還是要到醫院做詳細檢查。

活動中心設備新穎，有空調冷氣，不過許多老人家頂著艷陽從家裡走過來，都是汗流浹背，氣喘吁吁。鄭宜敏很貼心的幫每位老人家倒水，招呼候診的老人家入座，雖然台語講的不好，不過練習了一陣子後，已經能夠和老人家寒暄聊天。

「金都蝦喔！妳這位水姑娘這麼關心我們，要常常回來看我們喔！」一位九十歲的老阿嬤握住鄭宜敏的手，非常讚賞的說。

「好啊好啊！」

受到老人家如此真心的讚美，一股溫暖在鄭宜敏心中流動著。忙了一個上午，來看診的民眾漸漸少了。正要準備結束，梁護理長來到他們面前。

「李醫師，非常感謝您們，但是社區有幾位嚴重的患者，根本沒辦法來到這裡，您是否可以到他們家看一下？」

「我們很願意，不過，」社工張大哥猶豫了。「我們下午還要跑好幾個地方，接下來的行程可能會耽誤。」

「沒關係，病患住的地方很遠嗎？」李凌嘉說。

「不是很遠，走路過去，可能要十多分鐘吧。」

「一來一往，加上看診，可能要一個小時。」護理師淑麗也遲疑了。

「不然這樣吧，你們先用餐，我和鄭小姐一起拜訪這幾位患者。」李凌嘉說。

「好！我和李醫師一起出發。」鄭宜敏毫不遲疑地馬上答應。

「李醫師，鄭小姐，下午的行程很緊湊，你們可能沒有時間吃飯。」淑麗說。

「沒問題，我們帶飯盒在車上吃。」李凌嘉說。

走出活動中心的冷氣房，七月的艷陽像火一樣燒遍全身，讓皮膚又痛又辣。接近中午，才走一小段路，每個人臉上都滿是汗水。

「請問，阿玉阿嬤在嗎？」梁護理長在一間低矮的平房停下來，門沒關，一推就進去了。一位外籍看護工坐在一張破爛的藤椅上，正在看電視。

「在裡面。」外籍看護工用手往房間一指。對進入的人只匆匆瞄一眼，專心繼續看電視。客廳的溫度很高，外籍看護工梳了高高的髮髻，電風扇對著自己直吹。

「阿玉阿嬤，妳還好嗎？」護理長帶領李凌嘉和鄭宜敏走進悶熱的臥房，立即被一股腐臭味嗆得幾乎嘔吐。鄭宜敏從來沒聞過這種污濁的臭味，臉漲得通紅，頭開始發暈。

雖然開著窗，屋角也放個電風扇，但是那悶熱和臭味，讓人一秒也不想多停留。

「蝦郎？」角落傳來微弱嘶啞的聲音。屋內沒有開燈，只從玻璃窗透進太陽的光束，反而讓屋子呈現一片灰暗。當李凌嘉適應了屋內的昏暗，才辨識出床上躺了一位頭髮灰白的老婦人，穿著碎花布衣服，雙頰瘦削的凹進去，反而讓黑白分明的大眼睛看來有些怕人。臭味就是從她身上散發出來的。

「是我啦，衛生所的梁護理師。今天有醫師義診，我請他過來看妳。」

「醫生喔，唉！看我無效啦。」老婦人虛弱的說。

「李醫師，請您幫阿玉阿嬤看一看，她的子女都在外地工作，一人獨居，只有看護工陪伴。糖尿病很嚴重，半年前中風，從此臥床不能行動了，身上有褥瘡。」

「阿玉阿嬤，我們幫妳看一看傷口。」護理師說著，和李凌嘉一起將阿嬤的衣服掀開。鄭宜敏不太敢看，又忍不住看一眼。

「啊！」鄭宜敏忍不住輕聲地叫了一聲。阿嬤的臀部、背部還有雙腳很多地方都已經潰爛，發出惡臭味，滲出的組織液將床單浸濕，會陰還沾著一團一團的排泄物。

「這些是褥瘡啊！一定要定時幫老人家翻身，不然會越來越嚴重。」李凌嘉忍不住皺眉，「傷口都泡在滲出液裡，難道沒有人照顧嗎？」

鄭宜敏強忍胃部的翻攪，不可置信的看著眼前神識清楚的老太太，竟然虛弱的躺在自己化膿的傷口和排泄物上。

而自己，能夠幫她做些什麼？

「阿嬤，我們幫你的傷口換個藥，有點痛，要忍耐一下喔！」李凌嘉用非常溫和的語氣和阿嬤說。

護理師和李凌嘉打開護理箱，拿出生理食鹽水、棉棒、紗布，開始處理褥瘡的傷口，鄭宜敏沒學過護理，就幫忙將換下來髒污的衣服和床單丟棄，再幫阿嬤換上乾淨的衣服。

「金多蝦！」阿嬤雖然聲音還是很微弱，但是聽得出喜悅，傷口整理過之後，似乎屋裡的空氣也不再那麼濃濁惡臭了。

「阿嬤，我們還會來看你喔！」護理師說。

走出阿玉阿嬤那陰暗的房間，外籍看護工依舊翹著二郎腿繼續看電視，屋內的一切彷彿事不關己。

當陽光再次熱辣辣灑在三個人的身上，鄭宜敏眼睛有點花，好像重新回到人間。

「護理長，光是幫阿玉阿嬤換藥是不夠的，她一定要送醫。」李凌嘉說。

「是的，我也這麼想。不過阿嬤的家屬都不在身邊，無法行動。」護理師說。「有時候，我真的心有餘而力不足。看到老人家這麼痛苦，我也很挫折。」

「等一下和我們的社工聯繫，看要如何協助阿嬤就醫。」李凌嘉說。

「還有其他個案，李醫師方便嗎？」

「嗯，沒有問題！」李凌嘉堅定地點點頭，轉頭看鄭宜敏。「天氣很熱，你要不要先回去活動中心和大家會合，休息一下？」

鄭宜敏看著李凌嘉：「我和你一起去。」

三個人回到活動中心和大家會合的時候，社工師張大哥站在車門口，神色有些焦慮，等著他們上車。

「李醫師，鄭小姐，我們得趕快出發了，下個據點已經遲到了。」

「很抱歉讓大家久等了，不過有些個案真的很棘手，唉——！」李凌嘉忍不住嘆氣。

等大家坐定之後，司機先生把車子開得飛快，下一個據點的老人家正等著他們。

「是怎麼樣的個案呢？」護理師淑麗問。

「都是獨居老人，有的是中風而癱瘓，或糖尿病控制不好傷口潰爛，另外一個有精神疾病，加上其他慢性病，家屬幾乎都在台北或中部的城市工作，身邊只有外籍看護工，反正，唉——！」

淑麗點點頭，這些狀況可以想像得到。

「我幫患者的傷口做了基本處理，鄭小姐都記錄下來了，等一下麻煩社工協助，看如何幫助這些病人。」

鄭宜敏將手上的一疊資料交給社工師張大哥。

「沒問題，我回去馬上處理，會儘量幫助這些鄉親。」張大哥非常明快的回答。

李凌嘉打開便當，利用空檔午餐。

「咦？宜敏你怎麼不吃？」

「我……天氣太熱，吃不下。」

「是不是看了那些傷口，又髒又臭，沒有胃口？」李凌嘉憐惜的撫摸鄭宜敏的頭髮。「還是要吃一些，不然下午沒有體力了。」

「沒關係，我喝運動飲料就好了。」

車子開得飛快，有些路段比較顛簸，車身晃動的很厲害，就像「碰碰車」一樣，車子裡放置的醫療器材也被震得跳了起來。夏日中午的曝晒讓車子成為小烤箱，司機大哥將冷氣全開，每個人額頭還是一顆一顆汗珠。

抵達下個服務點，比預計的時間晚了半個多小時。活動中心的門口已經有一群頭髮灰白的老人等待，他們拄著拐杖，坐著輪椅，人數比前一個義診據點更多。

「來了來了！」看到巡迴車到來，這些老人的臉上沒有埋怨，而是充滿期待。

「金歹勢，我們遲到了。病人很多，又幫患者處理一些狀況，我們在上個村子耽誤了一些時間。」護理師淑麗抱歉地對村長說。

「不會不會，你們辛苦了。」村長是一個六十多歲的長者，站在大太陽底下迎接，帶領他們進入活動中心布置場地。

下午又跑了兩個沿海據點，醫療車回到醫院時太陽已經偏西，不再那麼那麼酷熱，空氣中散發著溫暖的青草香。

「李醫師，鄭小姐，辛苦了！明天還要麻煩你們喔！」淑麗向兩人說。

「大家辛苦了！明天見！」和夥伴一一道別，李凌嘉和鄭宜敏騎上那一台阿嬤的小小摩托車，沿著鄉間小路騎回家。

到家的時候天已經接近全黑，天上的星星都亮了起來。才踏進門前的院子，就聞到撲鼻的食物香味。

「嘟嘟回來了！還有漂亮姐姐也回來了。」

或許因為動作比較慢，總是聲音先到，然後隨著不協調的腳步聲，從屋裡冒出一個小小的人影——那是阿義，臉上掛著燦爛的笑，雙手雙腳都是乾掉的泥巴，手上還抓了幾條橡皮筋。

「阿義，今天玩些什麼？」李凌嘉抱抱阿義，對他渾身的泥塵毫不在意。

「自己玩啊！今天嘟嘟和漂亮姐姐都不在家，我就自己玩，下午有一隻黑狗跑過來，和鄰居的大黃、小黃還有阿花打架，黑狗很厲害，黃狗打不過，我就去幫，結果那隻黑狗想咬我，我很害怕，就一直跑，害我都摔跤了。」雖然有些詞不達意，阿義還是將整段故事結結巴巴的說完了。

李凌嘉仔細看著阿義，果然手掌和膝蓋都磨破了皮。

「沒關係，下次看到那隻黑狗，告訴我，嘟嘟幫你對付他。」凌嘉向阿義說，還勇敢地拍拍胸埔。

「哈哈哈，好啊，嘟嘟一定要幫我喔！還有，漂亮姐姐也要幫我！」

「我不敢，我很怕狗！」宜敏嚇得倒退三步。

「哈哈，漂亮姐姐比我還怕狗！」阿義開心的笑了。

「阿嘉回來啦！」阿嬤從廚房裡出來，端出一盤紅燒肉放在已經擺滿食物的餐桌上。「還有鄭小姐，你們今天一定很累。」

「阿嬤好！」鄭宜敏微笑著向阿嬤打招呼，臉上的灰塵、散亂的頭髮說明了一切。

「唉呀！怎麼玩得這麼髒？」阿嬤下午一直忙著做菜，現在才看到阿義。「趕快把手和腳洗乾淨，大家一起來吃飯了。」

晚餐依舊非常豐盛，李凌嘉將桌上的菜餚每樣都嚐了一遍，吃了兩大碗飯，阿嬤殷勤地將食物放進鄭宜敏的碗裡，宜敏吃的不多，又不忍心拒絕阿嬤的好意，只好用求救的眼神望向李凌嘉。

「阿嬤！人家小姐沒有吃這麼多啦！」

「沒關係沒關係，儘量吃。鄭小姐，妳這次陪阿嘉回來，我很高興。」阿嬤一直笑咪咪的看著鄭宜敏。

吃完了飯，也忙了一天。窗外不知名的蟲子彼此唱和，就像一個熱鬧的交響曲。

「要不要到院子裡面坐坐？」李凌嘉問，他非常的享受和鄭宜敏兩個人靜靜坐在從小長大的院子裡，看星星，聽蟲子唱歌的寧靜。

「不行不行，漂亮姐姐要陪我！」阿義率先抗議。

「我叫宜敏，你叫我小敏姐姐就可以了。」宜敏微笑的說。

「好啊！小敏姐姐」阿義開心的喊。

「喂喂！」李凌嘉趕緊抗議。「阿義叫你姐姐，卻叫我叔叔，我們的輩份不是差了一輩嗎?!」

「你大我這麼多，叫叔叔也沒錯啊！」宜敏甜甜笑了。阿義可不管什麼輩份，拉著宜敏要她說故事，又拿出一副破破爛爛的跳棋，要求宜敏陪他玩。

李凌嘉看著那跳棋，眼眶突然紅了起來，這是七歲那年，母親從台北回來看他時特地帶的。經過這麼多年，棋子已然褪色，那下跳棋的紙更是已經破破爛爛。

有了宜敏陪伴阿義，晚飯後祖孫有難得的悠閑時光，李凌嘉就在客廳陪著阿嬤看電視──在離開雲林之前，在繁忙課業喘息的空檔，祖孫一起看「台語長壽劇」是兩人最輕鬆、最溫馨的回憶。那些劇集一播就是好幾百集，說也奇怪，有時候很久沒看再繼續，演員和劇情竟然也還接得上去。

「阿嘉，在台北過得好嗎？」阿嬤仔細打量身邊這位從小拉拔大的孫子，已經是一個高大挺拔，出色的外科醫師。但是不知怎麼的，眉宇之間有些放不開。

「很好啊！」李凌嘉說。

「這位鄭小姐，年輕又漂亮，心地很善良，她是你的女朋友？」阿嬤試探的問。

「我們是……很好的朋友，但認識時間並不長。」

「至少，她很喜歡你對嗎？」

李凌嘉不知道該怎麼回答。

「應該沒錯，這位小姐很喜歡你，阿嬤年紀雖然大，女孩子的這點心思我還看得出來。」

阿嬤抬起頭仔細看著李凌嘉。

「前幾年陪你來的丁醫師呢？你們怎麼分手的？」

「阿嬤……」雖然知道阿嬤一定會問到這個問題，雖然在回鄉之前在心裡演練過無數次，要輕鬆自在地回答，不過被關愛自己的阿嬤猛然一問，李凌嘉還是感到胸口被重捶，眉頭忍不住糾結起來。

「你沒有對不起人家吧？」阿嬤徵詢的問。「分手的原因是因為鄭小姐？」

「阿嬤，我沒有對不起人家，」李凌嘉急急忙忙地解釋，沒想到阿嬤會這麼想。「是丁醫師要求分手的，這樣說吧，我被甩了。阿嬤，我走整形外科，卻不想開業做美容整形賺大錢，每年來鄉下義診，很多人是沒有辦法理解的。丁醫師和我分手，和另一位醫師開診所了。鄭小姐是我們分手之後才認識的。」

阿嬤點點頭，沉默很久。

「我就知道我們阿嘉不會對不起別人。過去的事就過去了，這位鄭小姐年輕善良，你要好好對待人家。」

「阿嬤，我知道」

另外一邊，宜敏成了阿義的最佳玩伴。雖然十歲了，不過還是喜歡年幼孩子的遊戲，又是唱兒歌，又是一二三木頭人。到快晚上十點，阿義已經睡眼惺忪。

「漂亮姐姐，我要去睡覺囉，明天還要陪我玩喔！」阿義邊打呵欠邊說。

「好啊！阿義趕快去睡覺！」

目送著阿義回到房間，李凌嘉和鄭宜敏相識一笑。

「你們慢慢聊，阿嬤先去睏了。」說著，也略為誇張的揉揉眼睛，很自然地將空間留給年輕的兩人。

「還想看星星嗎？」李凌嘉問。

「當然想！」鄭宜敏堅決的說，卻也忍不住打了個呵欠。

李凌嘉將長板凳搬了出來，朝最多星星的方位坐下。今天的星星比昨天更亮了，上弦月躲在天空的角落，將整片天空讓給喧譁的星子。

「妳看喔，那個很亮的星星就是織女星了。」李凌嘉指著天空向宜敏說。

「織女星，那一定會有牛郎星囉？」宜敏好奇地問。

「是啊，你看，從織女星往南找，會看到像扁擔一樣三顆星的組成，中間最亮的那一顆，就是牛郎星了。」

順著李凌嘉的手，宜敏瞇著眼睛很有耐心的找尋。突然眼睛一亮。

「真的真的，我看到了，那個就是牛郎星！凌嘉，你好厲害！什麼都知道。」鄭宜敏開心得就像個孩子。

李凌嘉伸手將鄭宜敏擁在懷裡，讓她靠在自己的胸前，聞著她頭髮的香味。

「這沒什麼，看星座，也是小時候媽媽教我的。」

「嗯！」

鄭宜敏不說話了，仰望滿天星斗，靜靜依偎在李凌嘉的胸前。今天的風比昨天大一點，溫暖的風旅行過雲林這一片平原與海的交界，帶著大海氣息與稻香、草香。青蛙和不知名的蟲子遠遠近近彼此唱和，彷彿將兩人包圍在最華麗的音樂廳。

忽然間，李凌嘉注意到抱著鄭宜敏的手滴了液體，一滴、兩滴，越來越多。

「宜敏，妳怎麼哭了？是身體不舒服還是？」李凌嘉驚訝的說。

鄭宜敏抬起頭看著他，眼中充滿著淚水。

「沒事，我很好。我只是，我只是太開心了！」邊哽咽，邊斷斷續續的說：「從我長大懂事以來，我從來沒有這麼幸福過，這幸福的感覺讓我覺得好不真實！覺得隨時都會失去。」

「沒事，沒事的。」李凌嘉很慎重地將鄭宜敏抱進懷裡，讓她的臉緊緊貼在自己胸前。「我知道妳沒有安全感。」

李凌嘉輕輕拍女孩的背，無限憐愛的用唇吻遍她的頭髮、耳根還有臉頰，女孩的身體在他的懷裡越來越熱。

可是宜敏還在流淚，而且越哭越兇。

「怎麼了？不是很開心嗎，怎麼……」李凌嘉也有一些手足無措了。

過了好一會，宜敏激動的情緒才緩過來。

「對不起，凌嘉，我不是故意的，我破壞了這麼好的夜晚。」

「不會，妳看，天上的星星更多了喔，好美！」

宜敏抬頭看，淚眼朦朧中，果然看到滿天的星星就像一匹漆黑的絨布鑲滿無數鑽石，閃閃發光。

「凌嘉，不好意思，我哭了，我不應該哭的……」鄭宜敏用衣袖將臉上的淚痕擦去。「因為這一切太美好了，我知道一定會失去，因為我配不上你！」說著說著，宜敏的淚又來了。「之前在醫院，看到那麼多穿著白袍的醫生，你只是其中的一位。但是今天在義診時候看到的你，那感覺完全不一樣，你穿著白袍，是如此專業，如此有自信，鄉下的阿公阿嬤信賴你，就像神一樣。可是……可是我站在你身邊，什麼都不懂，什麼也不是，更不可能和你的前女友丁醫師相比，我根本配不上你。」

「別這麼說！」李凌嘉用力打斷她的話。「沒有人要妳和丁醫師相比！宜敏，妳就是妳，我喜歡的就是純真、善良、善體人意又會唱歌的鄭宜敏。」

「你說……你喜歡鄭宜敏？我沒有聽錯？」睜著水汪汪的大眼睛，一眨也不眨的看著李凌嘉。

「傻孩子！我說——我喜歡的就是妳——鄭宜敏。」說著再一次在她的耳根深深一吻。

鄭宜敏安靜了，再度將臉藏進李凌嘉的胸前，彷彿靜靜的欣賞青蛙和鳥兒的合奏。

不過李凌嘉感覺到胸前的襯衫越來越濕。他知道宜敏還在掉眼淚。不想驚擾她，兩人靜靜依偎著。

過了好一會。夜深了。

「宜敏……宜敏。」李凌嘉感覺她好像睡著了。試著輕輕喚醒。「該進去睡覺了。」

「嗯……」她輕輕動了一下，好似在睡夢中。

夜涼了，總不能睡在院子裡。李凌嘉將鄭宜敏橫抱起來，回到臥房。輕輕放在床上。

宜敏一動也不動，應該睡著了。遲疑了一會兒，幫她脱下鞋襪，蓋上薄被。

那是他母親生前住的地方。床單和棉被阿嬤已經洗乾淨換上，不過也是母親使用過的同一套。

「晚安。」李凌嘉輕輕的説，準備離開。

鄭宜敏醒過來了。

「凌嘉，你能留下來陪我嗎？」宜敏説。

「留下來？」沒有想到他會提出這個要求，李凌嘉一時之間不知道該怎麼回答。

「凌嘉，也不知道為什麼，我覺得好害怕，你能不能陪我？」

黑暗中李凌嘉猶豫了幾秒鐘。終於，他也脱下鞋襪，在鄭宜敏的身邊躺了下來。

「能夠抱緊我嗎？能夠哄哄我嗎？」鄭宜敏問。

凌嘉將左手繞過她的腰，抱進懷裡，鄭宜敏也馬上側過身子，用雙手和雙腳緊緊纏住李凌嘉。她身體非常柔軟，穿著薄薄的T恤和短褲，李凌嘉的手滑過宜敏的身子，非常清楚的感受到她身上的曲線。那柔軟富有彈性的胸部、緊實纖細的腰身。手輕撫過大腿細膩的肌膚，卻觸摸到之前為燙傷做皮膚移植取皮的疤痕。

李凌嘉腦中一片混亂。完全不曉得下一步該怎麼做。和這樣年輕美麗的女孩躺在床上，她要求自己抱緊她。李凌嘉的心跳快了起來，呼吸也變得急促，感受到女孩豐美的軀體緊貼著自己，也聞到少女身上淡淡的幽香。李凌嘉是健康的男性，沒有生理反應是不可能的。

可是……兩人究竟是什麼關係？

宜敏，這美麗的女孩，那青澀卻甜美的胴體，自己其實再熟悉不過，曾經每天赤裸的在自己面前展現。因為那時候女孩是燙傷病人。那胴體無論是完美或是醜陋，醫生的天職就是醫治。

但是此時此刻，宜敏不是病人，而是需要自己的女孩。所以，可以行動嗎？或者，應該採取行動嗎？

在女孩身心都很脆弱的時候，這樣做，應該嗎？

將近二十分鐘，李凌嘉懷裡抱著鄭宜敏，思緒無比狂亂，身體卻僵硬的像木頭人一樣，完全不知道該怎麼辦。

鄭宜敏的身體緊緊纏住自己，李凌嘉只能夠盡力讓下半身和她保持一些距離，免得那強烈的生理反應直接碰觸對方。

直到聽見鄭宜敏打呼的聲音。

累了……忙了一天，自己也累了。李凌嘉擁抱著鄭宜敏，沉沉睡去。

「嘟嘟起床了，嘟嘟嘟嘟，起床了！」李凌嘉一睜開眼，就看見阿義天真的笑臉出現在面前。看了手錶，竟然已經七點多！他猛地跳下床，多年來外科嚴格的訓練讓他具備精準的生物時鐘，天亮或是六點多就自然醒來。或許回到他生長的故鄉讓他放鬆，這一睡竟然超過了七點。

「嘟嘟嘟嘟，你怎麼會睡在漂亮姐姐的房間？」阿義天真的問，李凌嘉感到超級尷尬，看了身旁，鄭宜敏應該早就起床了。也不等他回答，阿義繼續說：「嘟嘟快起床！阿嬤和漂亮姐姐在等你吃早飯了。」雖然鄭宜敏說叫她小敏姐姐就好，但是阿義顯然改不了口。

匆匆忙忙刷牙洗臉，也不等將臉擦乾，阿義就使勁地抓著他的襯衫往餐廳走。

「阿嬤早，宜敏早。」李凌嘉走進餐廳，精緻的小菜和稀飯熱騰騰的放在桌上。讓他驚訝的是：鄭宜敏穿著一件有小碎花的黃色襯衫，有一種溫柔成熟的韻味，卻不是平時會穿的衣服。

那襯衫似曾相識，一時之間卻想不起來什麼時候看過。

「你在看什麼？」被李凌嘉看得有些不自在，低頭看了看衣服。「這次匆匆出發，衣服沒有帶夠，向阿嬤求救，怎麼樣？很奇怪嗎？」

「不不！」李凌嘉急忙地說：「很好看，不過，我好像看過這件衣服。」

「是你媽媽之前穿過的。」阿嬤靜靜地說，溫柔的看著鄭宜敏。

「昨天晚上鄭小姐問我有沒有可以穿的衣服，我想了一晚上，阿嬤的衣服對鄭小姐來說太大，款式又太老氣，後來在衣櫃裡找到這件，那是你母親大學畢業要到台北工作之前，我特地到北港鎮上買給她的，你媽好喜歡，捨不得穿，保存好好的。」

怪不得！李凌嘉心裡想，可能小時候看過媽媽穿這件衣服。雖然有些泛黃，不過看得出來質料很好，難得的是穿在鄭宜敏身上非常合身。

「趕快吃，等一下在路上慢慢騎，安全第一！」阿嬤說。

兩人跨上摩托車。鄭宜敏緊緊抱住李凌嘉。經過昨晚一夜的同眠共枕。此時兩人身體的接觸覺得再自然不過了。

「今天早上醒來，看到你睡在我身邊，我真的嚇壞了！」鄭宜敏說。

「什麼？嚇壞了？難道我頭上有長角嗎？哈哈。」李凌嘉邊騎車邊大笑，連握住摩托車的手都晃了一下。還好路上沒什麼車。「我才嚇壞了，昨天是妳要求留下來陪妳的。」

「誰說的。」還好坐在摩托車後座，又帶著安全帽。此時鄭宜敏的臉紅的像滾燙的熱鍋。「我只是要你留下來陪我，可沒有要你睡在我身邊過夜啊，更沒有……啊！」說到這裡，好像猛然想起來。「昨天我太累，睡得太熟了，究竟我們有沒有，有沒有那個？」

「妳想問，我們有沒有做那件事對不對？」李凌嘉又笑了。「昨天妳竟然睡著了，而且睡得像豬一樣，我有可能對一隻睡著的豬動手嗎？」

「你好壞！」鄭宜敏又羞又氣，用手在李凌嘉的腰間狠狠捏了一把。

「唉喲！」摩托車又晃了一下。「別鬧了，別忘了我們在騎車，要注意安全呀！」

鄭宜敏乖乖地將手環繞住李凌嘉的腰，臉頰貼著他的背。

「昨天，我們沒有做那件事，妳會失望嗎？」李凌嘉忍不住問，問完了又有一點後悔，覺得自己輕薄了。

鄭宜敏沒有回答。或許，沒有聽見這句話。

「今天的義診行程只有半天，結束之後，下午我騎車帶妳嚐一嚐雲林當地的美食，欣賞附近的風景。」李凌嘉索性換個話題。

「真的嗎！」鄭宜敏眼中亮出光彩。

「當然呀，帶妳逛逛我從小長大的城鎮，也算盡地主之誼吧，另外……」李凌嘉接著說：「昨天社工室張大哥請託一件事，也要麻煩妳。」

「請託我？什麼事呢？」鄭宜敏詫異的問。

「別緊張，今天晚上剛好醫院附近的宮廟舉辦活動，有傳統的布袋戲、歌仔戲，還有一些熱舞……」說到這裡，李凌嘉有一點欲言又止。

「哇！有布袋戲、歌仔戲，現場演出嗎？一定很熱鬧！不過竟然還有熱舞？是怎樣的熱舞呢？」鄭宜敏好奇地問。

「熱舞就是……就是，衣服穿得比較少的那一種舞蹈。」

「衣服穿得比較少？為什麼？這不是為神明舉辦的活動嗎？」鄭宜敏更無法理解。

李凌嘉笑了。對十幾歲的台北小姑娘，這點還真不容易說清楚。「總之，醫院敦親睦鄰，也會在宮廟慶典中提供表演活動，以往都是由醫師、護士上台唱首歌，聽說反應不太熱烈。今年社工張大哥知道我之前在樂團擔任主唱，想請我在晚會當中表演。我馬上想到妳，我們可以一起演出。」

「真的嗎？不過我完全沒有準備，也沒有帶服裝來呀！」在雲林的宮廟慶典活動中唱歌表演，是鄭宜敏作夢也沒想到的事。

「別擔心，服裝不重要啦！我們就唱好聽的歌，北極星和貓女合唱團主唱的實力，沒問題的！」

有了昨天的經驗，第二天的義診活動整個團隊駕輕就熟，合作無間。宜敏也很有語言天份，已經能夠用簡單的台語和老人家聊天，以溫暖的微笑關懷每一位長輩。

鄭宜敏注意到第二天服務的村落居民年紀更大，看了資料，大多都已經超過八十五歲，九十多歲的也有好幾位。除了比較瘦弱，看起來還算硬朗，不過有好幾位靜靜坐著，臉上幾乎沒有表情，問他們什麼名字，只是兩眼茫然的看著鄭宜敏，一句話也不說。

「他們怎麼都不理我？是不喜歡我嗎？」鄭宜敏有些沮喪的問護理師淑麗。

「不是啦，你仔細看看，他們不是不理你，也不理身邊的任何人，很奇怪嗎？他們其實失智了。」

「失智？」鄭宜敏驚訝的問。「原來和他們說話都沒有反應，不是因為不喜歡我，為什麼會失智呢？」這個名詞之前聽過，卻沒有想到會有這麼多失智的老人出現在面前。

「在高齡這個族群，失智很常見呢！」護理師淑麗招呼著好幾位行動遲緩、掛著尿袋的老人坐到椅子上。

「在台灣啊，六十五歲以上老人每十二人就有一人有失智症，若是到八十歲，則每五人就有一位失智者。這問題在鄉下地方更是嚴重，因為他們的子女或孫輩都已經離開家鄉到都市生活，大部分都不在身邊，許多人又有聽力障礙或尿失禁，不敢出門，缺乏外界刺激，讓失智的問題越來越嚴重。還好社區有舉辦各種活動，鼓勵老人家走出家門，一起吃午餐，就像小學生一起吃營養午餐一樣，下午吃點心、唱歌、下棋等等，不過……」淑麗看了看滿屋子老人，比起其他據點相對安靜，就像在屋子裡有一個口深邃的井，清靜無波，卻靜默得像聲音和歡樂都被硬生生抽掉了。「嚴重失智的老人家，我們能做的還是很有限……」

「醫生醫生！能不能幫阿公看一下？」門口出現一位黑皮膚，大眼睛的外籍看護工推著輪椅衝進來，用生硬的國語很著急地問。一位滿頭散亂白髮的老先生坐在輪椅上，表情痛苦的發出哀嚎，穿著睡褲，褲子上有一大攤血。

阿公在眾人的協助下從輪椅移至診療床。李凌嘉發現阿公的尿道一直淌血，下腹部鼓得像孕婦，血水一直從尿道滲出來，一會兒就將床單染成一片血紅。

「醫生，怎麼辦？」外籍看護工急得快要哭出來。「阿公昨天尿不出來，到診所裝尿管，昨天半夜很生氣，說尿管很不舒服，一直吵要拔掉，可是醫生說過阿公尿不出來不能夠拔，他就用力把尿管拉出來了，一直流血，也沒有尿，阿公一直叫，該怎麼辦？」

「好的，我來幫阿公處理。」李凌嘉轉身向護理師說：「拿大口徑的尿管，還有灌食空針，生理食鹽水。膀胱裡面現在應該塞滿了血塊。我先放尿管引流，再沖洗膀胱，將血塊沖洗出來。」

當尿管放進阿公的尿道時，阿公發出尖銳的哀嚎，雖然用屏風圍起來，大廳裡的老人聽到痛苦的叫聲還是一陣騷動，議論紛紛。雖然年紀大了，阿公極力抗拒，力氣還是很大，全身扭動，護理長和社工張大哥也壓制不住，李淩嘉束手無策，在這狀況下無法進行任何治療。

鄭宜敏忍不住衝進屏風，很溫柔的在阿公的耳邊說：

「阿公阿公，放輕鬆，譙代誌。」說著用手握住阿公。阿公眼神有些迷惘的看著鄭宜敏，情緒竟然緩和下來。

「妳是阿寶？」老人眼中有迷茫，又有一絲歡喜。「阿寶，你回來啦？」

鄭宜敏十分困惑，不知道該怎麼回答，不過看到阿公情緒比較穩定，就點點頭。

「阿寶妳怎麼這麼久沒有回來？」阿公反覆說這幾句話，李淩嘉趁這空檔已經將尿管放好，血塊也沖洗出來。老人家的眉頭舒緩，露出微笑。

「阿寶！阿寶！」當阿公被外籍看護工推出診療間的時候，依舊對著鄭宜敏叫喚。

「阿寶是誰？」鄭宜敏問。

「是阿公的女兒，四十年前就死了。」村長說。

「已經死了？」鄭宜敏和護理師淑麗幾乎是同時驚訝的問。

「難道，我長得像她女兒？」宜敏問。

村長仔細打量了一下。

「不是很像，不過，離開村子的時候年紀和妳差不多吧。她愛上隔壁村的年輕人，伊爸爸，也就是這位阿公反對，兩個人就偷偷到台北結婚了。阿公心情一直很鬱卒。後來阿寶很早就生病過世了。」

「阿寶過世前都沒有回雲林嗎？」淑麗問。

「聽說阿寶有生一個兒子，當年帶著先生小孩回鄉看阿公，阿公卻把他們痛罵一頓趕出去。唉！我還記得阿寶哭著離開村子，後來再也沒有回來了。這幾年阿公失智，每個年輕女孩都喊阿寶，以為是女兒回來看他。」

「唉！」好幾個人都在嘆息，卻不知道該說什麼。

「阿公阿公！」聽完了故事，鄭宜敏竟然匆匆地追了上去。這個時候外籍看護已經協助領了藥，正準備推著老人家離開。

「阿寶，阿寶！妳回來了！」阿公本來垂頭喪氣的臉抬起來，眼中又出現期盼的光彩。

「阿公，你要多吃東西喔，還有，尿管千萬不可以自己拔了，不然會痛痛。」鄭宜敏靠近老人家的耳朵，用生硬的台語參雜著國語輕聲的說，也不知道老人家是否聽得懂。

「阿寶，回來就好，回來就好！」老人家開心的握著鄭宜敏的手，久久不願鬆開。

李凌嘉、護理師、村長以及許多老人在旁邊默默看著。過了好久，鄭宜敏向老人揮手道別，回到活動中心，眼睛紅紅的。

「鄭小姐，妳的心地好，將來會有好報的。」旁邊有一位中年的婦女這樣說。

鄭宜敏一句話也不說，只微笑點頭。

當李凌嘉診治完最後一位患者，一行人將東西整理好，上了車，村長和村民揮手道別。

還有一群失智的長者坐在輪椅上，臉色木然的看著他們。

「謝謝醫生！謝謝護士！謝謝大家，金多蝦！」村長帶著村民大聲喊。

他們也將中型巴士的窗口打開，用力地揮手。

車子開動，大夥的心情變得輕鬆，因為義診圓滿完成了。

只是鄭宜敏依舊不說話，複雜的情緒掛在臉上。

「怎麼了？」李凌嘉關心的問。「這兩天辛苦妳了，是不是太累了？」

「不，並不累，只是……」

「怎樣？」

「我也說不上來，或許有些依依不捨吧。」

「理解。」李凌嘉牽起她的手，捏了一下。

「對了，今天晚上有演唱，還沒有準備耶，怎麼辦？」宜敏忽然想起來。

「對啊！今天晚上我們醫院的表演節目就看兩位的囉！」淑麗興奮的轉過頭來。「我們早就聽說李醫師是醫學院有名的合唱團主唱，後來才聽說鄭小姐你們也是唱歌認識的，真的太好了！」

「不過，不曉得這是什麼樣性質的活動？從來沒有參加過耶，有點緊張。」宜敏說。

「不用緊張，」社工張大哥說。「我們鄉下村民很純樸，只要認真的表演，都會給我們鼓勵的啦！」

「那麼，可以唱流行歌曲嗎？」

「當然可以！」旁邊另外一位年輕的護士小姐說：「雖然觀眾中老年人比較多，不過也有年輕人，好聽的歌大家都會喜歡的啦！」

聊著聊著，車子抵達醫院。淑麗和張大哥熱情邀請兩位一起用餐。

「謝謝大家，不過今天中午我想帶鄭小姐到北港吃當地小吃，還有欣賞一下附近風景點。」

「對啦對啦！」護理師淑麗說。「也真是的，這次鄭小姐幫這麼多忙，老人家也好喜歡她，李醫師應該好好帶鄭小姐在附近好好玩一玩，只可惜我們下午還要上班，就不耽誤你們兩個人相處的時間嘍！」說著淑麗眨眨眼睛，大家也都心領神會。

「好喔！謝謝大家，那我們今晚見！」

李凌嘉和鄭宜敏騎著摩托車噗噗的離開醫院。義診任務結束，兩個人真正放鬆下來，小小的摩托車，就是兩個人的天地。

「要帶我去吃什麼？」宜敏好奇地問。

「妳從來沒吃過的東西呀！」

「沒吃過？」鄭宜敏說。「不會吧，雖然在台北市長大，不過我超愛吃小吃，全省各地的小吃台北都有啊，像台南的擔子麵跟棺材板、台中的太陽餅、彰化肉圓，我都吃過。」

「等一下妳就知道囉！」李凌嘉賣個關子。

摩托車進入北港鎮，人車越來越多，李凌嘉將車停妥，牽起鄭宜敏的手步行，身邊的人潮越來越多，越來越擁擠。

「哇！這是鄉下嗎？怎麼人比台北市東區還要多？」鄭宜敏緊緊抓住李凌嘉的手，深怕被人潮衝散。

「這裡是北港朝天宮啊！全台灣香火最鼎盛的廟宇之一喔！」

兩個人在廟宇附近低矮屋簷下的小攤子前停下來。那看起來毫不起眼，有些破舊的攤位，竟然塞滿了人，不但沒有位子坐，連站的空間也沒有。一旁還有十幾位民眾排隊等候。

兩人頂著太陽，大約等了三十分鐘，才在攤子一角找到位子。

「兩個麵線糊，加蛋清。」李凌嘉熟練的點餐。

「麵線糊？真的沒吃過也沒聽過耶！」鄭宜敏不可置信地看著一碗碗煮的稀爛、平凡無奇的麵條端上來，無法想像這就是讓這麼多顧客排隊的美食。

「這就是麵線糊？」鄭宜敏的表情有點尷尬。「雖然我不太會煮東西，不過這個麵線看起來是不是煮過頭，煮太爛了？」

「煮太爛？呵呵！也可以這麼說啊，不然怎麼叫做麵線糊？」看到鄭宜敏疑惑的表情，李凌嘉笑得很開心。

接下來看到價格——

「十五元！天哪，我有沒有看錯，怎麼可能有這種價錢?!」宜敏忍不住說。不過當吃下第一口麵線糊的時候，又驚訝得合不攏嘴。

「好吃！這怎麼可能？從外觀無法想像這麼好吃。」鄭宜敏不可置信的打量碗裡面的食物，睜大了眼想仔細分析。「就是麵線煮得太久煮化了，加上一些肉燥，為什麼會這麼鮮美呢？」

「很驚訝吧！聽說是麵店的主人一片孝心，擔心年邁的父母牙口不好無法咀嚼，刻意將麵線煮爛，沒想到入口即化，鮮美無比，我想美味的祕訣應該就是樸實無華，真材實料。宜敏，妳不覺得嗎，這世界上很多的事就像料理，太多的裝飾和調味，反而失去原來的味道。」

「嗯嗯……」鄭宜敏很專心的將麵線糊吃的一點兒都不剩。

「想再來一碗耶！」

「且慢，要保存戰力，我帶妳吃下一攤，也是北港非常有名的：煎盤粿。」

「煎盤粿？有名嗎？怎麼從來沒有聽過。」

穿過擁擠的人群，他們轉入一條小巷，這次宜敏有了心理準備，看到排隊的長龍不再感到意外。只見一對年輕的夫婦在火爐前忙進忙出，往巨大的鐵盤上澆油，再將一塊塊白色米糕放上去煎，高溫炸得吱吱作響，濃郁的香味瀰漫在空氣當中，此外還有香腸、米腸，也在鐵盤上翻滾、跳舞，發出誘人的香氣。攤位後方有一位駝背的老婆婆，看起來年紀不小了，不過非常熱心的招呼客人，整理餐具。

「我要兩份綜合，加上豬血湯。」李凌嘉依舊熟練的點餐。餐點端上來，煎得又香又脆的煎盤粿，香味特殊的香腸，還有滷得又Q又軟的大腸，淋上特製的醬汁，甜甜鹹鹹，還有強烈大蒜香氣。

「哇！這個也超級好吃，之前從來沒吃過，這個不是菜頭粿嗎？」宜敏邊吃邊讚。

「這個叫做『煎盤粿』，和我們熟悉的『菜頭粿』同樣是米製成，不過這個沒有加菜頭、油蔥或任何配料，算是很樸素的料理吧！」

「什麼配料都沒有加，竟然這麼好吃！」宜敏嘖嘖稱奇。

「好吃的祕訣就在於食材新鮮，老闆料理的功力，還有就是特製的香腸和醬料。」

「這麼說來，每家的口味都不太相同囉？在台北真的沒有吃過……」

「是啊！北港有許多家著名的煎盤粿，口味不同，也有不同的支持者。這是當地人最愛的早餐了。」

「早餐？早餐吃這些會不會太油膩呀？」

李凌嘉笑了。

「對都市上班族而言或許份量多了點，不過對早期農業社會，一頓豐盛的早餐，可以提供一整天的熱量和精力呀！」

「說的也是。」宜敏點點頭。

「還吃得下嗎？還有許多特色小吃喔？」

「吃不下了。」鄭宜敏求饒的說：「真的很好吃，可是，我沒辦法參加大胃王比賽呀。」

李凌嘉看著宜敏纖細的身材，笑了。

「多住幾天，一攤一攤吃下去，包準讓妳胖三公斤……」

「我不要！」鄭宜敏嚇到尖叫。

兩個人回到熱鬧的大街，朝天宮前面的中正路人潮依舊擁擠，有各式各樣的攤販，當地的特產，有花生、麻油等等，鄭宜敏忽然停下來，拉著李凌嘉的手，說：

「凌嘉，我想做一件事，你要陪我。」

「什麼事呢？」

「我想進去廟裡參拜。」鄭宜敏認真的說。「我們就在朝天宮門口，我一直好想進去，向媽祖娘娘求……結果你帶我走過來穿過去，一直帶我吃，我又不是豬！」

李凌嘉大笑起來。

「好，我們趕快去拜拜。」李凌嘉邊走邊介紹：「朝天宮已經有三百多年的歷史，妳看，這附近的老街都是以廟宇為中心，向外輻射狀延伸的。」

他們來到朝天宮門口，莊嚴巍峨，雕梁畫棟，古色古香。他們買了香燭，朝天宮裡香客摩肩擦踵，好不容易才擠進大殿，鄭宜敏將線香高舉，向媽祖娘娘恭恭敬敬地上香敬拜。口中喃喃祝禱。

「宜敏，妳說要向媽祖娘娘求，求什麼？」離開了天后宮，李凌嘉忍不住問。「很多年輕人來到這兒，都是走馬看花，很少像妳這樣虔誠。之前有拜佛？」

「我也不知道耶！我的爸爸媽媽都不信神，也從來沒有帶我拜拜。可是這幾天和你一起到鄉下義診，看到那麼多需要幫助的老人家，我有種很強大的感動，忽然想要向媽祖娘娘說話，我想向祂求……」說著說著，鄭宜敏的臉突然漲得通紅，有點激動。

「求什麼？」

「我想求……」鄭宜敏說到一半，卻硬生生停了下來，隔了一會，輕輕說：「不能告訴你。」

李凌嘉看了看手錶。「距離晚上表演還有一段時間，我騎車，帶妳到我最喜歡的景點走走。」

兩人騎上摩托車，順著鄉間的小路離開人潮洶湧的北港朝天宮。兩旁的房屋越來越少，稻田越來越多，大地再次寬闊了起來。

李凌嘉載著鄭宜敏一直朝太陽的方向前進，好像在追一顆紅色的火球，隨著夕陽向海平線狂奔。緊湊的義診行程已經完成。此刻，兩人有完全放鬆的感覺。這片綠野、藍天，甚至田中翩翩飛起的白鷺鷥，都是屬於他們的。

耳邊的風越來越強勁，兩邊的魚塭越來越多，鄭宜敏知道他們正朝著海邊前進。

車子在一大片水域旁停下來，太陽從西邊將耀眼的金光灑在水面上，讓人無法逼視，一群一群的水鳥在水面上上下下飛躍，好像在覓食。而遠方有好幾隻雁鴨悠閑散步。

「哇！好美，這是大海嗎？」鄭宜敏驚訝的問。

「傻丫頭，我們確實在海邊，不過妳有看到海浪嗎？」看著鄭宜敏是這樣的天真無邪，李凌嘉忍不住搓揉她的頭髮，把它弄亂，不過海風很快就把那凌亂的頭髮吹平了。

「對耶，怎麼這麼平靜，就好像鏡子一樣，那麼，這是湖嗎？」

「這裡是『成龍濕地』，既不是海也不是湖，而是大自然神奇的力量形成的。」牽著鄭宜敏的手緩緩從小徑走進濕地，彷彿走進湖的中央。夏日的黃昏已經不再這麼炎熱，海風輕輕柔柔。

「這原來是海邊的土地，有稻田或是農家，你看還有電線桿。」鄭宜敏仔細看，果然在水中央還可以看到幾隻歪歪斜斜的電線桿。「原先都是口湖鄉賴以為生的耕地，因為地勢比較低，加上長年超抽地下水，導致地層下陷。

終於有一年颱風引發海水倒灌，就變成無法耕作的濕地了。不過很意外的，反而形成新的生態圈，有水生植物，還有成千上萬的候鳥在這裡駐足棲息。」

順著李凌嘉的手指看過去，鄭宜敏對各種植物和鳥類的種類沒有那麼感興趣，只是牽著李凌嘉的手，默默將頭靠在他胸前。

「李凌嘉，這景色好美，美到讓我害怕。」宜敏的聲音有一點顫抖。

「害怕？為什麼？」

鄭宜敏不回答，只是沉默的搖搖頭。他們沿著小路走，在路旁一張位置絕佳的椅子上坐下來，正對著一大片的濕地。又大又重的夕陽掛在海平面，整片成龍濕地映襯著晚霞，呈現艷紅、粉橙、亮橘絢爛的色彩。飄在海上的雲快速移動，才一瞬間，就在天空排列出變幻莫測的渲染圖案。

「宜敏，謝謝妳來雲林看我，還幫忙義診活動。妳知道，回故鄉義診對我意義很大。」李凌嘉誠懇的說。

「不要這麼說，我什麼也不懂，也幫不上什麼忙。我只是，我只是陪著你。」

「沒想到妳這麼受歡迎耶！很有人緣，好多婆婆媽媽都說，妳下次還要再來。」

「下次？也不知道還有沒有下次……」鄭宜敏搖搖頭，眼睛失神看著不知名的遠方。

「宜敏，為什麼要這麼說？妳看起來有點悶悶不樂，是不是有人對妳不好？或者，是我對妳疏忽了什麼？」

「沒有沒有，你們每一個人對我都好好！包括阿嬤、可愛的阿義、醫院的工作人員，甚至萍水相逢的村民，每個人對我都好好，我太感動了。」鄭宜敏熱切地說，眼中卻湧出淚水。「為什麼要對我這麼好？我從小到大，幾乎沒有人對我這麼關心，對我這麼重視。」

「宜敏，妳是熱心又善良的好女孩，當然我們也會真心對待妳呀！」

「可是我不值得！我是老師和同學眼中的壞女孩，你知道嗎，我蹺家、逃學，我還……我還做過很不好、很不好的事，沒有人會瞧得起我的。」鄭宜敏說著說著，哭了起來。李凌嘉呆在那裡，不曉得該怎麼安慰。「李凌嘉，我喜歡你，聽說你要回到故鄉義診，我天真的想跟隨著你來，看看你的家鄉，看看你的工作，看能不能幫你的忙，來了之後，卻發現我們其實是兩個不同世界的人。」

「宜敏，不要一直否定自己，別忘了妳只有十七歲，可以回到學校把高中唸完，再唸個大學。」

「唸大學。」鄭宜敏睜大紅腫的雙眼，綻放出前所未有的光彩，好像忽然在黑暗當中看到曙光：「你說，有一天，我也可以上大學？」

「當然！」李凌嘉將她擁進懷裡。「傻孩子，妳還年輕，又這麼有音樂天份，可以回到學校把書唸好，進大學，同時發揮音樂才華，妳有無限的可能啊！」

李凌嘉捧起鄭宜敏的臉，成龍濕地沒有任何人聲嘈雜，卻有蟲鳴和鳥兒的喧譁，鄭宜敏在夕陽的映照下，兩頰通紅，水汪汪的大眼看著他，長髮在海風中微微的輕輕搖擺。

「宜敏，你好美！」李凌嘉說。

鄭宜敏輕輕閉上雙眼，一滴淚珠還掛在長長的睫毛上，李凌嘉再也無法抗拒，將雙唇輕輕的貼上她的紅唇。

兩個人這幾個月以來的緊張、愛慕、狂戀、痛苦，通通釋放在這深深的一吻。鄭宜敏先是害羞，有些驚慌的迎接著李凌嘉的唇，繼而全身顫抖，用雙手緊緊抱住李凌嘉的肩膀，用最原始的熱情回應他的吻。

李凌嘉貪婪的探索鄭宜敏的雙唇，細細親吻她的鼻子、她的雙頰、耳朵，吻遍她的脖子，最後鄭宜敏全身就像著了火，在成龍濕地的夕陽底下慵懶而毫無抵抗的依偎在李凌嘉的胸前。

過了好久好久，李凌嘉再次低頭深情一吻，說：

「鄭宜敏，我喜歡妳……」

「李凌嘉，我等你這句話已經好久好久了，好像等了一輩子。」

兩人不再說話，李凌嘉牽起鄭宜敏的手，順著原路走回去，初夏的夕陽將兩個人的影子拉得好長好長。

「對了，晚上有表演。還有一點時間，我們回家換件衣服。」李凌嘉說。看看自己，在雲林夏天的烈日下忙了一天，身上深色的衣領甚至沁了白色的汗水結晶。

「哎呀！都忘了商量曲目了，總不能上台開天窗呀！」鄭宜敏還沉醉在剛才溫馨甜蜜的片刻。想到晚上的表演，著實嚇了一跳。

「別擔心，」李凌嘉輕鬆的說。「晚上搭配的是之前合作過的江老師，一台電子琴就可以做出所有音效。已經和他電話聯繫，就演唱妳最拿手的〈三天三夜〉。」

「〈三天三夜〉？在雲林的廟會活動，這樣適合嗎？」

「哈哈！沒問題的，我想妳可能對廟會活動有些誤會喔，難道只能唱台語老歌嗎？無論如何，我們只要把最好的歌聲呈現出來就可以了。」

兩人騎上機車，晚霞將天空渲染出一片燦爛的艷紅。

遠遠就看到阿義小小的身影坐在門口，鄰居的小黃狗和小花狗竟然也在門口陪阿義等待。

「嘟嘟，漂亮姐姐，你們終於回來了，我和阿嬤等一整天囉！」

看到阿義臉上因為開心而扭曲的笑容，手和腳仍是髒兮兮的，李凌嘉心中感到有些愧疚，應該多花點時間陪伴阿義的。

「阿義乖，你看，姐姐幫你買了什麼？」鄭宜敏從他的包包裡掏出一個小絨布娃娃，阿義眼睛整個亮了起來。

「好棒！『角落生物』，我好喜歡！好喜歡！」阿義又蹦又跳，因為一側肢體無力而跳不高，不過還是用不協調的姿勢，很努力的表達心中的開心。

李凌嘉微笑了，這才知道中午在北港逛街的時候，宜敏特地停下腳步在路邊小攤買絨布娃娃的原因。真是善良又細心的女孩。

「角落生物」是什麼？阿義和宜敏知道，自己卻完全沒有概念，凌嘉很想知道，卻又不好意思問。

「嘟嘟，趕快進去吃飯，阿嬤在等。」阿義催促他們。

進入家門，阿嬤已準備好一桌香噴噴的菜餚。

「謝謝阿嬤，但是今天晚上我和宜敏要代表醫院到廟會表演。表演前是不吃東西的。」李凌嘉歉然的說。

「噢！那我幫你們準備幾個刈包，隨便吃幾口，不吃東西怎麼可以？總會餓啊！」

鄭宜敏衝進房間換衣服。李凌嘉則拿起一個夾著酸菜、焢肉的刈包，貪婪吃起來。

「哇！阿嬤，這刈包真的好好吃！」一口咬下，肉汁從他的嘴角滴出來。

「那當然，酸菜和焢肉都是自己做的喔！」阿嬤有一點得意的說。「記得幫鄭小姐準備一個。」

「嗯。」李凌嘉拿起一個放進塑膠袋。

「阿嬤，剩下的菜就等晚上我們表演結束後再回來吃嘍，我答應，一定吃光！」

才五分鐘，鄭宜敏已經換好衣服從房間裡衝出來。她換上一件鵝黃色的T恤，下襬超短，露出一小截雪白纖細的腹部腰身。搭配藍色牛仔短褲，那短褲點綴著許多破洞，讓美麗的臀部曲線若隱若現。裸露的手臂和小腹有之前燙傷的疤痕，還好在夜間看不清楚。

「姐姐姐姐，妳的褲子破了，趕快脫下來，讓阿嬤幫妳補。」阿義非常擔心的看著這件短褲，以為是不小心弄破，會挨罵的。

「阿義不要擔心，姐姐的這個褲子不是弄破的，而是買來的時候……就是破的。」宜敏笑著想解釋，卻發現一時還真不容易說清楚。

「宜敏，你穿這件短褲真是好看！」李凌嘉讚賞的說。

「還好啦，我想天氣這麼熱，短T恤和短褲會涼爽一些，不過這幾天的工作場合，我想不適合吧。」兩個人一起笑了起來。穿著有破洞的短褲，阿公阿嬤應該也會尋找針線，想幫忙補一下。

「我們要出發了，晚上的表演不能遲到啊！」李凌嘉說。

「我也要去我也要去！嘟嘟和漂亮姐姐要表演，我也要去看。」看到他們要出門，阿義大聲地抗議，用手緊緊抓著鄭宜敏的小腿不放。

「怎麼辦？」李凌嘉求救的看著阿嬤。「我們只有一台摩托車。」

「沒關係呀，我可以站在摩托車前面。」阿義說。

李凌嘉遲疑了，一台摩托車，兩個成人前面站著一個小孩，在鄉下其實很常見，也不見得會被警察開罰單，不過，畢竟有安全上的顧慮。

「這樣好了，和隔壁借一台車，我載阿義過去。」阿嬤說。「說真的，我也很想看你和鄭小姐的表演。」

阿義興奮得跳起來，一直用力拍手。

「好棒好棒！我們一家人都要去看表演！」

李凌嘉看到阿義興奮、歡呼的樣子，心中感到溫暖。這孩子將自己還有鄭宜敏都當作一家人了，忽然想起，這「一家人」都經歷過一般人無法想像的傷痛。

不過只要有愛，只要有心，善待彼此，還是可以有家人般的幸福和溫暖。

四個人分乘兩台摩托車，在廣漠土地的公路上前進。天色已經全暗，此時看不見兩旁的稻田，也看不見遠方的海岸線，只能看見兩旁的行道樹以規律的節奏向後移動，聽見風吹過樹葉發出沙沙的聲音。

遠遠的，從一片闃黑中出現了一個亮點，隨著摩托車行進，那光點越來越大，原來是數百、數千顆燈泡組成的舞台，將寺廟前的廣場照耀得就像白天一樣。

「我們到了！」李凌嘉和阿嬤把車停好。這是一個很大的廣場，廟宇在夜空當中被燈光照耀得金碧輝煌。廣場中央搭起一個高大的舞台，台下密密麻麻擠滿了人，台上一對中年男女用流利的台語說笑話，搞笑功力一流，每說兩句，台下的觀眾就一陣爆笑。

「哇！烤香腸，我好想吃！」鄭宜敏興奮大叫，顯然被小吃攤吸引住了。有人潮就有攤販，廣場的周圍有烤香腸、炸熱狗、豬血糕等各種攤販。

「哎呀！快來不及了！」李淩嘉拉著鄭宜敏的手小跑步，「我有幫你準備了刈包，等一下給妳吃。」

「可是，我真的好懷念好香腸的味道，現在台北這種烤香腸的攤販越來越少了。小時候，爸爸帶我逛夜市，都會買給我吃。」鄭宜敏說著，眼光仍離不開那冒出白煙，炭火上烤著吱吱作響的艷紅色香腸。

「好好，我們先去買香腸。」李淩嘉笑著說。

就在這個時候，忽然聽到一聲大喊：「李醫師！」

回頭一望，是社工張大哥和護理師淑麗，他們都滿身大汗，從人潮當中擠出來。「總算找到你們了，再十分鐘就輪到醫院表演，好擔心你們趕不及，會開天窗。」

「李淩嘉，你來了，還有鄭小姐，你們來了就好，來了就好。」跟在張大哥後面從人群中冒出來的，竟然是院長！脫下醫師袍，換上輕便的上衣和牛仔褲，看起來整整年輕了十歲！大概一起幫忙到處找人，此時也是氣喘吁吁。

「院長，淑麗，張大哥，不好意思，我們來晚了。馬上準備！」

買香腸只好作罷。張大哥帶他們到舞台後方準備。李淩嘉的電吉他昨天就已經拿到醫院，由工作人員帶到舞台。

「這一位是卡拉ＯＫ江老師，你們去年也合作過。」張大哥說。

江老師是一位五十多歲頭髮花白的男子，穿了一件色彩鮮艷的夏威夷花襯衫和迷彩短褲，雖然眼角有許多細紋，不過笑容迷人，一看就是音樂人的風格。

「〈三天三夜〉，大哥，就麻煩你了！」李凌嘉伸出手和他緊緊一握。

「沒問題！」江老師爽快的說。「不過，這首是張惠妹的歌，你要唱？」老師帶著懷疑的眼神。

李凌嘉笑了。

「對了，忘了跟您介紹，這位是鄭小姐，是我的好朋友，這次一起幫忙義診活動。今天晚上由她主唱喔！我擔任合音。」

「喔！鄭小姐您好，」老師笑著與鄭宜敏握手：「好漂亮的小姑娘，一看就知道很會唱歌！」

「老師好！沒有啦，我唱歌只是好玩。」看到台下那麼多觀眾，又是不熟悉的舞台，鄭宜敏的表情有些緊張。

「其實鄭小姐在台北一家餐廳有固定表演，有很多粉絲喔！」李凌嘉說，一邊握緊宜敏的手，為她打氣。

「那太棒了，等一下就看你們的！」老師說。

「樂團還有其他人嗎？」鄭宜敏左看看右看看，好像並沒有看到其他樂手。

老師和李凌嘉一起大笑。

「世界級大樂團，包括一流的keyboard，小提琴，貝斯，爵士鼓，全部都在老師的手指和電子琴裡頭啦。」李凌嘉說。

「哇！老師好厲害。」鄭宜敏不可置信的張大嘴。

舞台上有六個穿著迷你短裙的少女勁歌熱舞，台下的觀眾看得目不轉睛。

這時候，社工張大哥向他們招招手，準備做上台前的準備。

「各位鄉親父老兄弟姐妹，剛才『南台灣水姑娘舞團』的表演精不精彩？」少女們舞蹈結束，主持人再次站上舞台。

「精彩！」觀眾的反應甚至比星球老爹餐廳還要熱烈，夾雜著口哨聲。

「大家攏戆，老人家年歲大了，難免會有慢性病、高血壓、糖尿病，還有筋骨酸痛，這個時候，愛去看瞎郎呀？」主持人依舊活力十足的和觀眾互動。

「醫生！」觀眾很捧場的回答。

「對了！看醫生，你們以為醫生只會看病、開刀嗎？其實醫師多才多藝，也很會唱歌喔！接下來讓我們歡迎我們雲林天慈醫院，這兩天特別支援偏鄉義診的帥哥李凌嘉醫師以及他的夥伴——鄭宜敏小姐，為我們帶來下面這首歌曲……」

主持人說到這裡停頓，好像卡住了，李凌嘉這才想到，要唱的歌單還沒有告知主持人。

「〈三天三夜〉！」李凌嘉索性拿起麥克風，牽著鄭宜敏的手和樂隊老師一起衝上舞台。

李凌嘉抓起電吉他，樂隊老師一點頭，馬上就彈奏起那活力十足的前奏。

鄭宜敏抓起麥克風，那極具穿透力的嗓音一唱，配合李凌嘉電吉他蹦出來的強烈節奏，馬上讓現場的觀眾——不管是年輕人、中年人，甚至拿著拐杖的老人家一起拍著手、跺著腳打拍子。

鄭宜敏越唱越 High，李凌嘉也加入合音，整個廣場上的聽眾跳著、尖叫著，他們發現，雲林鄉下觀眾的熱情竟然超過之前表演過的任何地方。他們陶醉了、沉醉了，沉醉在自己的歌聲、歌詞的魅力、音樂的狂放，還有人與人之間，最真誠互動的感染。

一首唱畢，李凌嘉拉著鄭宜敏的手向全場觀眾深深一鞠躬。

「讚啦讚啦！」觀眾一邊鼓掌一邊大喊，有人拇指和食指伸進嘴裡吹出尖銳的的口哨，大喊：「再來一首，再來一首——！」

鄭宜敏看著李凌嘉，兩個人的眼神都在說：怎麼辦？沒有準備另外一首，更沒有和樂隊老師彩排過。

李凌嘉正打算回絕，沒想到鄭宜敏拿起麥克風，向全場觀眾說：

「各位鄉親大家好，我的名字是鄭宜敏，非常榮幸有機會和李凌嘉醫師代表天慈醫院在這裡為各位表演。這是我第一次來到雲林，台語說的不輪轉，還請大家見諒。」

鄭宜敏親切的口白，落落大方的態度，勻稱纖細的體態，早就博得大家的好感，話一說完，台下大聲鼓譟：「不會啦！不會啦，歡迎來雲林！」

又有人大聲吹了尖銳的口哨。

「漂亮姐姐，我愛妳！」

人群中有一個童稚的聲音大聲叫喊。往台下看，才看到阿義在阿嬤的身邊，在前面幾排揮著手，開心興奮的大叫，全場都笑了。

「漂亮姐姐我也愛你！」竟然有人學著阿義一起叫喊。

「這次來到雲林，我學到很多，雖然什麼也不懂，但跟著李醫師，還有天慈醫院的服務團隊，能貢獻一點點心力，我非常開心。謝謝你們給我這樣的機會，讓我服務。」鄭宜敏充滿感激的看著台下熱情的觀眾，又回頭看了李凌嘉。

「下面我想為各位唱一首歌，獻給你們，也獻給愛我，以及我愛的人，這是我很喜歡的一首歌，五月天的──〈不願讓你一個人〉。」

李凌嘉呆住了，沒想到是這首歌！當初在星球老爹餐廳，因為無法面對和姿倩的過去而情緒崩潰的這首歌，竟然在這個場合，鄭宜敏要再一次演唱。

「一人樂團」江老師身經百戰，這首曲子當然難不倒他。當全場熱烈的掌聲稍微停息，〈不願讓你一個人〉那溫柔的鋼琴前奏馬上切進。

忽然有一股強烈的電流穿過李凌嘉全身，他發現這首歌已經有不一樣的意義。曾經讓他想到母親離世前的痛苦煎熬，更想到姿倩的背叛，但是在這一刻和鄭宜敏合唱〈不願讓你一個人〉，那痛苦的感覺消失了，取而代之的是一種溫暖，自己真的不再孤單。那牽絆彼此的是──愛！

我不願讓你一個人　一個人在人海浮沉
我不願你獨自走過　風雨的時分
我不願讓你一個人　承受這世界的殘忍

李凌嘉牽鄭宜敏的手，用溫柔、溫暖的歌聲唱〈不願讓你一個人〉。就在千百位群眾面前，就在燈光照耀的像白天一樣的寺廟前搭起的舞台，兩個人第一次用音樂，用歌聲，用愛，緊緊聯繫在一起。

歌唱完了，李凌嘉和鄭宜敏在舞台上深情對望，音樂老師將最後個音符拉得很長，但是兩個人依舊一動也不動，直到樂聲結束，全場熱烈的掌聲，才將兩個人從如癡如醉的深情裡驚醒過來。

「再一首！再一首！」台下觀眾內心的溫暖被點燃了，每個人都可以感受到音樂散發出來的慰藉、兩情相悅的幸福，「再一首！再一首！」觀眾高聲叫喊，期待更多的音樂來照亮整個夜晚。

「各位鄉親！金多蝦！很抱歉，我們唱的不好，也沒有準備更多的歌，如果你們還想再聽，我們就唱，你們還想聽嗎？」

「想——！」全場再度沸騰，「再一首！再一首！」

「各位喜歡五月天嗎？」李凌嘉問。

「喜歡——！」口哨聲，掌聲。

「請問老師，五月天的〈離開地球表面〉這首歌ＯＫ嗎？」李凌嘉問。

「沒問題！」江老師做出ＯＫ的手勢，只見老師食指在電子琴上播了幾個開關，雙手再次落在鍵盤上，舞台兩側的重低音喇叭馬上爆發激揚的節奏，〈離開地球表面〉其實兩人沒有彩排過，但都是兩個人再熟悉不過的曲子。

一顆心噗通噗通的狂跳　一瞬間煩惱煩惱煩惱全忘掉

我甩掉地球　地球甩掉　只要越跳越高

這首快歌，再次讓全場的觀眾情緒激昂。

阿嬤帶著阿義坐在舞台前方，充滿驕傲，也充滿感動。沒有想到這個從小帶大的孩子音樂表現也這麼傑出。

這孩子不但成績好，從小也喜歡音樂，但沒有多餘的錢栽培他學音樂。那把電吉他，還是李凌嘉十七歲那年吵了好幾個月，才省吃儉用買給他的。

要是他媽媽看到，不知道有多高興。阿嬤心中忍不住這樣想，內心有些酸楚，眼中含著淚水。但隨即振作起來，跟著全場的觀眾一起為李凌嘉還有鄭宜敏打拍子。

「阿嬤阿嬤，我肚子餓了，要去買烤香腸。」阿義用力拉著阿嬤衣角。

「好啦好啦，但是人這麼多，很難走出去啊！」阿嬤看著一層又一層的人牆，很為難的說。

「阿嬤，我可以自己去買的，烤香腸就在旁邊。阿嬤，我肚子好餓！」阿義說著說著，竟然哭了起來。

阿嬤知道他一定很餓了。因為趕晚上的表演，晚餐煮好了放在桌上幾乎都沒有吃。自己的膝蓋不好，走路不方便。也沒錯，阿義身材比較小，在人群之中容易穿梭。

遲疑了一會兒，阿嬤從口袋中掏出一百元紙鈔。

「買了趕快回來。」

阿嬤看著一跛一跛的身影消失在人群中，唉，這孩子也慢慢長大了。阿嬤心中感嘆著。

李凌嘉和鄭宜敏在舞台上又蹦又跳，像兩個指揮家，揮舞雙手，帶領全場的觀眾：老人、小孩、阿公、阿嬤一起跳動，一起唱歌。兩人滿臉都是汗水，髮絲一根根的黏在臉頰上，但是笑得好開心，全場的觀眾也都沉醉在節奏當中。

唱畢，熱烈的掌聲久久沒辦法停息。

「讓我們以最熱烈的掌聲謝謝天慈醫院的代表——李醫師還有鄭小姐，謝謝他們兩位精彩的演出！」主持人高聲的喊。兩個人就在如雷的掌聲中走下舞台。

「凌嘉，鄭小姐，沒想到你們這麼會唱！」阿嬤笑咪咪地迎接他，「我膝蓋關節不好，要不然也想跟著你們的音樂一起跳了。」

「謝謝阿嬤！」鄭宜敏開心的說。還有些喘，掏出手帕擦拭滿臉的汗。

「阿義呢？」李凌嘉問。阿義通常都是黏在阿嬤身邊的。

「十分鐘前跟我說要去買香腸，給他一百塊錢自己去買了，咦！現在還沒回來。」阿嬤開始有點擔心：「會不會找不到我們？阿嘉，幫我看看阿義跑哪裡去了？」

兩人攙扶著阿嬤，好不容易離開舞台前方一層又一層的人牆，廣場的周圍有許多攤販——烤玉米、棉花糖、烤香腸，都沒有看到阿義。

時間一分一秒過去，依舊沒有阿義的身影，內心越來越焦慮。

阿嬤走不快，李凌嘉讓宜敏陪阿嬤留在原地，自己飛奔在廣場的每一家攤販之間。

「請教一下，剛剛有沒有一位走路不太方便的小朋友來這邊買香腸？」李凌嘉詢問烤香腸的攤販。

「有啊！」賣烤香腸的阿伯停下手邊的工作，「剛剛買了兩隻烤香腸，說要分給阿嬤吃，我還稱讚他好乖，現在不知道到哪裡去了。」

「怎麼辦？阿義會不會回到舞台找我們了。」阿嬤越來越焦急。「怎麼辦？萬一走丟了就糟了。」

「阿嬤，不要擔心啦，我們慢慢找。應該不會出什麼問題。」宜敏這樣安慰阿嬤，其實心中也非常焦急。人這麼多，到哪裡找阿義？

「啊！凌嘉，在那邊樹下的是不是阿義？」宜敏眼力好，遠遠看到隔著一條馬路，在廣場對面亮著一排燈，是打彈珠抽獎的攤位，圍著許多小孩玩遊戲，其中有一個蹲在地上的，好像就是阿義。

「阿義喔！阿義——！」隔著一條馬路，還等不及走近，阿嬤就放聲大喊。那個蹲在地上的小孩聽到聲音便抬起頭，果然就是阿義。

「阿嬤！嘟嘟！姐姐！」阿義歪歪斜斜地站起身，左手拿著兩根香腸，其中一根已經咬了一半。

阿義看起來好開心，雖然行動不方便，還是一拐一拐的，以最快的速度向他們衝過來。

在這同時，沉重轟隆轟隆的引擎聲從遠方快速接近。李凌嘉看到一輛貨車，竟然沒有開大燈，就在黑暗中從鄉間道路向他們疾駛過來。

「阿義小心——！」鄭宜敏大聲叫喊。

碰——！鄭宜敏的叫聲硬生生被巨響打斷。

阿義小小瘦弱的身軀就像紙片一樣，被貨車撞上後呈拋物線飛出去。

「阿義——！」阿嬤和鄭宜敏淒厲的尖叫聲劃破整個夜空。

「撞到人了，撞到人了啦！」不知是不是故意的，那一輛沒有開燈的貨車繼續加快速度向前開去。旁邊的村民驚覺出了事，一群年輕力壯的人一邊大吼，一邊追趕貨車、拍打車窗，甚至用石塊丟擲，好不容易才讓貨車停下來。

李凌嘉和鄭宜敏以最快的速度衝過去。就在撞擊點約十公尺外的路邊草叢，阿義小小的身軀躺在地上，渾身是血，一動也不動。

身軀癱軟扭曲著，額頭撞破了一個洞，汩汩淌著血，萎縮的右手壓在身體下面，那原本可以正常使用的左手被不知名的尖銳物削斷，只剩下殘缺的斷肢垂在身邊。

李凌嘉心中劇痛，因為那斷掉手臂的血並不是用噴的，代表——阿義的心臟可能已經停止跳動。

李凌嘉渾身顫抖，跪下來檢視阿義。孩子沒有呼吸，也摸不到心跳。

「這孩子走了，唉，真可憐！」阿義身邊圍了一大群人，不知道是誰嘆著氣冒出這一句。

「啊——！」撕心裂肺的尖叫！阿嬤這時候已經趕到，看到阿義扭曲殘缺的身體躺在草地上，尖叫哭喊著撲倒在地上。鄭宜敏扶著阿嬤，眼淚狂流，一句話也說不出來，不知道該怎麼辦。

「宜敏，麻煩妳用這條腰帶綁著阿義斷掉的手臂，我要做CPR。」說著李凌嘉將褲子的腰帶解下來。鄭宜敏沒有受過訓練，不知道該怎麼做，但這個時候沒辦法多想，只好將皮帶一圈又一圈緊緊繞在阿義滲血的手臂殘肢。

「拜託，請大家幫忙！有手機的請通知一一九！」李凌嘉向身邊圍觀的人群大喊。「還有，通知救護車，趕快送這孩子到醫院！」李凌嘉一邊喊，一邊跪坐在阿義的身旁，開始做心臟按摩及人工呼吸。

救護車在幾分鐘之內就開到他們身邊。因為天慈醫院有支援這次廟會活動，救護車就停在不遠處。護理師淑麗還有救護員衝下車，馬上分擔李凌嘉CPR急救的工作——一個人壓胸，一個人擠人工急救甦醒球（AMBU）給氧氣。

阿義小小的身軀被放上擔架，脖子戴上保護頸圈，過程中李凌嘉的手一直沒有離開阿義胸前，持續的做心臟按摩。

「各位鄉親，孩子的手臂被撞斷了，能不能幫忙尋找斷掉的手臂在哪裡？」

「還需要找？這孩子不是死了嗎？」有一個嚼著檳榔的中年人碎碎唸。

「麥黑白講！」男人身邊一位胖胖的婦人吼回去，「你沒有看到醫生還在急救嗎？」嚼檳榔的男人馬上安靜。

黑暗中有人打開手機的燈光，有人用打火機的亮光四處尋找。李凌嘉一邊指揮急救，一邊向周圍的鄉親求援，數十個人在漆黑的路邊尋找。

「找到了找到了！」一位穿著背心粗壯的年輕人一邊大聲呼喊，一邊提著半隻手臂奔跑過來。那斷臂滿是污血和泥土，看著相當嚇人。

「好！我們……一起……帶到醫院。」李凌嘉非常高興，一邊不間斷地做心臟按摩，以至於說話的聲音也是斷斷續續。

「啊——我的阿義，怎麼會這樣——？」

阿嬤跟在阿義身邊，哭的死去活來，直到李凌嘉護送阿義上救護車，在尖銳的警笛聲中離開現場，阿嬤依舊哭得無法起身。

「都是我的錯！都是我的錯，當初不要讓阿義自己去買香腸就好了。」阿嬤自責的哀嚎，灰白的頭髮散在臉上，覺得是自己害了阿義。

「阿嬤，千萬不要這麼說。或許，或許阿義還有救。」嘴上雖這麼說，但鄭宜敏心裡一點也沒有把握。這場災難來得又急又快，阿義小小的身軀怎麼有辦法承受這麼可怕的撞擊？

「阿嬤，我送您回家，等凌嘉的消息。」

「不行不行，鄭小姐，妳能陪我去醫院嗎？」阿嬤擦了眼淚站起來。「不管是死是活，我都要陪著阿義。唉！這苦命的孩子，沒有過幾天好日子。」

聽到阿嬤這麼說，鄭宜敏一陣鼻酸。

「好，阿嬤，我們一起去醫院陪阿義。」

喔伊喔伊——尖銳的警笛聲撕裂黑暗寧靜的小鎮夜空，救護車用最快的速度在鄉間小路中飛奔，不一會兒就抵達天慈醫院。救護車上，李凌嘉和護理師淑麗兩人分秒必爭地對阿義進行急救，其中一位負責心臟按摩，另外一位用氧氣罩給予純氧。救護車門一打開，急診室醫師還有護理人員早已在門口。

第一個衝上來頭髮花白的長者，竟然是院長。

李凌嘉在救護車上就已經和急診室急救小組聯繫過，因此醫院早已經做好準備。

「發生了什麼事？怎麼會這樣？」院長接過氧氣罩，持續的壓AMBU，為阿義送進氧氣。「我在回醫院的車上就接到電話，知道這個消息，馬上請急診室準備。凌嘉，聽說這孩子是你的家人？」

「不是家人……也算是。」一群人將阿義送進急診室，急診室醫師接續心臟按摩的工作，李凌嘉這時候才能喘口氣說話。

「謝謝院長關心，阿義是鄰居的小孩，出生就有腦性麻痺，父母都離開家鄉了，這幾年和我的外婆同住，情感上，就像家人。唉！一切發生得太快，不知道是不是酒駕，一輛貨車竟然沒開大燈直接衝過來，這孩子大概什麼也沒看清楚，就被撞成這樣了。」

「凌嘉，你別慌，我們一起想辦法。」

阿義滿是血污的身子躺在急診室，一群護理人員幫阿義血管打大口徑的管線，注射升壓劑。一位醫師放氣管內插管並接上呼吸器。接上監視器，傳來非常快速，有節律的聲音。

心跳回來了，李凌嘉稍微鬆一口氣。

「這孩子的手斷了，斷肢呢？」急診室醫師大叫。

「在這裡！」救護車的救護員手上提著一個塑膠袋。

心跳回來了，不過血壓仍然不穩。

「院長，李醫師，這孩子一側瞳孔放大，右側頭皮挫傷，很可能有顱內出血。血壓較穩定後，等會兒馬上做CT[20]掃描。」急診醫師說。

院長點點頭，生命徵象初步穩定後，要做再次評估。此時每一個醫療決定都生死攸關。

CT影像出來。李凌嘉和急診醫師看著電腦螢幕，心頭都是一涼。院長也走過來了，看著CT上的影像，久久不發一語。

「這孩子有救嗎？」李凌嘉問。同時也問自己。

「我們聽聽神經外科專家的意見，再幾分鐘，NS[21]的莊部長馬上就到了。」院長說。

20註：CT，電腦斷層。
21註：NS，Neurosurgery神經外科的簡稱。在醫院幾乎都以NS來稱呼神經外科。

「莊部長?!」李凌嘉驚訝的說。「這麼晚了他會過來?今天他有值班嗎?」

「救命最要緊。知道這孩子可能有嚴重頭部外傷,我二十分鐘前就通知莊部長了。他二話不說,馬上趕來。你看,他到了。」

果然,一個頂著平頭,個子相當高大,穿著內衣和短褲的中年男子從急診室門口衝了進來。若是不說,一定以為這是一個邋遢的中年大叔,誰也想不到這是赫赫有名的腦神經外科大師。

李凌嘉感動得快掉下淚來。莊部長是李凌嘉在北部醫學中心實習的神經外科導師,非常優秀的腦傷專家,幾年前在院長的鼓勵下返鄉服務。

只穿著內衣和短褲,代表莊部長接到信息,連衣服都沒穿好就衝過來了。

此時此刻,如果莊部長出手,阿義或許還有機會。

「馬上開刀!」看了CT片子,莊部長堅決地說。

「這孩子傷得這麼嚴重,要轉院嗎?會不會機會比較大?」急診室廖醫師有些遲疑。

「來不及,再不開就沒有機會了!距最近的醫學中心車程超過半個小時,加上對方醫院開刀房也要準備,很可能在半路就……」莊部長話沒有說完,看看阿義腫脹瘀血的頭部,大家都了解他的意思。

「其他部分的評估呢?腹部?胸部是否有創傷?」院長問。

「電腦斷層顯示——腹部沒有內出血,肋骨兩根骨折,還好並沒有血胸,應該不需要開胸或開腹,不過……」急診廖醫師看了李凌嘉一眼。「左手上臂截肢,斷臂有找回來,如果想保住這隻手,要進行顯微重建手術，但是我們醫院目前沒有整形外科醫師。」

「院長，這部分我來，就是不曉得有沒有顯微鏡和精密的整型外科器械。」

「顯微手術的顯微鏡？我們還真的有，」院長說。「前幾年我們請來一位整形外科醫師，也添購了全套器械，但是他很快就離職了，顯微鏡和器械就擱在那裡。不過，李凌嘉，你並不是我們醫院的醫師，也沒有辦法給你手術費。」說到這裡，院長有些遲疑。

「院長，我不需要手術費。阿義就像我的親人，我當然要救他，而且顯微重建手術，我可以！」

「好，通知開刀房還有麻醉，馬上手術！」院長說。

李凌嘉走出急診急救室。看見鄭宜敏陪著阿嬤，在門口等候區等著。

阿嬤哭的雙眼通紅，一看到李凌嘉，全身顫抖，想要問什麼，嘴巴雖然張開，卻說不出一個字來。

「阿嬤，不要哭，阿義他還活著。」李凌嘉說。

「哇——！」聽到李凌嘉這樣說，阿嬤反而放聲大哭了起來，累積龐大的壓力在瞬間爆發。

等阿嬤哭了好幾分鐘，情緒稍微穩定，李凌嘉才說：

「阿嬤，危險還沒有過去，阿義腦出血馬上要開刀，腦神經外科的莊部長會親自執刀，我也會進去，幫阿義接上斷掉的手臂。」

「好，阿嘉，就靠你了。」阿嬤回過神，雖然臉上還滿是淚水，卻很堅定地說：「你就盡力去救，剩下的，就交給神。這孩子生下來就命苦，如果神讓他活下去，會眷顧他。」

李凌嘉點點頭。在命運面前，醫師何其渺小。彎下腰，伸手和阿嬤的手握住，又伸出另一隻手，握住鄭宜敏的。

鄭宜敏的雙眼通紅，應該剛剛也哭了，卻給李凌嘉一個溫暖的微笑。

「宜敏，謝謝妳。」

「凌嘉加油！我會在這裡陪著阿嬤，你放心。」

走進開刀房，醫療團隊以最快的速度準備就緒。兩個巨大的手術燈探照著手術台上瘦小的身子，右手和右腳因先天的殘疾而瘦弱萎縮，左側的手臂卻從手肘以上被切斷，不規則的肌肉和撕扯碎裂的皮膚軟綿綿垂在身邊。

已經深度麻醉，口中插著呼吸管，呼吸器規律的將氧氣送進他的肺部，胸部規律的起伏，監視器快速的心跳聲顯示阿義仍然處於極度不穩定狀態。

麻醉科醫師盯著監視器，一再檢視他的維生管線。眉頭深鎖，顯示出麻醉科醫師心中的擔憂。

莊部長在拿著剃刀幫阿義剃頭，馬上要進行開顱手術。

「要快要快要快。」李凌嘉督促著自己，然而在這鄉下的醫院，同時要進行開腦與肢體重建顯微手術，不知道護理人力是否充足？

正這樣擔憂著，又看見好幾位護理師用衝的進入開刀房。

「莊部長，我們來了！」其中一位臉圓圓、大眼睛的護理師向外科部長報到。

「好，謝謝妳們！刷手了。」部長只抬起頭零點五秒，又繼續為患者做開顱手術前的準備工作。

「謝謝……」李凌嘉喃喃的說。「我本來還擔心半夜開急診刀，開刀房人力是否足夠？」

「這些人力都是我們電話通知，特地前來幫忙的。」說話的是開刀房護理長，「鄉下地方，人力本來就不足，但是有緊急需要的傷患，我們隨時支援待命！」

「轟轟轟……」沉重的聲響從開刀房另一端由遠而近傳過來。那是一位技術員推著一台顯微手術用的顯微鏡進入開刀房。

「李醫師，這是您需要的。」

「謝謝，謝謝各位。」李凌嘉內心充滿了感動，看著躺在開刀手術台上的阿義，看著莊部長、麻醉醫師、麻姐[22]，以及所有開刀房護理同仁，想要說謝謝，喉頭卻哽住了。

「手術開始！」莊部長說。

李凌嘉步出手術房的時候，已經是清晨。

外科醫師在開刀的時候不會覺得累，也不會覺得睏，但畢竟是血肉之軀，在放下手術刀，步出開刀房的時候，往往會有一種虛脫的感覺。

22註：麻姐，麻醉護理師的俗稱。

「怎麼樣？阿義有救嗎？」

阿嬤看到李凌嘉出來，焦急地問。鄭宜敏原本趴在椅子上睡著了，聽到聲響，馬上睜開眼抬起頭，看著李凌嘉。

「手術完成，腦裡面的血塊清除了，手臂我也接回去了，目前生命癥象穩定，不過仍在昏迷中，是不是能撐過去，要看未來關鍵的這幾天。」

聽到阿義熬過手術，阿嬤先露出歡喜的笑容，想到是否能夠安全度過，又默默垂淚。

「阿嬤，我們一起祈禱，相信神會幫助阿義的。」宜敏溫柔的安慰。

「是的，雖然腦傷嚴重，但是阿義年紀小，復原的機會還是有的，我們會盡力。」

這時候莊部長也過來了。

「醫師，非常感謝您救阿義的命，不知道如何報答您！」阿嬤哭著說。

「請不要客氣，這是我們應該做的。」莊部長連夜動手術，眼睛裡也布滿了血絲，轉頭對李凌嘉說：「李醫師，你真不簡單，這麼複雜且精密的顯微重建手術做得真好！血管、神經還有斷掉的骨頭，你全都接回去了。」

「謝謝部長的誇獎！感謝您的幫忙。」李凌嘉緊緊握住莊醫師的手。「術後照顧更是重要，就拜託你們了，我等一下就要坐車北上，因為請假請到昨天。」

「蛤？馬上回台北醫院上班？你才剛剛開了一整夜的刀耶！」莊部長驚訝的說。

「沒有辦法，部長您知道，外科的人力就是這樣，我不回去，運作會有困擾。沒關係，我會在車上睡一會兒的。」

莊部長理解的拍拍李凌嘉的肩膀。

「辛苦了。」

「您也辛苦了，謝謝幫忙。」李凌嘉伸出手，兩個男人緊緊握了一下，一切盡在不言中。

回到家裡，李凌嘉和鄭宜敏收拾行李，準備出門。阿嬤竟然還要幫他們準備早餐。

「阿嬤，不要忙了，趕快休息。一夜沒有睡覺了。」

「好，那我晚一點再到醫院去看阿義。凌嘉，你要保重。」阿嬤說著轉過身，「鄭小姐，妳是一個好女孩，幫我多照顧凌嘉，你知道，他從小就很辛苦。」阿嬤還想再說，卻忍不住哽咽起來。

「阿嬤你放心，我會照顧他的！」鄭宜敏握住阿嬤的手。

阿嬤含淚點點頭，目送著兩人出門。

天漸漸亮了，大地裹在一層淡淡白色的霧中，兩旁的野草含著露水，空氣無比清新。經過一夜驚濤駭浪，兩個人手牽著手，走在路上，準備搭車。有一種超越現實的平靜。

「阿嬤要妳照顧我喔？」李凌嘉捏捏鄭宜敏的臉，「還是個小女孩，還敢答應照顧我？」

「誰說不可以，」鄭宜敏堅定地說。「你要照顧我，我也要照顧你，說好的喔！」

李凌嘉將手握得更緊。太陽就快要出來了，東方的天空染成一片橘紅。

第五章〈彩虹之上〉（*Over the Rainbow*）

回到醫院馬上就開始忙碌的工作，李凌嘉自己也無法想像是如何撐過那幾天的。一夜沒有睡。耗費偌大心力為阿義施行斷肢重接顯微手術，再趕回台北上班，開刀、照顧病人。那天剛好排到值班，夜裡睡在值班室，幾乎每一個小時就被護理站 call 起床處理病人狀況。不過李凌嘉已經訓練有素，看完病人躺回床上，一分鐘就可以睡著。睡眠是片段的，工作卻需要連續，專注開刀的時候沒有感覺，只有在休息的時候才覺得兩邊的太陽穴好像很多隻針在扎，一陣一陣的刺痛。

最大的安慰，是阿義的狀況逐漸穩定。

「阿嬤！狀況還好嗎？」每次打電話，李凌嘉的心中還是忐忑不安。

「還好。醫師說，阿義這孩子的血壓、心跳都穩定，而且一直在進步。」

「太好了！那麼手的部分呢？」李凌嘉也關心自己幫阿義手術的那一部分。畢竟，如果失去了僅能活動的左手，生活的影響太大了！

「放心，莊部長要我轉告你，手術很成功，請你放心。」阿嬤的電話那頭頓了一下。「你都好嗎？那天一定累壞了，要多休息。」

「阿嬤你放心，我還年輕，幾個晚上不睡覺，小事。」

「黑白講！阿嘉，你也三十歲了，身體要好好照顧，要多休息，還有那位鄭小姐，是個好女孩，要好好待人家。」

「阿嬤，我知道。」

回到台北，緊湊的工作讓兩人沒有時間見面，倒是Line沒有斷過，話題圍繞在阿義的狀況。

宜敏：阿義還好嗎？

李凌嘉很詳細地將阿嬤告訴他的最新狀況寫給鄭宜敏。

阿嘉：才相處幾天，為什麼妳這麼關心阿義？

宜敏：我也不曉得，覺得和這個孩子特別投緣，剛開始覺得他可憐，相處之後，覺得他好天真，好可愛。

阿嘉：真的，阿義是一個天真無邪的孩子。反應有點慢，但是他不會去害人，他不恨爸爸，不恨媽媽，連欺負他的人也不恨。

……

阿嘉：怎麼不說話？

宜敏：忽然想到，我是不是應該學阿義，不要再恨我的爸爸媽媽？

阿嘉：「那，繼父呢？」

Line 那一頭隔了好久才回覆。

宜敏：繼父……很難不恨吧，之前想殺了他，不過有時候想一想，殺他有什麼用呢？能解決問題嗎？日子還是要過下去。

阿嘉：聽你這麼說，我也想到，其實我一直沒有辦法原諒我的父親。他和病人搞外遇。媽媽是他害死的。

宜敏：這次陪你到雲林義診，從雲林的鄉親、阿嬤、阿義那學到好多。很多人都經歷不同的痛苦，不過只要努力，向著陽光，生命還是有值得期待的地方。我又想到，『不原諒』和『恨』是不一樣的。我沒有辦法原諒所有人，但至少可以做到不要恨，因為恨一個人，也會開始恨自己，虐待自己，到最後根本活不下去。」

阿嘉：嗯，這點我倒沒想過。

宜敏：這次和你到雲林住在阿嬤家，晚上好安靜，我躺在床上聽著蟲的叫聲，耳邊出現的是阿義開心的笑聲，那是一種以前從來沒有感受到的幸福，但同時，我內心又會出現一種奇異恐怖的感覺。

阿嘉：奇異恐怖？那是怎麼回事？

宜敏：後來我才知道，那是「恨」帶給我的影響——我內心一直有強烈的恨，恨不負責任的父親，不在乎我的母親，更恨奪走我童年和快樂的繼父，才會將滾燙的熱水從身上澆下去傷害自己。不過在雲林這幾天，我感受到另外一股力量，那就是愛。我以前不太能理解，什麼是愛？這幾天，我隱隱約約感受到了，那是一種被接納、被包容，好幸福的感覺！但是「恨」仍糾纏著我，讓我覺得不安全，面對幸福有「奇異的恐怖」。所以，我要努力把「恨」放下。或許我還不能完全原諒，但至少可以不要再恨。

阿嘉：宜敏，我比你大這麼多，卻好像沒有仔細想過這個問題。

宜敏：我要謝謝阿義，因為他讓我感受到單純真心的愛——愛阿嬤，愛你這位嘟嘟，他也愛我。我每天都跪地祈禱，希望阿義能夠度過難關。

阿嘉：我也是。

宜敏：嗯

兩個人每次都用 Line 聊到凌晨，李凌嘉傳一個睡覺的圖。

阿嘉：很晚了，睡覺吧！

宜敏：不要！

李凌嘉手機上出現一個憤怒的兔子，手還猛力地敲著桌。

阿嘉：怎麼了？

宜敏：每次聊到一半就說睡覺！為什麼不陪我多聊聊？

阿嘉：很晚了，明天還要工作，該睡了。

宜敏：哪有多晚？現在才凌晨一點。

李凌嘉看著手機螢幕，有點無奈。

阿嘉：小姐，凌晨一點，該睡覺了。我明天早上有晨會，還有整天的手術。

螢幕上傳來一隻垂頭喪氣，面對牆壁哭泣的貓咪。

阿嘉：好啦好啦，再陪妳聊一會，別生氣了好嗎？

螢幕上出現一隻又蹦又跳，又拋飛吻的貓。

宜敏：多陪陪我好嗎？哄哄我。那天你吻了我，是真心的嗎？

阿嘉：當然是真心的。

宜敏：那你多哄哄我好嗎？好像沒有人真心的愛過我。

李凌嘉呆住了，哄哄？真的不曉得該怎麼哄哄這個小女孩。之前交往過的女孩只有姿倩，果決又獨立的女性，從來不需要哄她。

阿嘉：我是真心的喜歡妳。

宜敏：喜歡？不是愛？

阿嘉：傻孩子，喜歡就是喜歡，我真的非常非常的喜歡妳。

宜敏：喜歡就是愛嗎？

李凌嘉盯著手機螢幕，這一剎那，他腦筋打結了。

阿嘉：應該是吧，宜敏，這些天，我除了工作，擔心阿義，我滿腦子想的都是妳，宜敏，我愛妳。

過了好一會，手機的另一方鄭宜敏沒有回答。李凌嘉的手心有點出汗，不曉得這樣的話，有沒有過關。

終於，李凌嘉手機上出現一個大心。

阿嘉：宜敏，我不知道怎麼哄小女孩，嗯，我唱一首老電影的主題曲給妳聽，好嗎？

宜敏：唱歌？現在嗎？你把唱歌的錄音檔傳給我？

阿嘉：對。

宜敏：是多久以前的老電影啊？我出生了嗎？

阿嘉：一九三九年，我想你還沒出生吧……（大笑的貼圖）

宜敏：好遙遠的年代，我不可能聽過這首歌的啦！

阿嘉：妳聽聽看。

過了幾分鐘，Line 傳來一個用手機錄好的錄音檔。宜敏打開檔案，是李凌嘉溫柔富有磁性的聲音。

Somewhere over the rainbow, way up high
（在彩虹彼端某處，高高的雲朵上）
And the dreams that you dare to dream really do come true
（所有你敢做的夢，最終都會實現）

阿嘉：這是一九三九年電影《綠野仙蹤》內的一首歌曲。歌名叫〈彩虹之上〉（*Over the Rainbow*），喜歡嗎？

宜敏：喜歡，這是我聽過最好聽的一首歌！我要將手機放進被窩，陪我入眠。

阿嘉：有這麼好聽喔！

宜敏：嗯，去睡吧，明天你還要工作一整天。

阿嘉：那妳也要早點睡喔！

宜敏：聽了這首歌，我高興得睡不著。不過，該睡了，晚安。

接下來的幾個星期，他們都用 Line 膩在一起，鄭宜敏幾乎每個晚上都有演出，李凌嘉也忙到很晚，大概只有在深夜，兩人才有用 Line 聊天的機會。他們用 Line 聊生活的瑣事，聊自己的童年，聊對彼此的愛意。用 Line 傳親親抱抱的圖。

回台北後再次見面，是個星期五的晚上。這天李凌嘉沒有值班，鄭宜敏特地向星球老爹餐廳請了假，兩人相約在醫院附近的西餐廳共進晚餐。

「哇！妳好美！」李凌嘉不可置信的看著眼前的女孩。才幾個星期沒見，鄭宜敏好像又長大了！穿著一襲白色洋裝，散發著青春又有些成熟的氣息，綁著馬尾，將年輕俏麗的臉龐襯托得更加清新可喜。

兩個人面對面坐下來，有一小段沉默。不知道該說什麼。

「宜敏，妳好漂亮！」凌嘉有些結巴。原來兩個人每天在Line上面「無話不寫」，用電腦或是手機輸入成了習慣，如今面對面，竟然不習慣該如何對話。

「這句話你剛才說過了啦！」宜敏忍不住笑了起來。「好像還是打字比較習慣。」

李凌嘉也笑了。

點了一瓶香檳。服務生在兩個人面前的高腳杯注入氣泡舞動的液體。

「祝阿義早日康復！」李凌嘉說

「早日康復！」宜敏說。

兩個人一起舉杯。

「對了，昨天你告訴我，阿義已經成功脫離呼吸器了？」

「對啊！今天轉出加護病房，而且阿嬤說，他的意識很清楚，幾乎每個人都認識，更開心的是，我接上去的手臂能夠動了，接下來會安排復健！」

「那真的太棒了！」宜敏高興的幾乎尖叫起來。

「敬阿義。」兩個人舉杯。

用完餐，兩人到之前曾經散步的河邊步道，台北市的夜晚微風輕輕，今晚的美食、美酒，還有阿義恢復良好的消息，讓兩個人的心感到全然輕鬆和愉悅。

在幽靜的角落找了椅子坐下來，雙手緊握。月光下，鄭宜敏的臉因為香檳酒微醺而滿臉通紅，就像初綻放的玫瑰。

女孩眼睛閃著小小的火焰看著李凌嘉——他抱住女孩，在她的唇上深深一吻。女孩強烈的回應，飢渴的吸吮他的唇，親吻充滿鬍子的下巴、臉頰、柔軟的耳朵。李凌嘉無法克制的將鄭宜敏越抱越緊，用手撫摸她的背部、胸部。

鄭宜敏雖然身材纖細，胸部卻是少女中難得的堅挺豐滿。胸罩沒有繫好，李凌嘉的手才碰觸到，就鬆脫開來，手可以直接感受到那圓潤有彈性的弧形，甚至之前植皮不規則的疤痕。

「喔……凌嘉，凌嘉……」女孩喃喃的呼喊，也不知道在呼喊什麼。李凌嘉感覺到懷中柔軟的女孩渾身滾燙，彷彿化成一團火。

鄭宜敏抓住李凌嘉的手，從自己胸前，慢慢引導到腰部以下。

李凌嘉的手僵住了，無法再向下移動。

「怎麼了？」鄭宜敏兩頰紅暈，豔紅的嘴唇上緣冒出細細的汗珠。

「沒，沒事啊，」李凌嘉有些結巴。「我是想，在這裡不太好。」宜敏四處看了一下，他們所處的角落十分幽靜。並沒有什麼人。

「不然，我們回你家？」鄭宜敏看著李凌嘉，眼中的火焰好像就要燃燒起來。

「不行，這樣不好。」李凌嘉把對方的手放開。站起身來，走開兩步，只留下鄭宜敏呆坐在原位。

「不好？為什麼不好？」鄭宜敏也站起身子，剛才的沉醉銷魂已經完全消失。臉上寫滿詫異和不解。

「難道不想帶我回你家？」

「不是不想，只是這樣做真的不好。」李凌嘉背著女孩，聲音斷斷續續，彷彿內心有很大的糾結。

「原來，你不愛我？沒有把我當作你的女朋友！」鄭宜敏又羞又氣，淚水在眼眶裡打轉。

「宜敏，我說過，我喜歡妳，非常非常的喜歡，只不過……我不確定，是不是可以、是不是應該和妳做那件事。」

「是不是可以、是不是應該做那件事……」鄭宜敏喃喃地重複他的話。「我不懂，我真的不懂。」鄭宜敏紅了雙眼，淚水一顆顆掉了下來。「你說喜歡我，可是真的愛我嗎？你也不確定是不是？是不是你心底嫌棄我曾經和不認識的男人睡覺？」

「不是這樣的！」李凌嘉猛的回頭，聲音大起來，「我從來沒有因為這樣而看不起妳，那些都不是妳的錯！」

「那為什麼要拒絕我？」鄭宜敏邊哭邊說：「你以為我犯賤嗎？你以為我隨便嗎？其實，我從來沒有這麼想和一個男人在一起。十二歲起，繼父強暴我，我痛苦害怕，又感到羞辱，不知如何反抗，只能夠一次又一次地自傷，卻被當成精神有問題。後來逃家，和那個瘦得像油條的男人在一起，也只能感受到苦澀和無奈。只有你，我真的全心全意想陪在你身邊，想和你做那件事，難道你就這樣嫌棄我？」

「不是嫌棄！」李凌嘉伸出手想握住她，卻被鄭宜敏用力甩開。「或許因為妳才十七歲，還沒有成年……」

「還沒有成年？這真的是好理由！」鄭宜敏哭著，竟笑了起來，「那時候我才十二歲，繼父有管我成年了嗎？當我被那個男人半推半就地和不同的男人睡覺，他們有管我成年了嗎？我再一個月就滿十八歲了，李凌嘉，你口口聲聲說喜歡我，卻拿出這麼可笑的理由來拒絕我，我不想再見你了！」

丟下這句，鄭宜敏就以最快的速度在黑暗中離開。

「宜敏——！」

李凌嘉想要追，但鄭宜敏的速度太快，聲音還飄在半空中，人已經消失在黑暗中。

半個小時後，李凌嘉孤零零地提了一個塑膠袋，回到他漆黑、孤寂的小屋。

他剛才走進最近的一家便利商店，將架上所有陳列的烈酒都買了下來。

有 VSOP 白蘭地、伏特加、威士忌，每個都精緻小巧可愛，容量比一般的酒瓶小，就好像是一個一個侏儒。

侏儒！你他媽的豬頭！李凌嘉，你是一個沒用的侏儒！
狠狠的罵著自己，將幾瓶不同烈酒倒在杯子裡面，幾乎只是一口咕嚕的就將整杯酒喝下肚子。爽！
為什麼不敢將鄭宜敏帶回家呢？明明這個女孩這麼需要自己，此刻的他也多麼地希望將她抱在懷裡，擁有一夜的溫存。
是聖人嗎？年輕的男性，自從姿倩離開後，他已經好久好久沒有男女生活了。而宜敏是如此美麗，如此愛著自己，卻硬要拒絕。
因為她下個月才滿十八歲。
哈哈哈！是藉口？李凌嘉忍不住大笑了起來，又將 VSOP 白蘭地一大口吞進肚子裡。
只是藉口？是不是內心深處，真的沒有辦法接受鄭宜敏的過去？
既然兩情相悅，享受男女歡愉的極致，是很自然的事。
李凌嘉內心深處，非常痛恨像父親一樣，玩弄一個又一個的女人。搞複雜的男女關係，對家庭造成致命的傷害，也直接造成母親的不幸。因此從很小開始，李凌嘉非常謹慎處理與身邊女性的關係，雖然不乏仰慕者，但他總刻意保持距離，不願處處留情。
同班同學丁姿倩，是他唯一有親密關係的女人。結果呢？真心真意地對待姿倩，卻換來殘忍的劈腿。因為自己不願意開整型診所賺大錢，就狠狠甩開，甚至還沒分手前就和富二代小開上床。
姿倩這樣做是對的，現在已經是名利雙收的聯合診所院長。李凌嘉呢？——你只是個 LOSER！

迷迷糊糊中，他已經將桌上的小酒瓶喝掉了五六瓶，意識開始混亂。奇怪，眼前竟然出現波浪長髮的女孩。

是姿倩！丁姿倩站在他面前？

「姿倩，是妳嗎？我一定是在作夢。」他看到女孩站在面前，穿著深藍色絲質上衣和牛仔褲。過去半年背叛他，讓他陷入極端痛苦的丁姿倩，此刻竟然站在面前？

一定是在做夢！酒喝太多了，出現幻覺。

「凌嘉，你怎麼了？怎麼一個人喝悶酒？」姿倩說，臉上帶著輕輕的微笑。那聲音有一種魔力，輕輕柔柔，卻很堅定，就像對小孩子說話。

李凌嘉不可置信的看著姿倩極其自然地走進屋子，將手提包放在沙發上固定位置，脫下高跟鞋，換上拖鞋（那雙拖鞋李凌嘉始終不忍丟棄）。彷彿之前的事都沒有發生過。

她從櫃子裡拿出一隻酒杯，走向李凌嘉，將桌上一個迷你瓶伏特加倒進杯子。

「喝酒，就要慢慢的品嚐。」姿倩帶著慵懶的微笑，看著李凌嘉。

姿倩仰頭，將杯子裡的伏特加一口乾掉。

「妳……妳怎麼回來了？」李凌嘉說話結結巴巴。

「不行嗎？」姿倩微微皺眉，語氣卻平靜的說。「難道這裡不是我們的家？這屋子裡每一樣擺飾、每一張桌椅，都是我挑選的。你沒有換鑰匙——顯然，你還在等我回來。」

是嗎？還在等姿倩回來？

心中有個聲音在大喊：不——！我不希望妳回來，妳欺騙了我，妳背叛了我！妳糟蹋了我們十年的感情！

但有一個另外一個聲音卻在哭求：是的！姿倩，我從來沒有忘記妳，我求求妳！能回來嗎？

「淩嘉，我想你。」丁姿倩靠近他身邊，用手環繞他的脖子，在他耳邊這麼說。這一刻，姿倩身上淡淡的香味讓李淩嘉整個崩潰了，像過去十年兩人再自然不過的相處，順勢將姿倩抱進懷裡，讓她坐在自己的腿上。

半年不見，姿倩依舊嫵媚美麗，但眉宇之間似乎多了一抹憂鬱。

「淩嘉，我真的好想你，我對不起你。從離開那一天開始，我就後悔了。後來聽說你胃出血還送到急診，我心中很自責，想要去看你，卻又不敢，我不敢面對……」

「妳後悔了？真的要回來？」他眼睛直直望向姿倩。酒喝多了，以致於眼睛就像故障的相機無法對焦，姿倩在他面前有時清楚，時而模糊。「那麼，妳那個耳鼻喉科姚正德醫師呢？」

姿倩咬住嘴唇。

「我不想騙你，診所開幕後，我搬去和他一起住。但我不快樂，非常不快樂，這才知道我愛的是你。我真傻！雖然有了光鮮亮麗的診所和院長的頭銜，可是我每天心裡想的都是你，淩嘉。」姿倩熱切的眼睛看著李淩嘉。

「聽說妳的診所經營得很好，病人很多啊！超高的收入，院長的頭銜，這不是妳一直想要的嗎？」

「沒錯，我以為我要的是錢，是財富，但是當我擁有以為想要的東西，才知道是多麼空虛！和姚正德每天的話題只剩下名車、名酒、房地產、診所業績，這個星期又賺了多少錢。我厭倦那樣的生活，醫療就是向病人推銷各種自費項目，賺更多錢……生活真的好沒有意義。凌嘉，我們重新開始好嗎？我真的好愛你，離開了你才知道自己有多麼的蠢，凌嘉，我愛你。」

姿倩的臉貼近，她身上特有的香味，從髮梢，從身上每一吋肌膚散發出來強烈的女人味，讓李凌嘉壓抑許久的情慾完全無法克制。姿倩摟著他的脖子，熱情的嘴唇貼上他，從唇、脖子、再解開襯衫，吻遍他布滿胸毛的胸。

李凌嘉喝了酒滿臉通紅，心跳急遽加快，已然沒有抗拒能力。

一個小時前，他在河畔冷靜推掉鄭宜敏的手，但這一刻，在喝了六七罐烈酒之後，卻再沒有辦法拒絕。更何況這是他曾經朝思暮想的親密愛人。

他想抱起姿倩到床上，就像以往那樣。酒喝多了，卻是搖搖晃晃，又摔倒在沙發。姿倩笑著看他，竟然就在沙發上將李凌嘉下半身僅有的防禦脫了下來，再將他扶到床上。

「凌嘉，我好想你，我愛你。」

姿倩在他耳邊呢喃，在他嘴唇親吻著，纖細的手指在他身體上下游移。李凌嘉的酒量原本就不好，又混雜好幾種烈酒，這時什麼也不能夠思考，只聽見自己心臟的狂烈跳動聲。

原始的慾望就像一隻飢渴的狼，尤其全身衣物被褪除之後，男人的生理反應是無法隱藏的。

姿倩笑盈盈地將自己的衣服一件一件脱下來，在他眼前完美展現胴體。

「姿倩……我們，我們……」酒喝多了，李凌嘉變得大舌頭。他想說：這樣做好嗎？但喉嚨發不出聲音。

心裡忽然閃過鄭宜敏的影子。那善解人意，溫柔的鄭宜敏，現在在哪？

當姿倩完美赤裸的身體貼近，和他緊緊相擁的時候，李凌嘉放棄了最後的抵抗。在混亂、暈眩、亢奮、迷惑重重複雜的情緒之中，姿倩坐在他身上，呻吟著，先是溫柔，繼而狂野的扭動身軀。姿倩伏下身，用前胸，用臉頰貼著李凌嘉。

肢體交纏……不知過了多久，一次又一次亢奮，黑夜在兩人的呻吟聲中漸漸淡出，成為朦朧的晨曦。

「嘟嘟嘟嘟──」李凌嘉被手機的震動加上鈴聲吵醒。

「喂？」

「李凌嘉學長嗎？我是小羅。」

迷迷糊糊地睜開眼，天已經非常亮，現在幾點了？看一下床頭的鬧鐘，指向早上七點五十。

「學長，你會來參加晨會嗎？今天早上有討論到你的case喔。今天很特別，李副院長竟然也來參加，還特地問『李凌嘉在哪裡？』，所以我特地溜出來打電話給你。如果你在病房附近，趕快來會議室。」

「討論我的 case？」此刻李凌嘉完全嚇醒。昨夜和姿倩的纏綿，是夢？還是真的？看著凌亂的床上，枕頭上有好幾縷長長的髮絲，昨晚應該是真的。

「怎麼辦？小羅，我睡過頭了，就算現在衝過來，也來不及開會。」李凌嘉有些懊惱。自己是怎麼了？長年訓練的生物時鐘不會讓自己睡過頭的。是昨夜太過疲累？

「學長別擔心啦，今天討論的 case 我也熟，就代你完成報告了。只是，副院長好像對你很關心，好幾次向主任詢問你的狀況。」

「好，我知道了。現在馬上趕來醫院。」

「學長，你慢慢來，注意安全。」

李凌嘉甩甩頭，頭有一點痛，是宿醉？他將枕頭上的長髮絲用手捏著，纏繞在手指上。放近鼻子，那髮絲有姿倩的味道。

姿倩為什麼會回來？她始終愛著自己，希望能回頭？自己呢？還愛著她嗎？經過如此無情的背叛，兩人還能夠像以前相愛？若和姿倩復合，那鄭宜敏怎麼辦？

到浴室用最快的速度沖了澡，發現自己的毛髮、肌膚，甚至嘴唇中都含有姿倩的味道。李凌嘉困窘的發現，半年朝思暮想的，不只是這個女人的一顰一笑，也是她身上散發出來，具有強烈誘惑的，身體的味道。

李凌嘉將蓮蓬頭的水開到最大，用冷水沖洗自己的臉，想讓自己清醒，卻發現胯下的器官，肆無忌憚憤怒的充血。對姿倩有這麼強烈的慾望？這也是愛的一種表現嗎？

李凌嘉沖洗自己昂然挺立的器官，忽然想起，昨天晚上喝醉躺在床上，姿倩熱情主動的坐在他身上。自己連反抗的餘地都沒有。這算什麼？

如果真的有心復合，兩個人半年多來第一次共度的清晨，姿倩為何不告而別？雖然享受了充滿激情的夜晚，但此刻凌嘉感到無比空虛。

穿上衣服。在餐桌上發現一個小小的紙條。

凌嘉

我知道你封鎖了我的Line，我沒辦法傳訊息給你，所以留下紙條。

我愛你，但是很迷惑，不知道接下來該怎麼辦。

昨晚說的話都是認真的，但接下來要怎麼走，還要想一想。

祝好

姿倩

這是什麼意思？昨天晚上是認真的，天亮了呢？還好忙碌的工作讓李凌嘉沒有辦法再想下去。

衝到醫院，剛好趕上第一台刀。

「學長，還好嗎？」走進開刀房更衣室，遇到小羅。

「還好，沒問題的。」

「喝了酒？說真的，我們有點擔心您的身體……」

「謝謝關心，小羅。」李凌嘉感動的說。「昨晚有喝酒，不過沒事。單純睡過頭。」

「聽說您前一陣子到雲林鄉下義診，還救了一個小孩，幫他把斷臂接回去？」

「對啊，咦，這件事你怎麼知道？」李凌嘉驚訝的說。

「是從雲林那邊醫院的同事傳過來的！學長好厲害，這麼困難的手術竟然能在鄉下設備不充裕的醫院完成，而且聽說接回去的手臂功能不錯，厲害！」

「還好啦，能救的一定要救啊！換作是你，小羅，你也會努力救那個孩子的。」

「不過學長……」小羅忽然刻意降低聲音，將李凌嘉拉到開刀房的角落，顯然不希望太多人聽到。「下個月醫院要開醫師升等大會，討論總醫師資格審查。」

「是啊，怎麼了？」

「有傳聞說，您未經報備，在其他縣市的醫院施行手術，違反規定，可能會在升等審查會議中檢討你。」

「什麼?!」李凌嘉彷彿頭部被重擊了一下。當初阿義受重傷，命在旦夕，唯一能夠正常活動的手臂被活生生截斷。那時一心只想救這個孩子，怎麼會想到報備。

救人也要報備？

「可是救人要緊，怎麼可能想這麼多？」李凌嘉有些激動。

「學長，事情傳回醫院，我們都非常佩服您的勇氣和高超的技術，把你當成英雄。不過另一方面，如果有人不希望您順利升等，可能會拿這件事做文章，要有心理準備。」

「不希望我順利升等……」李凌嘉心裡有數。父親很早就告誡過他，醫院一年通常只升一位主治醫師，而同屆整型外科總醫師候選人有兩個，如果自己連總醫師都無法升等，升主治醫師更沒有機會了。

抓到把柄，趁機將自己剷除。這，就是對手的如意算盤？

李凌嘉在手術房前刷手。消毒溶液沾濕雙手，刷子用力刷洗。嘩啦嘩啦的水流過他的食指，流過他的手肘。他迫不及待想進入開刀房開刀，希望忙碌的手術，能讓他忘掉楚楚動人，現在卻不知去向的鄭宜敏，讓他忘掉美艷冷冽，像風一般來去的丁姿倩，還有即將在醫師升等審查會議中，對他展開鬥爭的對手們。

手術順利完成，然而他的內心卻無法平靜。

病人推出手術房，李凌嘉坐在手術椅等待下一台病人。眼神呆滯的看著手術燈。

總醫師走進來。「李醫師，李副院長請你去他的辦公室一趟。」簡明有力的指示。

「可是，下一台還有手術。」

「沒問題，我請小羅先代替你。」

發生了什麼事？滿腹的不解，也只能夠換下手術服，再次穿過醫學中心怪獸般棟棟相連的建築，搭上那一座筆直向上，彷彿直達天庭的電梯。

依舊是那位有著迷人笑容，裙子非常短的女秘書和他打招呼。

「李醫師請，副院長在等您了。」女秘書打開副院長辦公室大門。

「副院長，您找我？」

「嗯，凌嘉，請坐。」副院長站在落地窗邊，從高樓眺望台北市的美景。遠方淡水河在陽光下閃閃發亮，像鑲滿鑽石的絲巾。手上拿著一杯咖啡，看起來正在等他。

「副院長，我站著就好。」

「叫爸爸。凌嘉，你知不知道我今天為什麼找你來？」

「不知道。」

「醫院就快要舉行醫師升等審查會議了。」

「我知道，資歷應該沒有問題，論文上個月也被SCI等級醫學期刊接受了。」

「嗯，很好」副院長點點頭。「不過有人告訴我，幾個星期前你到雲林鄉下義診，竟然沒有經過報備，就在當地為病人開刀？」副院長的聲音冷冷的從咖啡杯後面冒出來。

「是的。」

「唉，這傻孩子！你知道這違反規定嗎？」語氣顯然有些焦慮。

「違反規定？我不知道什麼叫做違反規定?!」李凌嘉火氣上來了。之前小羅善意的提醒，父親憂心忡忡地叮嚀，反而讓他深深覺得受到侮辱。

「那是一個十歲的小孩子，因為腦性麻痺有多重殘障，右手萎縮變形，唯一可以用的就是左手，當他的左手受創被切斷，可能一輩子沒辦法用手吃飯，也無法用手洗澡，用手擦屁股。我用外科顯微手術重接他的左手，這就叫做違反規定？爸爸！不！還是我應該叫你一聲副院長，你們期待的外科醫師，是見死不救的冷血動物嗎？」李凌嘉內心的苦悶、迷惘、痛苦，在父親的質疑之下，火山一樣的爆發出來。

「爸爸不是在責怪你，我知道你是認真的外科醫師，只是，」副院長的聲音柔軟下來。「在升等會議上你要面對的不只是爸爸，還有很多很多人，我要聽聽你的說法。」

李凌嘉將這次回雲林鄉下義診，阿義這孩子的身世，車禍意外發生的經過還有急救過程、緊急手術的內容告訴父親。

副院長靜靜聽著，臉上沒有太多表情，將一杯咖啡啜飲完。

「對了，凌嘉，吃早飯了嗎？」

李凌嘉搖搖頭。

「要不要請秘書小姐幫你準備一份三明治，喝杯咖啡？」

「不用了，謝謝爸爸，我什麼也吃不下。」

「凌嘉，這件事情我了解了，你做得很好。我為你感到驕傲！」副院長嚴肅的臉上難得露出溫暖的微笑。

李凌嘉驚訝得張大了口。

這是他第一次從父親口中聽到——為自己感到驕傲。

「爸爸，你不是要來責怪我？」

「本來要責怪你，怪你血氣方剛，怪你憑仗著醫術好，在外面強出風頭。聽了過程才知道誤會你了，你做得很好！」

「那麼，醫師升等會議……」李凌嘉還是有些擔心，畢竟在這醫學中心苦熬這麼多年，順利升等，才有學術發展的機會。

「這……我不知道。不管怎麼說，這事如果違反規定，一定會被檢討，如果有心人要對付你，拿這件事大作文章，我雖然是副院長，也不一定能夠保住你。」

「爸爸，我知道了。」李凌嘉非常矛盾。潛意識中，希望有可以依靠的人，另一方面，卻恨不得和父親切斷關係，不希望有一天升上主治醫師，有人在背後指指點點。絕不希望成為被同儕恥笑的「靠爸族」，如果被說是靠著副院長父親的關係而平步青雲，這比殺了自己還難過。

「爸爸，還有事嗎？我要回去上刀了。」

「好，你回去吧。」副院長點點頭。「你太瘦了，要好好照顧好自己身體。外科醫師要對自己，也對病人負責。」

「我知道了。」

李凌嘉頭也不回地走出副院長辦公室。美麗的秘書小姐再次迎接他，導引他進入電梯。

「李醫師，聽說你在鄉下醫院救了一個小孩？故事我們都聽說了，你好厲害！是我們的英雄。」說著，那位小姐竟然主動緊緊握住他的手。

李凌嘉感覺到臉上好像火辣辣的撲上兩團火球。英雄？這還是第一次被陌生的女孩如此稱呼。

接下來李凌嘉過著表面上平靜無波，內心卻無比煎熬的日子。看診，開刀，和以前一樣，但每一分每一秒都在煎熬。

日復一日，李凌嘉往返於窄小的住處與醫院。像一隻沉默踽踽獨行的蝸牛，背上的殼，是必須承擔的痛苦。

現在的他，無論是生活或心靈都陷入絕對的孤絕。

首先是鄭宜敏。那一晚拒絕與她親密接觸後，就斷了音訊，對他的Line一律已讀不回，無論是問候、關心，通通沒有回應。

姿倩呢？在自己最脆弱、沒有防備的狀況下，暴風一樣地再次入侵他的情感，甚至吞噬了他的身體。

然而自己並沒有拒絕，這一點無法否認。

難道，還愛著姿倩？這是必須面對的問題。迫切的想和姿倩談一談。畢竟在一起十年，那晚她說還愛著自己的時候，內心是歡喜？是掙扎？會想拒絕她嗎？那一夜的繾綣，是對姿倩肌膚氣味的依戀與渴望？或是真愛？每次想到這裡，他總感到一陣混亂，無意識的甩一甩頭。

因為，自己也沒有答案。

他解開對姿倩 Line 的封鎖，試圖聯繫，對方只讀了一次。留了以下的句子：

「凌嘉，這些天又發生很多事。很迷惘，請給我時間。」

就沒有下文了。而且是不讀不回。李凌嘉猜，自己被姿倩「反封鎖」了。

另一個要面對的壓力，是即將到來的醫師升等審查會議。

在雲林義診時救回阿義並用顯微手術接上斷肢，醫院知道的人越來越多，評論竟然相當兩極——有人讚揚他見義勇為，另一些人卻拚命放話，說李凌嘉驕傲自大，私下在其他醫院為病人手術，違反院規，即將失去晉升總醫師的資格。

可想而知，負面耳語是競爭對手放出來的。

「學長，明天就要召開審查會議了，你要加油，一定要撐住！」傍晚下刀後，一群年輕男人在開刀房更衣室換衣服，小羅還有其他幾個外科部弟兄這樣跟他說。

「對啊！學長，我們都支持你。」大腸直腸外科的小方說。他最近新交了女朋友，將厚厚的近視眼鏡摘下來，改戴隱形眼鏡。

「支持？你支持有什麼屁用？又沒有投票權。」李凌嘉笑著一拳搥過去。大夥兒都笑起來。

「是沒什麼屁用。不過學長，我們心裡支持你，一定要撐過去，不要被擊倒了。」小羅說。

「我會加油的，真的，謝謝你們。」李凌嘉感激地看著這一群在開刀房浴血奮戰的弟兄。

「我真的難以想像，學長明明就是做該做的事，手術成功，小孩也救回來了，為什麼要這樣對付你？」小方說：「宋治國學長也很優秀，兩個人一起升總醫師，當主治醫師不是很好嗎？」

「你白癡啊！小方，」小羅說。「果然是年輕人不懂事，兩個都升總醫師不是問題，不過這家醫院，一個科同屆只升一個主治醫師。如果凌嘉學長這時候被刷掉，宋治國明年高昇就完全沒有任何後顧之憂。」

「而且根據流出來的出席名單，明天宋醫師的岳父，內科部彭壽善副院長會出席，連國際醫療唐副院長，AI人工智慧研發汪副院長也會出席。」阿祥突然插話，他的朋友多，消息一向最靈通。

「有沒有搞錯？為什麼這麼多高層都出席？」李凌嘉驚訝的說。「這只不過是總醫師升等審查會議啊？更何況，這和國際醫療還有AI人工智慧研發副院長有什麼關係？」

「這就是我們擔心的地方。我們都知道，外科李副院長是您的父親，當然會支持你。內科彭副院長是宋治國醫師的岳父，看起來勢均力敵。不過彭副院長人脈很廣，聽說這一次特別找了好幾位高層，不是他的同學，就是一起打高爾夫球的球友，很顯然，不會讓學長輕易過關。」

「好了好了。」李凌嘉沮喪的說：「如果這樣檢討、羞辱我，能確保宋醫師順利升等，就順著他們意思吧。我BG[23]比不過人家，爛命一條，等拿到專科醫師，去哪裡都行。」

23 註：BG，background，指人事背景。

「學長，不要這樣說啊！我們都知道你是最有學術能力的，而且你不是立志要開複雜手術，照顧重症燒燙傷的病人嗎？如果離開醫學中心，太可惜了。」

「看來這不是我能掌握的。」李凌嘉穿上衣服，提起有些破爛、裝滿值班後換下來的酸臭衣服的背包，默默走出開刀房。

那天晚上，李凌嘉思潮洶湧，心中有許多話不知道該跟誰說。寫給姿倩嗎？或者鄭宜敏？兩個人都不會回應。

他喝掉桌上半罐啤酒，決定 Line 給鄭宜敏。

宜敏

我知道妳不會回信，可能還在生我的氣，雖然我不確定妳為什麼氣到這麼多天都不理我。這些天發生了一些事，想和妳聊一聊。

阿義持續在進步。阿嬤告訴我，已經開始在復健。我想是神的眷顧，頭部受了那麼嚴重的外傷，奇蹟似的沒有留下太多後遺症。我幫他接回去的手臂，也在恢復之中。

再過幾天要召開醫師升等會議。

告訴妳一個壞消息。這次救治阿義的消息傳到我們醫院，竟然被有心人士渲染，說我沒有經過報備在其他醫院進行手術，不符合規定，因此將成為被檢討的對象，可能影響升等，連總醫師都升不上去，當然，明年要當主治醫師更沒指望了。

好心沒好報，對嗎？宜敏，妳還年輕，或許到了我這個年紀，對這樣的事就不會太意外，好心本來就不一定會有好報。

但是我很痛苦，並不是因為是否晉升總醫師讓我糾結，而是「不甘心」，我當醫師，秉持著善念想救助需要幫助的人，但在成人的世界，這樣不但愚蠢，還可能成為被批判的理由。

這才是我痛苦的原因。難道助人是錯的？

還要堅持下去嗎？我想會吧。相信神對我的未來會有安排。

宜敏，已經好久沒有妳的消息，妳還好嗎？我每天都思念著妳。那天在成龍濕地，對妳是真心的。我們的未來有很多可能，那答案等著一起探索。

我愛妳。不想回應沒有關係，只希望有空的時候告訴我妳的近況，讓我知道妳一切都好。

凌嘉

放下手機，沒有意識的看著電視新聞。

手機螢幕亮了起來。他興奮的撲向手機，以為是鄭宜敏回應了。

是姿倩的：「凌嘉，聽說下個星期升等審查會議，加油！」

姿倩的Line簡潔有力。就像她一貫的方式。

「謝謝。」李凌嘉回覆了Line。

李凌嘉躺在床上，看著再也沒有動靜的手機。

在這麼寂寞的夜晚，想和鄭宜敏聊天。

只想和鄭宜敏說話。

醫師升等審查會議終於到了。說也奇怪，經過多日的忐忑，李凌嘉竟然不再緊張。

命運已經決定了吧。如果無法升等，什麼學術、理想，就如鏡花水月。接下來呢？浪跡天涯？身為一個外科醫師，總餓不死的。

漸漸他意識到，這些天恐懼的並不是升等審查的結果，而是過程中可能受到長官的質疑，甚至侮辱。這在醫學界並不罕見，所謂的「醫師升等審查會議」、「教職資格審查會議」，往往隱藏各方勢力的競逐，就連重要的「併發症與死亡病例討論會」（Morbidity and Mortality Conference，簡稱M&M Conference），也可能出現殘酷鬥爭的場面。

內科彭副院長會不會趁這個機會羞辱自己？甚至讓父親難堪呢？自己同時成為鬥爭父親的工具？醫院早就有傳聞，內科的彭副院長與外科的李副院長是下屆院長熱門人選。如果父親在這件事上重重摔一跤，彭副院長就大獲全勝。

不再去想了，因為想也沒用。只能夠做自己。

「嗨，李凌嘉醫師，你要加油喔！」

一早進入醫院，很奇妙的，有更多認識、不認識的同仁和他打招呼。

「哎呀，你就是那位李醫師？我看到你的故事了，好感動。」等待電梯的時候，一位清潔工阿姨，停下手邊的清掃工作，微笑向他點頭。

「蛤？什麼故事？」

「就是那個到雲林下鄉義診，拯救一個小孩，還把被切斷的手臂接起來的事情啊。」

「阿姨，謝謝你，不過妳怎麼會知道的？」李凌嘉無法想像有這麼多人在談論。

「啊就臉書啊。」阿姨笑著說。

「臉書？我並沒有在臉書提這件事啊？」李凌嘉非常驚訝。

「不是啦，你的故事還有照片，被好多人轉傳哩。」說著阿姨將手機拿給他看，竟然是阿義的照片。原來是雲林衛生所梁護理長將他們在鄉下義診時，在活動中心和老人們合照的照片，還有阿義手術後復健的照片放在臉書。

阿義頭裹著紗布，手纏著繃帶，對鏡頭露出憨厚的笑容。已經有超過一萬人按讚。

覺得很意外。與梁護理長只有一面之緣。沒有想到她將這次義診活動做了詳細報導。還有阿義的故事與照片，護理長怎麼拿到的？

不過現在沒有時間多想。

「阿姨，謝謝妳，我只是做應該做的事而已。」

「唉唷，你這個年輕人真棒，做好事也不會到處炫耀，這個社會最需要你這種人了啦。」

李凌嘉尷尬的苦笑。陌生阿姨的讚美與即將面對的升等會議，有荒謬的對比。

走進平時召開學術會議的第五講堂，氣氛異常嚴肅。有一種感覺——自己是即將被屠宰殺戮的羔羊。

並不寬敞的講台上竟然放了七張椅子，椅子上的大老們顯赫的身分讓講台顯得擁擠：中央坐著劉院長，是個身材瘦小的男人，全國知名心臟內科權威，為人謙和，眼神卻精明銳利。院長左手邊坐著外科部李副院長以及外科部長，內科部長，右邊坐著內科部彭副院長，AI人工智慧研發汪副院長以及國際醫療唐副院長。至於其他科室主任，只能坐在台下。而等待被審查的總醫師，原本是今天會議的主角，反而被擠到更遙遠的後方了。

「發生瞎米代誌？只是總醫師的升等資格審查，一般只有內外科部長與副院長參加，院長都不一定來，可是今天不但院長親自出席，連AI研發副院長，國際醫療副院長也都參加啦！」李凌嘉走近會議室一個角落，聽到腎臟科總醫師候選人好奇的問。

「你們還沒聽說嗎，這次的大陣仗是衝著整形外科的李凌嘉來的。」說話的是骨科劉醫師，李凌嘉大學的同班同學。「唉，真可憐，他的故事我知道，看來今天有好戲可以看了。」

劉醫師說得有點得意，突然瞥見站在身後的李凌嘉，幾位聊八卦的醫師臉色尷尬，不再說下去了。

李凌嘉不想入座，就一個人直挺挺的站在所有人的後方，漠然地看著台下的一切。

「各位總醫師候選人，我們年度醫師升等審查會議馬上開始，我們恭請院長主持。」會議由現任的行政總醫師宣布開始。

每個被審查的醫師上台做十分鐘報告，簡單說明專長與這些年在學術上的成就與發表論文。內科部先開始，由於每位醫師都做好充分準備，書面資料也備妥，因此進行得相當順利。

輪到整形外科。宋治國醫師先上台，他將歷年來發表的論文，以及參加國內國外會議的紀錄洋洋灑灑列出報告，台風穩健，意氣風發，果然有大將之風。

接下來是長官們的討論。

「我覺得宋醫師的表現相當不錯，目前已經有三篇學術論文發表，還到美國整型外科醫學會作 oral presentation[24]，真是不容易！」首先發言的是國際醫療唐副院長，邊說邊笑咪咪地點頭，對醫師的讚賞完全遮掩不住。

「說的一點也不錯，聽說宋醫師在臨床上表現得非常好，許多複雜的手術在他手上都能夠順利完成，整形外科的張主任，你說是嗎？」接著說話的是ＡＩ人工智慧研發汪副院長。

24 註：oral presentation，口頭報告。大型醫學會論文通常分為「口頭報告」，發表演講搭配簡報幻燈片。以及 poster（海報）。通常較重要的研究會以 oral presentation 呈現。

坐在台下的張主任點頭。汪副院長笑得更開心了。「這位年輕醫師真難得，除了學術成就之外，臨床手術技巧也非常精湛，我想應該是沒有什麼問題。」

聽到兩位副院長都給予這麼高的評價，彭副院長只是笑咪咪地點頭贊成，外科李副院長看到這些人互相吹捧，簡直是演一齣套好的戲，只能微微皺眉，也不能說什麼。

院長裁示了：「在座各位有沒有任何意見？」說著向台上及台下巡視一遍。沒有其他人說話。「大家都贊同，那麼宋醫師的升等資格我們就確認了。」

台下響起稀稀落落的掌聲。

「什麼跟什麼嘛，這都套好的，噁心。」骨科劉醫師忍不住低聲開罵。

「噓……」坐在他身邊的眼科總醫師候選人好心提醒。

「謝謝院長，謝謝各位副院長及老師！」宋醫師向台上的長官一鞠躬，回到座位，眉宇之間忍不住顯現出得意的神采。

「接下來我們審查整形外科的第二位總醫師候選人，李凌嘉醫師。」

李凌嘉站上講台，從從容容地將最近發表的論文研究做完整報告。報告完畢，台下響起熱烈掌聲。

李凌嘉有些意外，這掌聲明顯比任何人都大。

「請保持安靜！」內科彭副院長將手舉高再往下壓，在場的所有年輕醫師都感受到一股壓力，適才熱烈的情緒馬上沉靜下來。「接下來我們就李醫師的資歷進行審查。」

「李醫師到目前有兩篇論文發表，勉強符合醫院規定，不過，好像質量不太夠？」打破沉默的又是國際醫療唐副院長。在這之前各科所有醫師審查資格他都沒有說過話，唯獨對整形外科特別熱心。

「李醫師的論文雖然一篇發表在國外，一篇是國內的醫學期刊，但都是ＳＣＩ等級[25]的論文，已經符合本院總醫師升等標準。」外科李副院長趕緊說。

「別急別急……」內科部彭副院長笑咪咪的。「李副院長，我想唐副院長的意思不是說李凌嘉醫師不符合資格，而是本院是台灣首屈一指的醫院，未來要朝向全世界最優秀的醫學中心邁進，和美國的醫療並駕齊驅，因此不只要符合標準，還需要最優秀的人才，不是嗎？」

這番話，說得院長一直點頭。這是醫院的願景，至高無上的目標，誰也不能反駁。

台下的科部主任還有被審查的醫師卻感覺到一陣涼意，內科彭副院長話說得雖然好聽，不過照「全世界最優秀的醫學中心」這個標準，很多科的總醫師鐵定要被刷下去。

不過，到目前為止，這個標準只針對李凌嘉，看來事不關己，誰也不敢做聲。

「還有一件事，我不曉得是否適合在今天的升等審查會議提出，那就是李凌嘉醫師最近未經通報，就私下在其他醫院為病患施行重大手術。」說話的是ＡＩ人工智慧研發汪副院長，他和國際醫療副院長

25 註：ＳＣＩ等級論文（Science Citation Index），科學引文索引。ＳＣＩ成為對科學研究進行評價的一種依據。許多醫學中心要求醫師不僅會做研究，寫出的論文還需要刊登在ＳＣＩ等級的期刊，才能成為晉升，以及教職升等的依據。

一樣，之前從來沒發言，只有對整型外科醫師的升等有意見。「這件事傳回到醫院，很多人都知道了。有些員工視之為英雄，我自己是心臟外科醫師，覺得這樣的行為是萬萬不可……」

「有何不可？你自己也是外科醫師，當然知道，」外科李副院長忍不住站起來，聲音也加大了。他今天打了一條紅色的領帶，映照著他漲紅的臉。「在緊急狀況下，救人是最重要的！」

「不，這完全是英雄主義作祟！這件事情的來龍去脈，我們已經請專人調查過了。」ＡＩ研發汪副院長也站起來，他的身形高大魁梧，比外科李副院長高一個頭，更顯得氣勢不凡。

「喔！」台下有一陣小小騷動，醫師們交頭接耳：「請專人調查？」

「李醫師當時在車禍現場，為受傷的小孩施行急救，這點沒有問題。問題是當病人到了醫院，他沒有必要再幫病患施行肢體顯微重建手術。這完全是英雄主義作祟，更何況，未經報備，私下在其他縣市、其他醫院施行手術，已經違反規定，應該做適當的懲處！」ＡＩ研發汪副院長看來真的將這件事徹底調查過，也做出決定。

「嘩——」台下又是一陣騷動。許多年輕的醫師露出不以為然的表情。

內科彭副院長臉上保持神祕的微笑，一句話也不說。李凌嘉注意到父親額頭上的青筋快要迸出來。

「狗屁！什麼英雄主義作祟？」李副院長越來越憤怒，一拳重重地敲在桌子上。「你們知道嗎，李凌嘉醫師拯救的這個孩子先天就有殘障，右側肢體萎縮，唯一能夠使用的就是左手臂。這個孩子頭部重傷，左手截斷，如果不將這斷手接回去，就算救回生命，你讓這個孩子如何過他的人生？李凌嘉醫師做一個外科醫師應該做的事，你們竟然還要懲處？」

「李副院長，請節制一下自己的情緒。」院長站起身，拉住李副院長的手臂請他坐下來。

「李副院長，我們都知道李凌嘉醫師是您的兒子，這樣的情緒反應我們能夠理解。」AI研發汪副院長冷冷的說。

「不要牽扯私領域！雖然李凌嘉是我的兒子，但是身為外科醫師，我完全不能接受你的說法，我反而高度質疑，今天醫師升等審查會議，原本非常單純，討論的是醫師是否有合格的學術表現和臨床技能。你們卻用這件事來刁難，是存心想阻斷李凌嘉的升等之路。」

「話說的沒有錯，升等審查會議，看的是學術表現和臨床技能，但是醫師的人品更是重要！」內科彭副院長冷冷打斷李副院長的話：「如果行為偏差，影響院譽，怎麼能讓這樣的醫師升等呢？」

「李副院長您言重了，我們怎麼會這樣做呢？」國際醫療唐副院長接著說話了，他臉上帶著微笑，態度非常和藹誠懇。「我是耳鼻喉科醫師，也算是外科系的一員，對這件事情完全沒有偏見，絕對公正客觀，您說的沒錯，幫那位孩子做重建手術是非常重要的。」

李副充滿感激的看著唐副院長，向他點了點頭。

「不過別忘了，雲林很大，並不只令郎一位外科醫師呀！」沒想到唐副院長話鋒一轉，聲音忽然變得嚴厲。「更何況李凌嘉醫師還沒有拿到整形外科的專科醫師證書，距離天慈醫院半個小時車程，就有另外一家設備完整，醫師陣容堅強的醫學中心，這時候應該轉出去。」

「來不及的——」

台下突然冒出這句話。那聲音非常遙遠，非常冰冷，彷彿不是一個活生生的人說出的話。所有人，包括台上的院長、副院長們都詫異的將眼光朝聲音發出的方向張望。

李凌嘉報告完原本已經回座，現在面無表情的站起來。

「你們不在現場，請不要妄下評斷！你們不知道，那是來不及的。」李凌嘉聲音雖不大，態度卻非常堅定。

「什麼來不及？什麼『妄下評斷』？李……李凌嘉醫師，」ＡＩ研發汪副院長忍不住站起來，大聲喝叱。「在台上的都是你的前輩，也是你的長官，請注意你說話的態度！只不過半個小時車程……」

「各位副院長，我尊重你們的專業，你們既是長官也是前輩，不過你們不在現場，做這樣的評論，是不公平的。」李凌嘉站起身，慢慢從後方走到會議室的中心。

臉上沒有對這些操縱自己生死（升等）的長官的尊敬，沒有謙卑，卻也沒有憤怒，彷彿在說一件和自己無關的事。

「那孩子生下來就有多重障礙，不能正常走路，已經十歲了，卻很瘦弱，還不到二十公斤。那天晚上受到貨車猛烈撞擊，當場就沒有了呼吸心跳。是我和在場的朋友一起做心肺復甦術，也就是 early CPR[26] 才

26 註：early CPR，早期心肺復甦，在患者心肺功能停止時立刻施予心肺復甦術，是決定存活最重要的關鍵。

維持他上救護車。」

「是啊，上了救護車到了天慈醫院，先急救，如果再轉到醫學中心，只需要半個小時車程……」國際醫療唐副院長不客氣的打斷他。

「唐副院長，我再強調一次，那孩子當場是沒有呼吸心跳的，也就是OHCA[27]，而且光是送到天慈醫院就花了二十分鐘車程。瞳孔放大，嚴重的硬腦膜下出血，如果不馬上手術，您覺得他有機會嗎？」

「好吧好吧，李醫師，就算你說的都對，應該馬上進行開腦手術。」彭副院長說話不疾不徐，像是慈祥的長者，不過每句話都有一股陰森可怕的殺傷力。「不過斷臂接合手術就沒那麼急迫了吧，你既然沒有經過報備，也不屬於天慈醫院的員工，就不應該動這個手術，應該確定這個孩子腦部手術成功之後，再轉送到醫學中心做斷臂顯微手術。」

27 註：OHCA，到院前心肺功能停止（Out-of-hospital cardiac arrest，簡稱 OHCA）。

台下的年輕醫師開始鼓譟。

「這是什麼話！不同時手術，要什麼時候動手術？斷肢接合的黃金時機在六小時內，難道要這個孩子腦部血塊清除之後，不進ＩＣＵ加護病房，再轉送到醫學中心做肢體重接顯微手術，反覆麻醉和手術，這孩子活得了嗎？」外科李副院長又跳了起來。

「內科彭副院長說的一點也沒錯，」ＡＩ研發汪副院長粗暴的打斷，彷彿剛才李副院長的發言完全沒有發生：「我想這件事最值得非議的地方，就在於李凌嘉醫師所執行的並不是立即危及生命的手術，私下在其他醫院施行手術是違反規定的。這樣做，會讓我們的……院譽受損，並且為醫院其他員工做了不好的示範。我覺得應該給予適當的懲處。至於總醫師升等，也應該暫緩。」

「各位副院長還有科部主任，你們的意見呢？」院長看起來也十分為難，逐一向台上幾位醫師看過去。這時李副院長氣到滿臉通紅。他知道在這個場合，他再怎麼說也沒有用。

「應該懲處。」國際醫療唐副院長率先說，

「應該懲處。不能讓李凌嘉醫師帶來不好的示範。」內科彭副院長這時將臉上笑容收起來，很認真的做出裁示。

「應該懲處。」ＡＩ研發汪副院長，內科部長也響應。

大家將眼光投向外科部楊部長。楊部長臉上滿是為難掙扎。

「我棄權。」過了好久，楊部長口中擠出這三個字。

「那李副院長你的意見呢？」院長問。

「不應該懲處。李凌嘉做的是一個外科醫師應該做的事。」

院長點點頭。

「既然這樣，經過大家充分的討論，李凌嘉醫師下鄉義診時救了一個小孩，這樣的行為值得嘉許，不過未經報備，私下於他院進行非緊急手術，在座幾位副院長以及部主任大多認為這樣的醫療行為是有爭議的……」

院長說到這裡，停頓了一下。

台下每一位總醫師候選人都低著頭，對院長接下來要宣布的內容心裡都有數。雖然和自己無關，但是，心底有一股說不出的鬱悶。

只有李凌嘉站在會議室中央，竟然出現一抹微笑，等待院長裁示。

「院長！有一通電話……」這時候，院長的秘書沂靜匆匆忙忙地衝進會議室，手上拿了一隻手機。

「沂靜，我們正在開會。」

「可是，這一通電話是雲林縣縣長打來的，說有很重要的事，不知院長……」

「縣長？很重要的事？」院長感到非常詫異，滿腹狐疑的接過電話。

「是的，這件事我們都了解……非常感謝縣長鼓勵，沒錯，李凌嘉是醫師是一位非常優秀又熱心的醫師……見義勇為，我們都以他為榮……真的很難得，我會轉達您的鼓勵，謝謝縣長！」院長雖然離開主席台轉到角落講這通電話，但他的聲音還是斷斷續續傳出來。

院長掛了電話，將手機還給沂靜。深深吸了一口氣。

「關於李凌嘉醫師的升等案，我們暫緩審查。先審查下一位吧。」

「這，這發生了什麼事？剛才大家不是已經做出決定了嗎？」內科彭副院長驚訝的大聲說。

「細節我等一下再跟各位說。先審查下一位！」院長大聲宣布。

李凌嘉回到座位坐下來，也是滿腹狐疑，為什麼雲林縣長會在這個時候打電話給院長呢？發生了什麼事？

接下來的醫師審查進行的非常順利，幾位副院長也沒有任何意見，很快就完成了。

「喂，你們看，李凌嘉上新聞了，而且是各家的頭條！」會議才剛散場，心臟科總醫師就拿著手機給大家看。

「我早就看到了，剛才審查會議時沒事，大家都在滑手機，Google 頭條、Yahoo 頭條，都是李凌嘉醫師見義勇為的報導。你們知道嗎，李凌嘉是我大學同班同學……」骨科劉醫師驕傲的說。

「今天下午門診候診區播放新聞的電視牆，都在不停的播放我們醫院李凌嘉見義勇為，徹夜開刀拯救孩子的故事。全國民眾都看到了，好多人感動到流眼淚。」眼科總醫師說。

「李凌嘉醫師，請你過來一下。」院長招招手，把他帶到安靜的角落。

「你在雲林拯救那位小孩的故事，今天媒體都做頭版報導了，縣長說很感動，要找機會表揚你。」

「不過院長，不是說……我這樣做違反規定，還有懲處的問題？」李凌嘉半信半疑。

「這台手術是不是屬於緊急醫療，是可以討論的。其實我內心非常支持你，只不過……你知道，」說到這裡，院長停頓了一下。「醫院有許多不同聲音，要顧及全院的和諧，我也很為難。請你了解。」院長說著，拍拍李凌嘉的肩膀。

「謝謝院長，我知道了。」

離開第五會議室，李凌嘉再次回到人間。剛才那充滿了敵視、惡意和扭曲的舞台瞬間拋在腦後。回到醫院大廳，他卻陷入另一個奇異的處境。

「看喔，那位就是李凌嘉醫師！」只想穿過人群回到整形外科病房，卻被一位中年女士認出來。醫院每一個電視看板的即時新聞，都在報導李凌嘉義診救人的事蹟。

他不敢多看，低下頭，想裝作沒聽到。

「是啦是啦，這位就是李凌嘉醫師。」旁邊有一位護士認出他來。

「可以幫我簽名嗎？」有位年輕的小姐遞過一本小簿子還有原子筆。

李凌嘉手上拿著紙筆，一時間僵住了，不知道應不應該簽名。

「李凌嘉醫師？在哪裡？在哪裡？」在醫院大廳不遠處聽見一個男人高聲的叫喊，接著有一群人，手上拿著手機、麥克風，有些人還背著攝影機，一起快速而混亂的向李凌嘉這邊移動。

「李醫師，我是○○新聞的記者，能不能請您談一下這次在雲林鄉下拯救小孩的經過？」留著短髮，臉上有著淡淡雀斑的年輕女孩衝在最前面，幾乎還沒有站穩，就將手機麥克風塞在李凌嘉的面前。

李凌嘉嚇了一跳，還沒有反應過來，嘴前十公分的空間又被另外一支專業麥克風堵住。

「李醫師，我是□□網路新聞的記者。聽說您每年都會自費到鄉下義診。究竟什麼動機讓你犧牲自己的假期做這件事呢？」說話的是另一位頭髮花白的中年婦女，微胖，但是動作特別敏捷，從好幾位壯漢記者的縫隙鑽到李凌嘉的面前。

「李醫師……我有問題……」

在記者提出問題的同時，有幾位攝影記者將隨身帶的燈光聚焦在李凌嘉臉上，亮得讓他眼睛幾乎睜不開，只能模糊看到黑壓壓的人頭，以及每位記者臉上熱切的表情。

李凌嘉久久說不出話來。

「感謝，感謝各位記者朋友的關心。」李凌嘉面對滿滿的手機、麥克風以及攝影鏡頭，頓時感到口乾舌燥。「真的沒什麼，我覺得身為外科醫師，這些本來就是應該做的。謝謝各位！」

話說完，李凌嘉一轉身，就鑽進背後密密麻麻的人群。醫院他熟，很快就找到一條小徑離開醫院大廳。

「李凌嘉醫師，李醫師，我們還有問題……」背後記者的聲音逐漸越來越遠。

回到護理站，好幾個護理師看到他就尖叫。

「李醫師，現在 Google、Yahoo 新聞的頭條都是你啊！」

在病房埋首工作的住院醫師還有實習醫師也都抬起頭來向他比起大拇指。

「學長，你好棒！」

李凌嘉很努力的擠出微笑，向熱情的工作夥伴們點點頭。心中有一股強烈的感動。他知道每一個微笑，都是給他最大的肯定和鼓勵。

躲進值班室，眼淚竟然流了出來。李凌嘉將頭埋在手掌心，用極度節制的音量哭泣。

為什麼流眼淚呢？為什麼要哭呢？三十歲的大男人已經不記得上次何時哭泣，不過在這一瞬間，在值班室，他確確實實哭泣了好久。

哭了好久好久。

台灣的新聞來得快，去得也快，經過一天熱烈報導，第二天版面就被一位男紅星劈腿嫩妹的新聞洗版了。

幾天後醫師升等名單公布，李凌嘉順利通過，心中的一塊石頭總算落了地。

醫療工作依舊忙碌。總醫師除了要負責安排全整型外科手術，更有許多行政業務。出現在醫院的時候，他是醫術和醫德都備受讚許的年輕總醫師。

卻沒有人知道他內心的煎熬。

鄭宜敏呢？鄭宜敏，依舊沒有消息。彷彿從這個世界上消失了。

夜闌人靜一個人獨處的時候，對鄭宜敏錐心刺骨的思念，幾乎要將他的靈魂一片一片撕碎，用再怎麼精密的手術技巧，也無法縫合。

一定發生了什麼事，不然為什麼避不見面，那天雖然拒絕親密接觸，但已經再三解釋，是因為愛她，尊重她，對慾望的節制是為了兩人美好的未來。並沒有犯下不可原諒的錯啊。

鄭宜敏，妳在哪裡？

曾讓他生活再起波瀾的另一個女人姿倩，在他順利升等之後，竟然也只 Line 傳了兩個字：「恭喜」，就再也沒有消息了。

姿倩那天來找自己，難道是吃錯了藥？還是回去想想後悔了，重新投進耳鼻喉姚正德醫師的懷抱？

一天晚上，凌嘉獨自來到星球老爹餐廳。看著熟悉的，閃耀著八〇年代復古風情的霓虹燈招牌，這幾個月經歷了太多事，竟然恍如隔世。

星球老爹餐廳人氣越來越旺了，來到這裡朝聖的年輕人、中年人，還有上了年紀的大叔越來越多。自己卻好久沒有和北極星樂團的夥伴聯繫，他們都忙著專科醫師考試。

大家都快升上主治醫師了，有幾位還成了家，再也不是當年十九、二十歲，抱著吉他在夜空下嘶吼的北極星少年。

他靜靜點一瓶啤酒，坐在台下欣賞樂團的演出。

忽然聽見主持人宣布——「下面讓我們歡迎貓女合唱團！」

是貓女！李凌嘉激動得站起來，跟著全場觀眾高聲尖叫。

鄭宜敏！宜敏知道嗎！我找妳找得好苦！

馬上就可以看到鄭宜敏和貓女合唱團的演出了。李凌嘉激動得全身發抖。表演之後，一定要衝到後台，緊緊的抱住鄭宜敏，溫柔地告訴她這些天的思念，自己的生命裡真的不能缺少鄭宜敏。他想。

在眾人的掌聲、尖叫聲，以及口哨聲中，貓女合唱團的幾位團員，分別是貝斯手、鍵盤手，以及鼓手都上台了，電吉他尖銳狂奔的聲音撕裂舞台，爵士鼓像狂風暴雨一樣的席捲，那節奏忽快忽慢，恰似心中不安分的靈魂，最受歡迎的貓女合唱團現身，一出場就聲勢不凡。

主唱最後才上台。只看見一個畫了煙燻濃裝，頂著七彩爆炸頭，身材非常火辣的年輕女孩跳上舞台。

「大家好——！」

台下熱鬧的尖叫，主唱用渾厚有力的嗓音唱出阿妹的經典名曲〈站在高崗上〉。唱得非常完美，身邊的觀眾熱血沸騰，掌聲、口哨聲源源不絕。

李凌嘉卻覺得全身掉到冰窖。那不是鄭宜敏。

貓女合唱團演出結束後，李凌嘉按奈不住，立刻衝向後台。他拉住穿著熱褲、NuBra的貝斯手阿婷。

「鄭宜敏呢？你們的主唱不是鄭宜敏嗎？」李凌嘉氣急敗壞，沒頭沒腦地大聲問。

「喂喂，幹嘛幹嘛？咦……你是李凌嘉醫師？」阿婷顯然受了不小的驚嚇，因為一瞬間被很大的力量握住手臂。「鄭宜敏？很久沒看到她啦，她去哪裡了我們還想問你呢，你不是他的男朋友嗎？」

阿婷一連串的話讓李凌嘉登時啞口無言。原來在團員的心目中，自己是鄭宜敏的男朋友。

胸口忽然一陣刺痛。這個「男朋友」，曾經給鄭宜敏什麼嗎？愛情？溫暖？或是任何保護？

「我也在找她，不過無論是打電話或是Line，都沒有回應。阿婷，妳上次看到她是什麼時候？」

「好幾個禮拜了吧，她忽然消失，我們幾個姐妹都非常擔心。李凌嘉，你知道嗎？」阿婷這時才緩口氣，將手中的貝斯放在地上，歪著頭，有些不諒解的看著李凌嘉。

「宜敏非常愛你，大概從認識她開始，就經常提到你——李凌嘉，這名字我們都會背了！你是鄭宜敏最崇拜的醫師，在她嚴重燙傷時救了她。我們還在猜想，這個醫師是什麼三頭六臂的人物？難道長得比韓星還要帥，會讓這個小女孩如此神魂顛倒？沒想到後來在星球老爹餐廳還真的見到你，原來你是北極星合唱團的主唱。好，我們姐妹也承認你挺棒，整形外科醫師，還會唱歌，人長得也不錯。和你一起演出之後，鄭宜敏更是每天都談到你，說你又溫柔、又體貼，對病人還有對身邊的人都好，你簡直就是鄭宜敏的神。」

「是真的嗎？這些我都不知道。」雖知道鄭宜敏喜歡自己，這卻是第一次從她的姊妹淘口中說出來，原來是這樣思思念念的把自己放在心上。

「後來宜敏向團裡請了好多天假，說要陪你到雲林鄉下義診，我們還笑她，又沒有學過護理，能幫上什麼忙。她卻說，能陪著你，就算是到天涯海角、窮鄉僻壤，就算幫你倒茶水、擦地板，也是心甘情願。不過她回來之後，變得很奇怪，有時候悶悶不樂，不知道在想什麼。後來更吃不下東西，精神也很不好，身體越來越瘦。李凌嘉，你是不是欺負她了？」

「我沒有，唉，宜敏她是生病了嗎？」

「我們也不知道，只是覺得她很不對勁，很憂鬱。她向老爹請了長假，也搬出租屋的地方，好像搬回去和媽媽一起住了。等她等了很久沒消息，我們只好再另外找了一個主唱，就是你剛剛看到那位Amy，要我向你們兩位介紹一下嗎？」

「不了，阿婷，我非常謝謝妳。想麻煩妳，如果有鄭宜敏的任何消息，告訴我好嗎。」

阿婷不回答，只是定定的看著他。

「李醫師，你和鄭宜敏是玩真的嗎？你們年紀有差，宜敏好像高中還沒畢業，你是鼎鼎大名醫學中心的整形外科醫師，我也想知道，你對鄭宜敏是不是隨便玩玩？」

「不，千真萬確，我是真心的。」李凌嘉堅定地說。「所以，有宜敏的消息請告訴我。」

「唉——」阿婷深深地嘆口氣，「但願你沒有騙我。沒問題，有消息一定通知你。」

鄭宜敏好像從此蒸發。李凌嘉這才驚訝的發覺，在二十一世紀的今天，人與人的接觸如此方便，有電話、有手機、有各種通訊軟體。

要消失，卻也很容易——手機不接、Line沒有回應、FB刪除帳號……這一切就斷了線。

這才想到從來沒問過鄭宜敏的地址？想著想著自己不禁笑了起來，這年頭還有誰問地址？

李凌嘉越來越「熱愛」醫院的工作，每天迫不及待讓日以繼夜的手術麻痺自己。開完刀，還有教學工作，很快的他成為實習醫師口中的「瘋狂總醫師」，因為教學課程竟然排到晚上十點。

因為，李凌嘉害怕回到那孤寂的家。曾經幻想著愛、分享、團聚的小屋，現在只剩下他孤零零一個人。

一個晚上，在酒精的催化之下，他將姿倩留下的舊衣服，沒有帶走的舊書放進黑塑膠袋丟棄。那小小的屋子登時騰出一片空間。

姿倩的拖鞋還靜靜躺在角落。李凌嘉想了想，將之也扔進塑膠袋。

像是呼應他的舉動，手機傳來「叮咚」提醒的鈴聲——姿倩竟然傳 Line 給他。

姿倩：一切都好嗎？

凌嘉：都好啊！

姿倩：最近看了一本書，挺有趣的，是……

凌嘉：噢，聽起來這本書挺有趣的，我也找時間看。

接下來連續幾天，姿倩這樣的 Line 訊息每天都有。沒有那晚重逢的激情，只是談醫療工作的趣事，還有分享好書、好電影……像老朋友一樣，溫馨的問候。

李凌嘉越來越迷惑，自己和姿倩現在是什麼關係？和鄭宜敏呢？想到宜敏，心中隱隱作痛，這種痛和姿倩背叛離開他時的痛不一樣。很難形容的痛楚，沒那麼強烈，卻像細微的刺，是那樣持續、堅持的在他內心深處不停地鑽。

姿倩晚上又傳來訊息：

姿倩：這個星期六一起吃飯？

凌嘉：不行喔，我值班。

是騙她的，並沒有值班。但不想和姿倩見面吃飯。見面後要談什麼呢？如果姿倩提復合，要怎麼回答？難道真的能夠若無其事，忘了姿倩那天提著簡單的行李，決絕的離開？忘了她在自己不知情的狀況下和另一個男人劈腿半年？現在後悔了，還能若無其事地搬回來繼續在一個屋簷下生活？

姿倩：值班？有件事我想和你談，我可以到家裡來，你現在是總醫師，就算值班，也可以在家 on call 吧！[28]

凌嘉：我想算了。最近有些論文在趕進度。改天吧。

姿倩：好。Bye！

這等於是回絕了姿倩。

28 註：on call，待命。值班醫師不需待在醫院，但須接手機電話待命，如有需要，隨時出勤。

第六章　愛與病的距離

已經進入秋天，這幾天的台北市卻異常悶熱。氣象局發布了颱風警報，還沒有接近陸地，天空就馬上變了樣子，一片片的烏雲像海浪一樣層層翻捲，也將整座城市變成灰色拼圖。

大雨瀑布般傾倒下來，李凌嘉依舊是相同的裝扮，白襯衫、黑長褲，從來不打雨傘，雨來了只好儘量貼著騎樓走。僅是一分鐘穿過馬路的路程，他的襯衫全部都被雨打濕。

不覺得冷，反而覺得被雨淋濕，貼在皮膚上的襯衫讓他更有活著的感覺。

快要到家前，他看到一個熟悉的身影在牆角一閃。

那不是鄭宜敏嗎？他快步走近，那人影還想閃躲，李凌嘉迅速抓住那人的衣角。

「宜敏！」李凌嘉高興又瘋狂的叫著、跳著。

「宜敏，真的是妳！跑到哪裡去了？我好想妳！」李凌嘉緊緊的抱住鄭宜敏，在懷裡的女孩本來還想掙扎，不過只掙扎了幾下，也就全身無力，無法抗拒的倒在李凌嘉的懷裡。

「凌嘉，我也好想你。」女孩說著說著，竟然哭了起來。一瞬間哭得好激動、好傷心，應該是積壓許久的情緒，竟然哽咽到說不出話來。

李凌嘉不知道該說什麼，只有抱得更緊，忽然感覺到，在懷裡的鄭宜敏和以前有點不一樣。女孩變瘦了，她穿著簡單的白色T恤，被雨淋濕了貼在身上。肩膀、手臂，都可以摸到硬硬的骨頭，那原本豐滿圓潤的胸部，也乾扁下去。

「宜敏，妳變瘦了！」李凌嘉捧起她的臉，憐惜的說。依舊是水汪汪的大眼睛，含著淚，眼神既興奮，又開心，又帶著一絲憂傷看著自己。不過膚色蒼白，臉頰有些凹陷，明顯消瘦很多。難道，太思念自己了？

「宜敏，我們不要站在騎樓，樓上就是我租屋的地方，來，我們進屋裡說。」

李凌嘉的租屋位於頂樓，兩個人沿著昏暗的樓梯，宜敏一路抓著有些濕黏的塑膠扶手向上爬。到了三樓，宜敏竟然停下來，有點喘。

「要不要我扶你？」李凌嘉伸出手。

「不要，我沒事。」鄭宜敏倔強的搖搖頭。休息了三十秒，繼續爬上樓梯。

兩人進到屋子，鄭宜敏微喘，臉上還帶著淚痕，有些好奇，有一些害羞的環顧李凌嘉的小屋——只放著簡單的家具，白色襯衫、內衣褲隨意堆放在沙發角落，看起來有些凌亂。李凌嘉當著她面前，將濕透的衣服脫下，露出瘦削且精壯的肌肉。

這是鄭宜敏第一次看見李凌嘉的裸體。

「宜敏，妳的衣服也濕了？要不要脫下來，換上我的，等衣服烘乾了再穿回去？」

鄭宜敏緩緩搖頭。

「那我幫妳拿一條浴巾披上，倒杯熱水。告訴我，這些日子妳到哪裡去了？」

李凌嘉讓鄭宜敏在沙發上坐下，到廚房和浴室張羅。很快拿出一條白色大浴巾幫宜敏披上，又在她面前放上微微冒出蒸氣的溫水。

「我找不到妳，手機不接、Line沒有回應，連星球老爹那邊也都找過了，沒有人知道妳去了哪裡。宜敏，妳知道這段時間我有多煎熬嗎？」李凌嘉有點急切的訴說這段時間的痛苦，又儘量讓聲音柔和，不希望宜敏覺得自己在責備她。「我日夜想念著妳，又面臨醫師升等審查會議，在Line和妳說過，那些人竟然用我在雲林幫阿義開刀這件事整我。若不能升等也就算了，只是發現人竟然為了私利，而將明明對的事扭曲成這樣，真的是很痛苦。」

「後來，升等順利嗎？」

「還好，宜敏，妳一定沒有想到，雲林衛生所的梁護理長將我們在雲林義診的照片放在臉書，還將拯救阿義的過程做了完整報導。這故事在臉書上瘋傳，那些天各大網路新聞、報紙、電視都有報導，還放在頭條。或許為了符合社會期待吧，醫院幫我在雲林天慈醫院為阿義開刀補了報備程序，不但沒有懲處，還記了嘉獎。」

「那真的太好了！」宜敏臉上露出燦爛的笑。「凌嘉，我就知道你會順利過關的，你是那麼優秀，那麼善良，將阿義從鬼門關救回來。那天，你在Line告訴我竟然可能會因此被批鬥，我就一直哭、一直哭，除了為你祈禱，也不知能做什麼，我就找梁護理長……」

「什麼？梁護理長？」李凌嘉驚訝的大叫。「原來妳們有聯絡？」

「是的。她很喜歡我，有交換Line，回台北後她將合照寄給我，就聊上了。」宜敏微笑。「你的事我告訴梁護理長，她很生氣，說這樣的好醫師怎能為了救人而被犧牲。她決定將你義診還有救阿義的事寫出來，又透過好多位雲林地方人士努力轉傳。」

「原來是這樣，這件事才能在短時間內讓媒體知道。」李凌嘉喃喃的說。「宜敏，妳救了我！我直到今天才知道。」他感激的握住宜敏的手。「妳不曉得這件事對我影響有多大，在升等會議中被對手惡意攻擊，本來我對人性都快要失去信心了，後來雲林縣政府、醫院都有表揚我。我在意的不是那一張獎狀，而是『助人』的力量得到肯定，讓我有繼續向前的動力。宜敏，我不知道該如何感謝妳。」

「凌嘉，不用謝呀！我也沒有做什麼。」宜敏靦腆的說。「看到你平安過關，就是我最大的快樂了。」

「對了，還沒有告訴我，這段時間過得怎麼樣？妳到那裡去了？」李凌嘉問。這麼久不見，心中有太多太多疑問。

「我搬回去和媽媽一起住了。」

「那很好啊，」李凌嘉停頓了一下，似乎也很詫異。「為什麼突然想回去？」

「凌嘉，我愛你，」鄭宜敏說著，很用力的握著手中那隻茶杯，好像想抓住一個確定的東西。「那次義診回來，才剛剛和你分開，就開始想你了。我醒著的時候，每一分、每一刻、每一秒想的都是你，就連睡夢中，出現的也是你的身影。但我越愛你，卻越覺得痛苦。看看自己，我知道我沒資格，跟在你身邊只會拖累你。」

「宜敏，不要這麼說。我說過妳還年輕，如果想要讀書上大學，有的是機會。」

「是啊，那天在成龍濕地你說的話我聽進去了。我曾經夢想成為一個歌手，遇見你之後，我知道如果不上進，和你的世界會越來越遠，所以我想給自己一次機會。如果進入大學，可以讀文學，學戲劇，或者當護理師，以後可以成為你的助手。」

「宜敏，回家之後，順利嗎？」

「媽媽知道我要回去非常開心，原來繼父在外面有了小三，搬出去了。她一個人很寂寞，正需要我的陪伴。她親自開車來接我，把我的房間整理好。」

「宜敏，太好了！這些日子找不到妳，妳不知道我有多著急，我胡思亂想，甚至擔心妳是不是出事了。」李凌嘉伸手抱住她，「我知道那天妳很生氣，但妳真的誤會了，我沒有帶妳回家絕對不是因為不愛妳，而是尊重、愛護妳，其實我也好需要妳。」李凌嘉狂亂說著，用唇含住她的耳垂，親吻她的臉頰，接著探索她的唇。

「宜敏，你不知道我有多想妳，多需要妳。」

「不行！」才剛剛接觸到唇，鄭宜敏忽然像一隻受到驚嚇的羚羊，掙脫李凌嘉的懷抱，還狠狠推開。

「宜敏，怎麼了，難道還在生我的氣？」李凌嘉呆在那裡，手足無措。

「凌嘉，我愛你，你不知道我多想和你在一起。但是，你不能吻我。」

「為什麼？」

「因為……我得了愛滋病——」鄭宜敏狂哭，跪倒在地板上。

「什麼?!」李凌嘉失聲叫了出來。「這怎麼可能？」

「是的，我也是這麼想，這怎麼可能？」鄭宜敏絕望的哭喊，跪趴著，讓眼淚滴在木質地板上。「我回到母親家，正想拿起書本，為未來，為我們的未來做準備，卻覺得身體不對勁，我變得沒有食慾，有點噁心，體重也一直下降。媽媽帶我去診所看了幾次，都說是腸胃不好，吃藥卻一點也沒有幫助。後來發燒，到醫院抽血還作了好多檢查，醫師告訴我，愛滋病毒HIV的檢查結果是：陽性。」

「怎麼會呢，宜敏，」李凌嘉嚇呆了，有些茫然失措。「妳是怎麼得到愛滋病的？」

「應該就是那段時間吧。」鄭宜敏淒然一笑，眼淚就像斷了線的珍珠，一顆一顆，無聲地從眼角滴下來。「之前和你說過，去年我逃家之後，和那個瘦得像油條一樣的男人住在一起。他說愛我，我們經常做愛。後來他沒有錢了，還欠了賭債，苦苦求我，說賭債如果再不還，他會被砍死在街上。就帶我去援交。凌嘉，對不起，這件事我騙了你，我並不是第一次做就被抓到。大概有好幾個星期，那男人騎機車帶我四處接客。我像行屍走肉一般，對什麼事都絕望，卻又不敢反抗。只好每天和不同的男人睡覺，有時一天好幾個，直到被警察抓到……」

「夠了，不要再說了……」李凌嘉痛苦的說，「宜敏，這一切都過去了。千萬不要灰心，以前人們認為愛滋病是絕症，現在有了『雞尾酒療法』，愛滋病是可以控制的。」

「騙子！你們通通是騙子！」鄭宜敏突然抬起頭，高聲痛苦的怒吼：「李凌嘉！你和感染科那些醫師都一樣，都是騙子！騙我說愛滋病可以治療，難道把我當三歲小孩？我雖然年紀小，也沒讀什麼書，不過愛滋病是絕症，這點我還知道。曾經看過一部老電影《費城》，我知道得到愛滋病的人是如何絕望的死去。」

「宜敏，相信我，愛滋病真的可以治療。」李凌嘉和宜敏一起坐在地板上，溫柔地，再次握住她的手。「愛滋病是絕症，那是以前的觀念，『雞尾酒療法』組合多種抗愛滋病毒藥物，可控制病毒量。宜敏，不要絕望，妳想想，我什麼時候騙過妳？」

「李凌嘉，我相信你，但這件事，我知道你是安慰我。」宜敏固執的搖搖頭，臉上的淚水、汗水和頭髮黏在一起。「生病的事，本來不想告訴你，只想默默躲在地球某個角落，悄悄的消失。可是今天我受不了了，真的想再見你一面，因此鼓足了勇氣，告訴你我生病的事，也向你告別。」

「告別？你要去哪裡？」李凌嘉驚訝的問。

「去哪裡？哈哈。」鄭宜敏露出扭曲，又極端痛苦的笑。「我不知道，也不能夠告訴你。你知道嗎，搬回家之後，和媽媽曾經有一段和睦相處的日子，那是我從小的夢想。好希望得到母親的肯定和愛！母親是非常美麗，又精明幹練的女人，卻從來沒有真正愛過我。小時候，她是成功的直銷人員，忙到很晚才回家。再婚之後，她找到自己的舞台，更忙著經營她的婚姻事業，我只是個拖油瓶。後來繼父性侵我，她竟然選擇不相信，我恨繼父，更恨她。直到這次回去，母女兩人終於有獨處的時間，會一起煮東西吃，一起追劇，還去看電影，沒想到……」鄭宜敏停止了眼淚，眼神開始空洞的看著前方。

「當醫師告知檢驗報告的時候，她竟然歇斯底里地大吼大叫，罵我是下賤的女孩，說我一定是幹了見不得人的事才有這種報應，怕我傳染給她，從此之後躲的遠遠的，給我一些錢要我自己買便當吃。難道她不知道，共食是不會傳染愛滋的嗎？」

「沒關係，那妳搬出來，這樣吧……」李凌嘉考慮了幾秒鐘，「搬到我這裡，離醫院很近，我帶妳去接受治療。我說過，愛滋病現在已經不是絕症。」

「我不要——！」鄭宜敏再次激動，「你是我的什麼人？為什麼要和你住在一起？你以為我希望傳染給你嗎？李凌嘉，你知道我多麼愛你，我多麼想天天和你在一起，想親你，想吻你，我想和你做愛，可是我得了愛滋，我有這樣的權利嗎？就算你願意，我也不可以，因為我愛你，我寧願死，也絕不願讓你有一點危險。」

「宜敏，不要激動！我們一起想辦法。」李凌嘉伸手將鄭宜敏抱入懷裡，鄭宜敏想掙扎，卻像一隻受了傷的小動物，激動害怕而劇烈發抖。

「唉唷！真的好熱情啊。」一個冷漠而尖銳的聲音像刀一樣劃破這房間的空氣，兩人下意識地分開來，一同望向發出聲音的地方——門口站著穿著一襲藍色套裝，明艷動人的女子。

姿倩竟然在這個時候進到屋子來。

「姿倩，妳怎麼會在這裡？」李凌嘉問。

「為什麼每次我回來你都這麼驚訝呢？門鎖一直沒換，難道不是在等我回來嗎？」姿倩有些挑釁，有些高傲的看著坐在地板上這對滿臉淚水、狼狽不堪的男女。

「這……」李凌嘉想辯解，話卻梗在喉頭。門鎖沒換是事實，有好長一段時間，真的日夜盼望姿倩能回來。但經過這麼長時間，又經歷這麼多事，沒有更換這個門鎖，只是一個習慣。

「唉唷！這位是你的新女朋友嗎？」丁姿倩手上提著塑膠袋，裝了生鮮和飲料，看起來就像是這間屋子的女主人，正準備做美味的大餐，和李凌嘉共度週末。此刻卻看到李凌嘉和年輕女孩在一起，姿倩一臉寒霜。

「對了，忘了向你們介紹，宜敏，這位是丁姿倩醫師，是我的……」竟然不曉得該如何接下去。「之前她住在這兒。姿倩，這個是鄭宜敏小姐，是我……非常好的朋友。」

「非常好的朋友，」姿倩上上下下的打量鄭宜敏，「唉唷，李凌嘉眼光不錯，這位小姐好年輕好漂亮啊，就是瘦了一點。看起來還哭過，怎麼了？小倆口吵架了？」

李凌嘉可以感受到宜敏在姿倩的敵意之下，身體變得冰涼，發抖更加嚴重了。

「姿倩，今天妳來的原因是？」

「沒什麼，有件事情應該讓你知道，」姿倩的聲音忽然變得溫柔。「我懷孕了。」

「懷孕?!」李凌嘉驚訝的坐起身來，仔細看著姿倩——她那緊身洋裝之下，小腹微微隆起。

「幾個月了？」

「快四個月。」

「孩子的父親是……」李凌嘉的聲音極度虛弱。

「哼！」姿倩似笑非笑的說。「李凌嘉，在裝傻嗎？那晚你做了什麼，會不知道？你雖然有喝酒，但應該沒那麼醉。」

「妳是說，我是孩子的父親?!」李凌嘉無助而驚慌，聲音軟弱而飄忽，就像犯了錯的小孩，不知道該如何面對兩個女人——站在門口，眼神高傲的丁姿倩，和坐在身旁罹病瘦弱，痛苦又絕望瞅著他的鄭宜敏。

「宜……宜敏，事情不是妳想像的那樣，」李凌嘉結巴的向宜敏解釋。「那天我喝醉了，發生了什麼事，我也不太記得，而且只有那麼一次，咦，不對……」

李凌嘉忽然想到什麼，抬起頭，眼睛直直望著姿倩。「這麼久以來，妳都和姚正德在一起，我們只有發生那一次，妳怎麼，怎麼能確定我是孩子的父親？」

「李凌嘉，你知道自己在說什麼嗎？」姿倩張大了眼，聲音氣到有些發抖。「我是女人，也是醫師，難道會不知道誰是孩子的父親？我會賴著你嗎？難道你要等著看DNA的報告？」

「啪——！」姿倩索性將裝著生鮮和飲料的塑膠袋丟在地上，袋子裡一顆洋蔥咕嚕嚕滾了出來。

「好幾次和你約見面，你總是推三阻四，今天我跑這一趟是來告訴你，我懷孕了，你以為我想做什麼？逼你奉子成婚？那就大錯特錯了！我想過，如果你還想在一起，孩子出生後有個爸爸，也沒什麼不好。如果你不想，以我丁姿倩的能力，哪裡需要你？你別臭美了！」

姿倩將雙手抱在胸前，胸口劇烈起伏。很顯然的，李凌嘉的質疑激怒了她。

「另外我告訴你，那天從這裡離開，我就已經搬出姚正德的家。其實我和他有許多差距，彼此都有默契，還是成為事業的夥伴比較合適。告訴你這些，不是在討好你，只是不想讓你誤會。我不需要姚正德，也不需要你。我懷孕了，孩子是你的，如此而已。」

鄭宜敏聽到這段對話，臉色蒼白得就像石灰。一切明白了。李凌嘉拒絕了自己，卻和舊情人上了床。

「我該走了，這裡容不下我。」宜敏雖然虛弱，這一刻卻堅決且迅速。提起包包，快步的朝門口走去。

「宜敏，妳要到哪裡？留下來聽我解釋，事情不是妳想的那樣！」李凌嘉伸手挽留，卻抓了個空。

「不是我想的？那是什麼？丁醫師是你愛的人，是優秀的院長醫師，現在又有了你的孩子，要我留下來？為什麼？」鄭宜敏閃到門外，回頭對姿倩說：

「丁小姐，妳放心，我不會和妳搶的，我得了無法痊癒的疾病，在世上的時間也不多了，祝你們幸福。不過，凌嘉的阿嬤曾經對我說『李凌嘉從小就苦，要好好照顧他。』這句話我送給妳，因為，因為……」

宜敏一直很努力保持語氣平穩，直到提到阿嬤對她說的話，還是因為情緒激動而痛哭失聲。「未來，我不可能陪他了。」

「鄭小姐，妳……」聽到這番話，姿倩也很相當錯愕，還想再追問，鄭宜敏已經踩著細碎腳步下樓。

「宜敏，不要走！」李凌嘉跳起來，顧不得衣衫凌亂，穿著拖鞋就想往下衝。他知道宜敏這一走，人海茫茫，不知何時才能再找到她。

「不准去追她！」姿倩竟然堵住門口的出路。

「讓開！」李凌嘉大吼。

「我不讓，我為什麼要讓開？我才是這裡的女主人。」姿倩挺著肚子，將屋子唯一的出口堵住。房門半掩著，就在門口，兩個人相距不到三十公分，就這樣對峙著。

李凌嘉焦急地望向樓梯間，只聽得鄭宜敏的腳步聲逐漸遠離、消失。

「凌嘉，剛剛這位小姐在這裡，我承認也動了氣，我說不需要你，算是一句氣話，難道你真的不想為肚子裡的孩子考慮一下嗎？」

姿倩依舊站得挺直，微凸的小腹更加明顯。不施脂粉的臉龐依舊美麗，聲音逐漸柔軟，原本銳利的眼神也黯淡下來，眼睛漾著淚水，痴痴望著李凌嘉。

「凌嘉，我當然還愛著你，不然那天晚上不會回來找你。如果不是還愛你，我和姚正德的關係不會那麼痛苦。我以為我是絕對理性的女人，以為能夠掌控一切；一心想要成為高收入的院長醫師，我做到了，可是感情這件事，我竟然沒有辦法自己控制。」姿倩的眼淚滴下來，將她胸前的衣服渲染成像大海一般的深藍。

李凌嘉眼神空洞的越過姿倩，望著黑漆漆的門外——鄭宜敏已經走遠，只傳來一片死寂。

「凌嘉，我們可以重新開始嗎？為了我們的孩子？」

「重新開始？哈哈。」李凌嘉忽然瘋了一樣大笑起來，他一邊笑，一邊又哭，「咳咳……」他被自己的口水嗆到，激烈的嗆咳起來，步伐踉蹌的倒在沙發上，卻又止不住地拚命笑。

「姿倩，重新開始，妳知道我等這句話等了多久嗎？妳離開快一年了，是的，妳沒有說錯，當初沒有把門鎖換掉，確實盼望著妳回來，但是，我等不到。幾個月前妳曾回來過，第二天，卻又離開了。重新開始，為了什麼，為肚子裡的孩子？可是，兩個人在一起是一輩子事，我真的能相信妳嗎？我還是妳認識的那個李凌嘉，會去義診，不會為了錢醫治病人，有一天可能回雲林的鄉下當醫生，就領妳口中那可憐兮兮的薪水。姿倩，如果我們重新開始，會不會有一天妳再一次告訴我『我不是不愛你，只是我們沒有共同的未來』？哈哈哈哈哈哈哈！」

說著說著，李凌嘉將臉埋在手掌當中，試著阻擋從眼睛流出的淚水，瘋狂的笑了起來。「沒有共同的未來，哈哈哈！」那笑聲沿著樓梯間迴盪，就好像在空曠的山谷中狂喊。

笑了好久好久，李凌嘉終於恢復平靜，卻繼續將臉埋在雙手，虛弱的說：

「姿倩，謝謝告訴我妳懷孕這件事，不過我現在心情很亂，等我靜一靜。再找時間討論好嗎？」

抬起頭，姿倩竟然也已經消失。只剩下空蕩蕩的大門。

兩個女人都走了，只剩下滿臉鬍渣的李凌嘉一個人坐在孤寂，空曠的房間裡。

終章　皮膚之島與重生

「刷——」圍簾被打開，鑽進一個胖胖的熟悉身影——是小羅，現在已經是外科部資深住院醫師。

「李凌嘉學長，聽說你有一台很急的急診刀，我已經通知開刀房，馬上可以接病人了，特地來通知你。」小羅身上穿著綠色手術服，額頭上躺著汗，這才瞥見躺在床上的病人，頓時睜大了眼。

「啊！這位是鄭宜敏小姐？」

鄭宜敏身上蓋著薄薄的被單，從上臂、胸前滲出的血水已經將衣服弄濕，緊緊貼著瘦弱的身軀。眼神有些迷茫，但也認出小羅了。

「是……羅醫師？好久不見，真沒想到在這個狀況下見到你。」宜敏的聲音非常虛弱。

「鄭小姐，別擔心，李凌嘉醫師會幫妳手術，他是最優秀的整形外科醫師，妳一定很快會好起來的。」

小羅說完，看看鄭宜敏，又看看李凌嘉，後者眉頭深鎖，神情看起來焦慮而且憔悴。

「學長，那我先去忙一些手術前的準備工作。」小羅胖胖的身軀一閃，鑽出急診室這一方小小的角落。

此時，圍簾裡頭只有李凌嘉和鄭宜敏。在這個極為繁忙的醫學中心的急診室，就在離他們身邊三公尺的床位，一個婦人持續因腹痛哀嚎；隔壁床位骨折的病人被送去開刀房，馬上又推來一個全身是血，在鬥毆中被砍傷的年輕人。

但是此時此刻，他們眼中只有彼此，李凌嘉的手緊緊握住鄭宜敏，再也沒有放開。塵世的喧囂彷彿消失，只有監視器上宜敏「嗶嗶」的心率聲。

「凌嘉，你答應我，要親自幫我開刀。」鄭宜敏眼睛看著他，眼神卻空洞沒有對焦。

「剛剛不是說過嗎，我一定親自幫妳手術！」

「是嗎？我剛剛問過這句話嗎？這……這是哪裡？我怎麼會躺在這裡？你……你是誰？」鄭宜敏喃喃的說，好像是自言自語。

李凌嘉有點慌，宜敏開始語無倫次了。看了監視器，雖然已經掛上氧氣，但是血氧開始往下掉。

「宜敏！我是李凌嘉。這裡是急診室，妳受了傷，不過不要怕，我等一下會幫妳開刀，妳一定會好起來的！」他靠近宜敏耳邊大聲的說。

「李凌嘉？你是李凌嘉！」宜敏睜大眼，好像忽然醒了過來，有些激動。「我終於又看到你了。凌嘉，我好想你。」

「宜敏，先不要說話，好好休息。」李凌嘉試著安撫他的情緒。

「我不要休息！好不容易才看到你。」宜敏的臉上竟然泛出一絲潮紅。「那天，我從你家跑出去，在馬路上像幽靈一樣的一直走，當天就想死。回到星球老爹餐廳想再看一眼，竟然在路上被團裡的阿婷發現了。她不准我去死，讓我住在她那裡，還帶我去看醫師治療。」

「阿婷？我找過她，她答應找到妳以後要通知我的！」

「她本來說要通知你，但被我阻止了。我那時非常沮喪，阿婷勸我先接受治療，等身體養好了再來找你。她也說，愛滋病不是絕症。」

「我一直這樣說啊，愛滋病是可以治療的。」

「可是……就算愛滋病治療了，還有一個我沒有辦法的『絕症』，那就是你，李淩嘉，我太愛你了，我沒有辦法將你的身影趕出我腦海。可是，我們又不可能在一起。我睡不著，也吃不下東西，所以晚上趁阿婷出門演唱的時候，自己點了火……」

宜敏口中不停說，呼吸卻變得急促。

「宜敏，別說了！別怕，我就在妳身邊，不會讓妳離開我！」李淩嘉緊握她的手，急切的說。

「可是丁醫師呢？她懷了你的孩子。」宜敏眼神渙散，喃喃的問。

「我和丁醫師長談過，她決定把孩子生下來，我們會共同撫養孩子，但我跟她不會在一起。她已經搬回台中和父母同住，將來會在台中開診所。」

「喔！丁醫師，她好美麗，生下你們的孩子一定很漂亮，但願她幸福快樂。」鄭宜敏閉上眼睛，口中繼續唸著模糊的句子。「濕地……」

「宜敏！妳說什麼？我聽不太清楚。」

「成龍濕地……」鄭宜敏忽然睜開眼睛，眼神又清又亮。「好想去成龍濕地。凌嘉，我這輩子最快樂的時光，雖然那麼短暫，卻讓我感到好幸福，就是在成龍濕地，好希望時間永遠停留在那個時刻。」

「宜敏，我也是，一起到雲林義診，和妳一起在成龍濕地，也是我最開心最幸福的時光。妳趕快好起來，等一下我會幫妳做清創手術，然後每天陪妳做水療，讓受傷的皮膚再次長出『皮膚之島』，還記得嗎，『皮膚之島』代表『重生』。等妳恢復後，我們再一起到成龍濕地。」

「真的嗎？我們回雲林，再一起到成龍濕地？」鄭宜敏更用力的握住李凌嘉的手。

「當然！我們和阿嬤、阿義一起，就是一家人，早上在公雞的叫聲中起床，沒有煩惱，沒有壓力，晚上一起看滿天的星星。」

「對啊，你說過，滿天的星星一直都在，只是被遮蔽了，我們看不見。」鄭宜敏的聲音變得微弱，眼神又開始渙散。「不過，不曉得我是不是還有回到成龍濕地的那一天。李凌嘉，你答應我，如果這次我撐不過，就將我的骨灰撒在成龍濕地外的大海。以後每次你回到雲林看阿嬤和阿義，就可以看到我。而我在海裡，也會等著你回來。」

「胡說！」李凌嘉粗暴地打斷宜敏的話。「妳一定會好起來的！我再說一次，妳會長出『皮膚之島』，『皮膚之島』代表『重生』。等妳恢復，我們再一起到回雲林成龍濕地！」

「好啊！凌嘉，我好高興你這麼說，我也好期盼，你、我、阿嬤、阿義，我們一起看雲林海邊的夕……」

鄭宜敏嘴邊掛著一抹微笑，話竟然說一半戛然而止，昏迷過去。心律顯示器呈現心律不整，血壓快速下降。

「快！快！CPR！」李凌嘉衝出圍簾，像瘋子般的大喊。「CPR」這字如同魔咒，急診室護理站忙碌的醫師和護士馬上以最快的速度衝到鄭宜敏床邊，開始一連串急救措施。

「學長，你要不要休息一下，等一下還要動刀。急救這邊，讓我來。」小羅鎮定的說。「鄭小姐沒事的，你看，給了輸液和升壓劑，現在就穩定了。關心則亂，學長，這個道理你懂。」

李凌嘉點頭。關心則亂，越是親近的人，越難在醫療緊急關頭上保持平常心，反而壞事。只好在護理站找個椅子坐下來，失魂落魄的盯著電腦螢幕。

過了五分鐘，小羅從鄭宜敏床邊走出來。

「學長，鄭小姐血壓穩定，意識也恢復了，轉送人員已經抵達，馬上要送進開刀房。」

「小羅，謝謝你。」此時此刻，李凌嘉不知道該怎麼說謝謝。

「學長，鄭小姐這次的燒傷雖然嚴重，我們可以處理。但是我有點擔心，她為什麼這麼瘦弱？這麼年輕，難道有 underlying 疾病[29]？」

---

29 註：underlying，已經存在的疾病。手術前的評估，了解病人的 underlying 疾病是很重要的。例如：如病人已經有糖尿病、高血壓、心臟病等疾病，接受手術及麻醉的風險就提高。

「嗯，宜敏告訴我，她得了愛滋病。」

「原來如此。」小羅沉吟。「這樣就可以理解了。學長，我還是要提醒，雖然愛滋病現在可以治療，但燒燙傷病人如果有免疫問題，還是有危險喔。」

「我知道，小羅。」李凌嘉站起身子，這個時候轉送人員已經從將鄭宜敏從急診床位推出來，送往開刀房。

「我答應鄭宜敏，一定要治好她，讓她的身體再次長出『皮膚之島』。小羅，你可以幫我忙嗎？」

「學長，當然，救治病人，是醫生的本分！」

半夜兩點，李凌嘉走進開刀房，厚重的自動門「轟——」地在身後關上。開刀房外的嘈雜、喧囂馬上隔絕。

開刀房內是另一個世界。

鄭宜敏已經麻醉躺在開刀房床上。強烈的手術燈光束照在她身上——那完美與殘缺拼湊而成的軀體。

「Time out！準備下刀！」

後記

這是我第一部長篇小說。

雖然從十六歲，我還是一位高一學生時就開始創作，不過都是短篇小說。

醫學院畢業後成為外科醫師。是的，就像這小說裡描述的生活：日以繼夜的手術、門診，還有教學與研究。

雖然忙碌至此，寫作的火焰卻是生命的一部分。一個老婦的笑容、秋天蕭瑟吹過的風，或是一首歌的旋律，都會在心中編織成一個故事。

《少女皮膚之島》的初稿是多年前擔任住院醫師時寫下的。那時候還年輕，兩萬多生澀熱情的文字，寫完之後沒有發表，靜靜躺在那裡。

多年之後將之重寫，原本只想稍加潤飾。歲月的磨練無聲無息，我眼中的愛情與醫學和當年已有很大差距。小說發展有它自己的脈絡，人物也有自己的生命。經過五個月的撰寫，又五個月的編修，完成這部十四萬字的作品。

作品重要的場景我設定在雲林。因緣際會下，有機會到雲林鄉間服務。夏日帶著稻香溫柔吹拂的風，海邊夕陽絢爛潮濕的紅，善良熱情的農夫、漁人。我得到繼續向前的動力。

我非常喜歡電影，因此寫作時每一個場景，每一句對白都有畫面在心中浮現。我請插畫家將一些畫面畫出來，例如「阿義和小黃狗在田埂奔跑」、「成龍濕地彩霞滿天」。

小說中的人物和故事都是虛構的。情感是真實的。

049

少女皮膚之島

國家圖書館出版品預行編目 (CIP) 資料
少女皮膚之島 / 周念延著 . -- 初版 . -- 臺北市 :
聯合文學 , 2021.11
296 面 ;14.8X21 公分 . -- (N049)
ISBN 978-986-323-422-7 (平裝)

863.57　　110018234

出版日期／ 2021 年 11 月 初版
定　價／ 360 元

ISBN 978-986-323-422-7 (平裝)

作　　者／周念延
發 行 人／張寶琴

總 編 輯／周昭翡
主　　編／蕭仁豪
資深編輯／尹蓓芳
編　　輯／林劭璜
資深美編／戴榮芝
業務部總經理／李文吉
發行助理／林昇儒
財 務 部／趙玉瑩　韋秀英
人事行政組／李懷瑩
版權管理／蕭仁豪

法律顧問／理律法律事務所 陳長文律師、蔣大中律師
出 版 者／聯合文學出版社股份有限公司
地　　址／ 110 臺北市基隆路一段 178 號 10 樓
電　　話／（02）2766-6759 轉 5107
傳　　真／（02）2756-7914
郵撥帳號／ 17623526 聯合文學出版社股份有限公司
登 記 證／行政院新聞局局版臺業字第 6109 號
網　　址／ http://unitas.udngroup.com.tw
E — m a i l ： unitas@udngroup.com.tw
印 刷 廠／鴻霖印刷傳媒事業有限公司
總 經 銷／聯合發行股份有限公司
地　　址／ 234 新北市新店區寶橋路 235 巷 6 弄 6 號 2 樓
電　　話／（02）29178022